少年绘

你是我的
小虚荣 .1

萱草妖花 / 著

世界知识出版社

图书在版编目（CIP）数据

你是我的小虚荣.1／萱草妖花著.—北京：世界知识出版社，2018.4
ISBN 978-7-5012-5709-6

Ⅰ.①你… Ⅱ.①萱… Ⅲ.①长篇小说—中国—当代 Ⅳ.①I247.5

中国版本图书馆CIP数据核字（2018）第046605号

责 任 编 辑	余 岚　刘 喆
责 任 出 版	赵 玥
责 任 校 对	张 琨
出品人/监制	赵 雷
总 策 划	紫 总
封 面 设 计	何嘉莹
内 文 设 计	周艳芳
书　　　　名	你是我的小虚荣.1 Ni shi Wo de Xiao Xurong.1
作　　　　者	萱草妖花
出 版 发 行	世界知识出版社
地 址 邮 编	北京市东城区干面胡同51号（100010）
网　　　　址	www.ishizhi.cn
销 售 电 话	010-65265923　010-57735442
经　　　　销	新华书店
印　　　　刷	北京嘉业印刷厂
开 本 印 张	880×1230 毫米　1/32　8.5印张
字　　　　数	286千字
版 次 印 次	2018年5月第一版　2018年5月第一次印刷
标 准 书 号	ISBN 978-7-5012-5709-6
定　　　　价	35.00元

版权所有　翻版必究
（如有任何印刷装订质量问题请联系010-57735441调换）

CONTENTS
目录

001 第一章 烈犬和姑娘

019 第二章 做你的监护人

034 第三章 最温柔的狐狸

052 第四章 他半裸的身体

076 第五章 单枪匹马很酷，可我也羡慕特宠而骄

102 第六章 你，喜欢我这样的姑娘吗？

132 第七章 老狼狗和小司茵

150 第八章 好红犬

168 第九章 老狐狸，我喜欢你

187 第十章 冷面杀手和甜心悠悠

202 第十一章 吃醋的老狐狸

217 第十二章 四十分钟的吻

235 第十三章 老狼狗

249 番外一 那只小烈犬

258 番外二 悠悠重生记

第一章
烈犬和姑娘

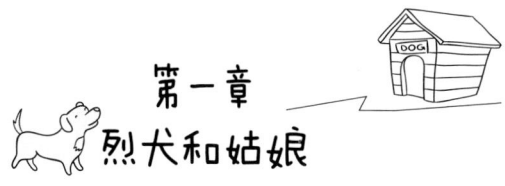

22日上午,在"10·12地震"中牺牲的四名烈士的追悼会在Z市园艺殡仪馆举行。

柩车途径的街道旁有数以百计的市民为烈士送行。烈士遗体就在殡仪馆正厅,市民排队等候悼念仪式开始,内外挤满了人,却又井然有序。

追悼会开始,烈士家属入场。

一个小姑娘尤其引人注目。她不似其他烈士家属,没哭,面无表情。小姑娘齐耳短发,眼神清澈,个儿不足一米六,黑衣黑裤,与她此时神色一样清冷。

家属们守在烈士遗体旁,旁观市民给家人送花。

仪式进行到一半,门口的队伍忽然从中分成两半。消防兵洪正国牵着一条马犬走进来。这种犬常被误认为是德牧犬,但它比德牧犬身材更精瘦。

这条马犬,叫AK。

司茵认得它,那是她哥哥一手带大的马犬,与哥哥参加过多次任务,救过很多人,也数次死里逃生,她见过它的照片。

不需要谁唤,AK的目光已经锁定司豪遗体方向。

它被带到司豪的遗体前,却嗅不到男人的生命气息,狗子喉咙里发出绝望的"嗷嗷"声。

司茵仔细观察AK。它似乎和自己一样,不太能接受司豪已离开的现实。它在原地打圈,情绪焦躁。

洪正国将套住它脖颈的p链一拉,严肃下指令道:"AK,坐!"AK立刻将情绪压制下去,昂头露出宽挺的胸脯,在烈士遗体前坐得笔直。

它还想再动,洪正国又发下一个指令:"定!AK定住,不许动!"

狗子立刻定在原地,岿然不动。

AK拿自己当家属,与司茵一同守在遗体前,甚至用铁棍一样的尾巴甩在司茵膝

第一章 烈犬和姑娘

盖上。

司茵一愣,低头看它,并下意识地朝旁边挪了挪,将最中间的亲属位让给它。

AK占据最中间的家属位,挺胸坐直,它仿佛在告诉司茵:它才是这个男人最亲的家属。

AK和司茵,忍着悲痛一直守到献花仪式结束。洪正国准备带AK回队,一向服从命令的搜救犬,居然没有听从指令。

狗子忽然趴在地上,利用四爪紧紧叩地,耍起了赖皮,压根没打算离开。

洪正国收紧p链,语气严肃道:"AK,起来!"

脖颈链子一收,让AK吃痛。它趴在地上冲洪正国龇牙,喉咙里发出兽鸣,这样的凶狠与刚才面对司豪遗体的悲痛截然不同。

这条犬连眼神也变得凌厉,咧嘴龇牙,似要吃人。洪正国见它不吃硬,索性弯腰,打算将它抱走。

AK警惕地往后一退,露出一口利牙,张嘴便冲他咬。洪正国条件反射收回手,往后退了一步,怒道:"AK,你疯了!"

是的,它是疯了,它要守着这个男人。

好在洪正国反应够迅速,如果被AK那口利牙含住,他这条胳膊得废。马犬是出了名的"咬死口",一旦咬住,打死也不松口。

AK突然发狂,众人始料未及,站岗兵过来帮忙,将AK围了起来。

司茵知道AK对哥哥感情深,也学洪正国蹲下身朝它靠近,然而她手还没伸过去,敏感的AK顿时一个转身,冲着司茵露出最凶狠的表情,弓背奓毛,随时要做出攻击。

它的吠声浑厚有力,震慑人心。

"别碰它。"洪正国将司茵往后一拉,却没将她身体扶稳,导致她整个人朝后跌。还好身后有人迅速伸出援助之手,用手掌将她后背抵住,免了她摔得四脚朝天的尴尬。

司茵还没回身,一抹淡淡的植物香气斥进她的鼻腔。

身后的男人将她扶稳,又很快松开,转身去花篮里取了一枝雏菊。随后,他拨开人群,朝"疯狗"AK靠近。

司茵觉得这个男人疯了,在所有人都不敢靠近疯狗的情况下,他居然朝那只能

咬碎人骨头的烈犬走去。

她望着那条犬和男人的背影，情绪忽然跌落，眼前的一切画面都模糊了，视线不能聚焦，思绪飘回半个月前。

直至现在，司茵仍觉这是一场梦。

半个月前，她还跟鲜活的司豪讨论男神Rocket。司豪也答应，回来后给她补生日礼物，带她认识Rocket。可现在，他人说没就没了。

司豪临走前，司茵拉住他的衣服，求他留下来好好吃顿饭再离开。可灾情紧急，司豪必须立刻离开。

临走时司豪揽过妹妹后脑勺，胡乱一揉，语气宠溺道："哥回来给你补生日礼物。"

司茵给他一个白眼道："谁稀罕你的礼物。"

"怎么？认识Rocket的机会，不想要了？"

Rocket是国际闻名的竞技犬运动员，他带的赛犬身价千万。Rocket又是训犬界的神话，司茵的男神，能认识Rocket是她从不敢想的事。因为他，司茵也励志成为一名训犬师。

司茵一早便知道司豪认识Rocket，但哥哥反对她成为训犬师，希望她好好学习，以后毕业找一个适合女孩的正当工作。

Rocket这个人很具有神秘色彩，他带犬参加比赛会戴口罩，没人见过他真容，坊间传闻他的样貌有缺陷。可司茵不在乎他的长相，即使他长相可怖，依然是她的男神。

司茵眼底登时像铺了一层星光，湿润而闪烁道："真的？"

"嗯。"

"不骗我？"

"哥哥什么时候骗过你？"

司茵推了一把他的肩，道："得了吧。你骗我的次数还少吗？"

司豪又骗了她，不打一声招呼地去了另一个世界。

回忆最后与哥哥相处的画面，司茵脑仁胀痛，脑神经如被无数银针覆裹。她最近压根不敢睡觉，一闭眼，眼前便浮现出司豪那张咧开嘴大笑的脸。

司豪皮肤黝黑，牙齿很白，一米八五的铮铮铁汉，笑时却有酒窝。

第一章 烈犬和姑娘

都夸他是个好哥哥,好消防兵……可就是这样一个好人,却不能寿终正寝。

司茵紧咬着唇。

她的手心、脖后汗湿一片。她有一种直觉,如果Rocket和司豪真的相识,这位大神很有可能来参加司豪的告别仪式。

她的思绪拉回,满心期待地盯着那位将她扶稳,并无所畏惧地靠近疯犬AK的陌生人。

他会是Rocket吗?

洪正国快步冲上前拉住男人,而对方压根不领情,反将洪正国推回安全圈。

洪正国急道:"哥们儿!这狗疯了你没疯吧?赶紧过来!"

男人身高在一米八五左右,这个身高对于司茵来说很有压力,她得仰头看他。他穿一身黑西装,配套领带也是纯黑,肩部线条挺括,身高腿长,外形比例不错。

他没说话,脸上甚至没有多余表情。

他的颜值和气质在一群糙汉中间尤其出挑。他扭过头,看着洪正国,唇角微勾道:"它倒没疯,和人一样,伤心过度。"明明露出笑容,可目光却是另一种寡淡的冷意。

司茵只看见男人小半张侧脸,觉得眼熟,短时间内却又想不起在哪儿见过。

男人手指微屈着,压着雏菊浓绿的枝干,手指骨节分明,过分地好看。他对跟前那条露出獠牙的犬没有丝毫畏惧。

感受到陌生的气息,AK一泯往日乖顺,喉咙里发出低鸣,它眼神里透露的是随时吃人的戾气。

这种烈性犬,与狼搏斗恐怕也不会落下风。洪正国见劝不回他,便和队友一起围成圈,随时准备冲上去。

这时候,男人嘴里发出有节奏的口哨声,AK明显一愣,司茵也跟着一愣。

这不是……司豪逗狗的口哨声?

男人看AK的眼神,不似看人那般冷淡疏离,是温柔友爱。

AK从男人眼神里接收到讯息,紧绷的神经终于放松,威风竖立的双耳渐渐向后压褶,在男人面前呈现出一种"求抚摸"的乖巧姿态。

男人见它表现出友好姿态，立刻伸手过去拍它犬肩位置，继续宽慰烈犬的情绪。

这个位置往往是狗觉得最舒适的部位。他低声对AK说了些什么话，将雏菊递到它嘴边。

花被狗嘴衔住，AK叼着花朝司豪遗体走去，它和那些市民一样，小心翼翼地将雏菊献在了遗体前的地面上。雏菊枝干完好，可见狗子对待它的小心程度。

AK默默地望着司豪的遗体，那一瞬间，它仿佛听见司豪对它下指令：敬礼！

AK顿时肃然起敬，双爪前举坐立。它一只前爪卷在胸脯前，另只前爪举过头顶，宛如敬礼。

这是英雄致英雄的敬礼，是战友送战友的敬礼。

大家还沉浸在AK敬礼的感动中，放松戒备，AK一双前爪忽然落地，穿过人群跑出殡仪馆。

大厅混乱，就连时穆本人也没想到这条犬会突然做出"逃跑"的举动。恍惚的司茵回过神，跟着大家一起追出去。

殡仪馆外有条河。众人将AK围到河堤边，洪正国让人取了工具来抓AK。大家都以为万无一失时，AK毫不犹豫转身，"扑通"一声，跳进河里。

水流湍急，曲折弯绕，芦苇遮住了所有人的视线。AK很快被水流冲走，没了踪影。

殡仪馆守门的保安也追出来，望着河面，半晌才反应过来，感慨道："晕！这狗成精了吧？居然玩跳河自杀！"

"说逃走更合适。"时穆也看着那片河面，眉头紧蹙着。

司茵扭过头仔细打量男人，与他四目相对，终于看见他的正脸。他的皮肤与一身黑成反比，很白，深眼窝，鼻梁骨直而挺，眉心一颗痣。

他目光落在司茵脸上，薄唇抿出一丝笑意："小司茵，好久不见。"

这抹笑意让司茵发怵。她心跳加速，对眼前这个男人莫名生了一丝畏惧。

这是……时……时穆？

司茵震惊地差点心脏骤停，这比她见到Rocket还要不可思议。

她活了十几年，只怕过两个人，而时穆是唯二。时穆就是当年一言不合就将她

第一章 烈犬和姑娘

的作业批评成一地渣的男人,也是那个给她青春期带来阴影的……男人。

时穆和司豪从小学就认识,两人关系不错。

那会儿司茵父母还健在,大人总拿时穆开玩笑:"如果时穆是个女孩,司豪以后可以考虑娶来做媳妇儿。"

司茵初中成绩不太好,时穆是Z大学神,司豪便找了他来给妹妹补课。时穆比司茵大十岁,那会儿在司茵眼中,他是叔叔辈儿的。

时穆让她叫哥,她却不依,非喊他叔叔,总气得他当着家人的面儿敲她脑袋。

司茵读高中时,时穆便去了国外。

明明对她青春期造成心理阴影的男人,她却没有第一眼认出,大概是她最近太恍惚了。

时穆见她神游,挑眉道:"不认识了?"

司茵回过神,木讷地点头,嘴微微张,却说不出话。

时穆察觉出她情绪异常,走过来,拍着她的肩安慰道:"节哀。"

她已经好几天没说话,此刻张张嘴,一时却忘了怎么说话。

司茵低叹一声。对方大概以为她伤心过度,变成了哑巴?

河流湍急,即使狗天生会游泳,AK恐怕也凶多吉少。

当天下午,司豪入土。待一切仪式都结束后,司茵依然留在墓园,杵在司豪的墓碑前发呆,直至暮色将至。

时穆担心小姑娘,全程陪着她。快晚上时,又送她回市里。

回去路上,时穆提出一起吃晚饭,顺便谈谈她以后的打算。司茵摇头婉拒,表示现在什么也不想谈。

考虑到小姑娘最近情绪低落,时穆也就没勉强,送她回了学校。

时穆的车停在大学门口过于招摇,便将车停在Z大后门的巷子里。司茵解开安全带准备下车,时穆叫住她:"等等。"

车门已经推开一半,闻声,司茵又转回头看他。

男人两根修长的手指夹着一张磨砂质感名片,递给她,道:"情绪稳定了给我打电话,有事和你商量。"

"嗯?"她已经好几天没说话,喉咙里发出一阵低低的"嗯"音,尾调上扬,带

有疑惑。

小姑娘的脸巴掌大,眼睛圆又大,看人时,漆黑的眼睛里都是水盈盈的光泽。这眼神,跟几天没吃狗粮的小奶犬似的。

他的语气也难得和蔼,说:"我等你回电话。"又从钱夹里取出一张卡,递给她道:"这卡里有点钱,你拿着,添置点新东西,不必省。"

司茵因为他递银行卡的行为愣住,看他的眼神很复杂。她嘴唇嚅动,话到了嘴边,却没能说出口。

小姑娘乌黑短发撩在耳后,露出一双耳朵,白嫩的耳垂忽地红了。

不是害羞,是尴尬。

这些年时穆压根不知道她经历了什么,她现在的性格,敏感而要强,她接受不了这种"施舍"。

司茵深吸一口气,垂下眼睑,长睫毛上下煽动。

等她整理好情绪和措辞,又猛地抬眸,对上时穆那双眼睛:"时穆,我是没了父母,没了哥哥,没了家人,但我不至于饿死。"

男人那双眼睛里有岁月沉淀的冷静,配上英俊的五官,看人时有点摄人心魄。

司茵想起青春时期对他的那点小心思,心脏忽然慌乱狂跳。她从男人手里抽过名片,攥紧包带迅速下车,重重甩上车门。

"砰"的一声响,车身都跟着一震。

时穆坐在车内愣了片刻,几分无奈,笑出声。

时穆?居然直呼其名?以前不都是,一口一个穆叔叔?

这些年时穆一直在国外,最近刚回国。他本打算跟司豪好好叙旧,没想到连他最后一面也没见着。

司豪这份工作危险度极高,很早之前他便和司豪有一份协议,如果他不幸殉职,一定帮他照顾司茵,直到小姑娘嫁人。

时穆打算履行承诺,做小姑娘的监护人,直到她结婚。

也不知是因为司豪去世,还是早年家庭变故,他发现司茵变了很多,不再是以前那个说两句便哭鼻子的小姑娘了。

司茵才18岁,大二的学生,就读于Z大,是时穆的学妹。

第一章
烈犬和姑娘

因为早年的家庭变故，让她很早就独立，她学习之余会打工，喜欢独来独往，没什么时间交朋友。司茵长得漂亮，成绩也不错，在系里挺出名，因为总是孤身一人出入食堂、图书馆，系里男生给她起了一个"冰美人"称号。

因为司豪的事，她已经一个星期没好好睡觉。今天哥哥一下葬，她紧绷的那根神经好像一瞬间就松开，回到宿舍倒头便睡。

她做了个梦。梦见司豪嘱托她，照顾AK。

梦里司茵吃醋，她问司豪，是AK重要，还是她重要。

司豪揽过她的后脑勺，随意揉揉："傻姑娘。AK和你，都是我的妹妹。"

司茵更加吃醋，觉得自己不如狗。她还想跟司豪撒撒娇，男人的身体居然像烟雾一样，渐渐消散。

她急得大喊，从梦中惊醒。

司茵坐起身，脸上还淌着眼泪。发现只是个梦，长舒一口气，抬手把泪痕擦干。

寝室在一楼。窗外的林荫遮天蔽日，蝉声聒噪。

三名舍友从外面回来。社长吴容仰着头，对坐在上铺的司茵说："节哀顺变。以后有什么困难，告诉大家，别一个人硬撑，知道吗？"

孟茜闻言，连忙撇清关系："有什么困难千万别告诉我啊，我可帮不上什么忙。"语气里似乎有讥讽味儿，继续说："司茵，之前我一直以为你哥富二代来着，没想到是个消防员。你节哀啊，这个职业危险度是挺高的，你应该早有心理准备，是吧？"

吴容用脚踢了一下孟茜坐的凳子，瞪她一眼道："你怎么说话的？"

孟茜眼尾一挑，反问："我怎么说话了？"

两个人因为她吵起来，叽叽喳喳。

司茵不想说话，只好又躺下，拿枕头盖住脸，又睡了一会儿。其实也睡不好，一闭眼，满脑子都是司豪。

生活就是这样无情，她现在居然成了孤儿。

刚回学校没两天，司茵又向学校申请了半个月假，她打算回家好好整理情绪，顺便清理司豪的东西。

她回到家里收拾司豪遗物，里面有很多司豪和AK的合照。照片记录了AK从小奶狗蜕变为一条英姿飒爽的成犬。

遗物里有条用AK犬牙制成的吊坠，被打磨得很光滑。这条项链从前司豪不离身，司茵舍不得扔，挂在自己的脖子上。

先前洪正国向她要过司豪和AK的照片，这些照片她留在家里看看也难受，便打算给洪正国寄回去。

她给洪正国打电话询问地址，电话接通，对方一听是她的声音，拍着大腿兴奋道："妹子！好消息！AK没死！"

"啊？"司茵用手指掐着电话，愣住。

那条狗，不是殉情……自杀了吗？

洪正国在电话里明显很激动，卖了个关子："你猜它在哪儿呢？"

"去哪儿了？"她下意识反问。

洪正国叹一声气，道："那条狗真成精了！它居然徒步去了贝川县，守在司豪出事儿的废墟上，谁拉也不走。明天我和其他战友去贝川县把它接回来。"

"贝川县？"司茵心头一震，甚至没有经过大脑思考，便脱口而出道，"我跟你们一起去。"

离地震已经过去一个月，贝川县的救援在收尾阶段。灾区被圈出来，政府派兵看守，不让闲人进入。

第二天烈日炙烤，温度高达38度，司茵一行人被年轻军官带进已成废墟的县城。

沿途，他们目光所及处全是石头废墟，残败的家具、冰箱、汽车……东倒西歪，宛如末日死城。

路并不好走，举步维艰。

一个小时后，司茵终于看见废墟上趴着的AK。它吐着舌头，一动不动，好像在等谁。

年轻军官指着AK，对他们说："这条狗一个星期前就来了，谁赶也不走，好像在等谁。这两天日头烈，它就趴在那里，也不怕热。它太凶了，没人敢靠近他，我们呢看他可怜，就把水和狗粮放在废墟下面，它晚上自己会下来吃。"

第一章 烈犬和姑娘

"它在等老司。"洪正国眼眶发红，强忍着眼泪，哽咽道，"老司就是在这里救人时被石头砸死的，它大概是觉得在这里等老司，他人还会回来。"

在场的人都沉默。

司茵的心也跟着一坠。她望着AK的方向，心脏拧疼。

一群男人商议好抓AK的方案，拿着抓捕工具爬上了两米高的废墟。

AK感受到来自四周的压力，浑身毛仿佛都竖起来，拿狠厉的眼神瞪着一群男人，喉咙里发出警告。

司茵在废墟下等待，心提到嗓子眼，她担心他们在抓捕过程中伤到AK。在AK发出警告后，他们非但没有停止抓捕，反而继续上前。

狡猾的AK盯准了废墟下手无寸铁的司茵，男人们冲它围攻时，它迅速跳下废墟，直扑司茵而去。它将司茵摁倒在地，一口咬住女孩细嫩的胳膊，以示报复。

在它眼里。他们是敌人，司茵也是。

它和人一样也有思维，精神受到刺激，已经不算是一条正常的犬。

司茵被扑倒，惊叫一声，她怎么也没想到，AK会突然从两米高的废墟上跳下来，甚至发疯似的扑咬她。

她观察到AK的肉垫已经被磨烂，下腹溃烂严重，并伴有恶臭。

怪不得它会发狂，在精神打击和身体受伤的双重刺激下，它的思维不清楚，误把她当成了敌人。

洪正国骂了一声，如果现在有把枪，他一定毙了AK！

司茵咬唇，忍着剧痛道："都别过来！"

马犬的特性是"咬死口"，AK现在神志不清楚，谁的命令也不听。作为一只受过训的军犬，它骨子里镌刻的职责是：面对敌人，除非被打死，否则绝不松口。

司茵身体每一动分，AK下口就狠一分。

她尽量保持冷静，把恐惧压制下去，脑子里开始思索Rocket在书里教的训犬技巧。毕竟犬牙已经陷入她的血肉，她的思维被剧痛扰乱。

她不敢哭，也不敢发出任何吃痛的声音。她担心一旦表现出痛苦，更会助长这条犬的烈性。

"捂住它的眼睛！吹口哨！"突然一道清冽的男低音传入司茵耳中。

司茵立刻照做，捂住AK眼睛，开始学司豪吹口哨的节奏。

时穆是被洪正国打电话请来的,他赶到废墟现场时已经晚了一步。

AK咬住司茵手臂,情况不容乐观。这时候犬更不能受刺激,否则小姑娘的胳膊恐会不保。小姑娘抱着烈犬,满手血,没撒手,也没哭,表现得异常冷静。

这忍耐力……时穆皱着眉头,居然开始好奇小姑娘的忍痛能力。

AK视线被遮,听见口哨声,情绪逐渐安定,居然也开始慢慢松口。等AK彻底松口后,司茵也将手从它眼睛上移开。

司茵挂在脖子上的那颗犬牙此刻正袒露在胸前,AK看见犬牙,目光突然变得温柔。它用鼻子嗅了嗅犬牙吊坠,又尝试嗅了嗅司茵身上的气味儿。

它仿佛闻到了司豪的味道。

AK意识到自己的错误,用抱歉的眼神去看司茵,开始替她舔伤口,祈求她原谅。

它此刻惊慌失措得像个孩子,喉咙里发出可怜的"嗷呜嗷呜"声。

周围的人在观察,谁都不敢贸然靠近。

AK见司茵胳膊上的血止不住地流,朝时穆跑过去,用嘴含住时穆的衣服将他往司茵的方向拽,寻求他的帮助。

时穆蹲下身抱住AK,摸摸它的脑袋,这才抬头对洪正国说:"愣着干什么?救人!"

大家反应过来,不敢耽搁,立刻上前扶起司茵,替她消毒止血。洪正国将司茵背起来,往营地走去。

AK伤势也不轻,但谁也不敢抱它,时穆便捞了这个苦活儿。

到了营地,司茵被扶进帐篷,他们一群男人在外面等候。

时穆让洪正国脱件衣服铺在地上,给AK垫在身下,以便他替犬检查伤势。

洪正国瞥了一眼AK,一边脱衣服一边骂:"还搜救犬,居然咬人?袭击民众多大罪?老子刚才没把它弄死算它运气好,我还给它用衣服?我呸——"

伴着那一声"呸",洪正国把衣服捏成一团,重重甩在地上。

AK一脸委屈,嘴筒子搭在时穆胳膊上,委屈巴巴地望着发火的洪正国。它又低头,委屈巴巴地瞅了眼被捏成一团扔在地上的衣服。

洪正国被它那可怜兮兮的眼神搞得心一软,蹲下身,将衣服在地上铺开,道:"老子这辈子没见过你这样的孬障,就你这心理素质,怎么当军犬的?你成精了是

吧?上天了是吧?学会咬人了是吧?老子弄——"死你!

"汪!"AK龇着牙,冲洪正国叫了一声。

洪正国吓得往后一缩,一个"屁墩儿"。

他缓了一会儿,又蹲起身,继续将衣服铺平整,道:"老子弄……弄衣服,把衣服给您弄平整,您好躺着不是?"

AK甩甩尾巴,不再凶他。

时穆让AK平躺在衣服上,开始替它检查伤势,道:"来,AK,翻个身。"

AK听话地翻了个身,露出肚皮给时穆。

时穆看见它的腹部,倒抽了一口凉气。狗子伤势不轻,下腹溃烂恶臭,后右腿内侧有明显伤口,开始化脓。

时穆蹙眉道:"这里医疗设备不齐全,我得带它回Z市进行治疗。"

洪正国道:"这条犬不属于私人,所以抱歉,你不能带走。"

时穆取出一张名片,递给他道:"我是美森宠物医院的院长,有义务为军犬治疗,你放心,我不会收取你们任何费用,等犬的伤情稳定,你们随时可以带走。"

洪正国接过名片,震惊道:"真的假的?!"

时穆眉眼淡淡,又说:"我进去看看小姑娘,你先看着AK。"

等时穆走进帐篷,旁边的小哥凑过来,撞了撞洪正国的肩,问道:"老洪,你怎么了?见鬼了?"

"你看,这人——"他把名片递过去。

小哥接过名片,左右看,没看出什么,问:"怎么了?不就是宠物医院的院长?也不是什么了不起的人物啊。"

"你没听过美森宠物医院?"洪正国斜睨他,眼中带有鄙视。

小哥抓抓脑袋,疑惑道:"好像听过,所以有什么背景?"

洪正国"嘶"一声,捏捏眉心道:"全国前十私立宠物医院之首。不说最大,它绝对是医疗设备最先进,科室设立最全的宠物医院。他是院长不稀奇,可这个美森医院的挂职院长,也是创始人之一。这么大的宠物医院,只有两个创始人,这位时先生作为院长占股多少成,你知道吗?"

小哥摇摇头:"不知道啊。"

洪正国讲得起兴,一边替平躺在地上的AK捋毛,一边说:"我也不知道,反正

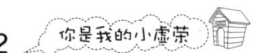

挺有钱就对了。"

AK半眯着眼睛，一脸享受。

小哥："哦，现在还缺有钱人？瞧把你给震惊的。"

洪正国说："我是没想到这位时院长这么年轻。前段时间队里有条犬生病，需要仪器检测，全Z市也只有他们医院有。据说这台先进仪器国内也只有一台，是他们时院长自个儿掏钱买回来的。当时我就听他们护士提了一嘴，这个院长在国外也很有名，你知道那个阿联酋王子吗？人家给王子的宠物狮子治过病，你说牛不牛？"

"狮子？"

小哥觉得这牛吹大了。

王子？狮子？呵呵，可吹牛吧。

司茵的伤口已经被处理稳妥。由于刚包扎好，她躺在床上不敢挪动身体。

时穆进来，医生理所当然地以为他是司茵家属，对他嘱咐说："伤口暂时处理好了，不深，但伤得也不轻，尽快送去市里打狂犬疫苗。"

时穆冲着医生颔首。

女医生整理好工具，抬眼看时穆，感慨这年头的小伙儿颜值真是高。也感慨他与这里格格不入的穿搭。他来这地儿，居然一身正装。他和身后这个小姑娘颜值都挺高，化个妆完全可以去演电视剧男女一号。

时穆接到洪正国电话时正开会，还没来得及换衣服，立刻搁下会议，开车来了贝川县。

女医生识趣地出去，帐篷里只剩孤男寡女。

司茵的手机放在床内侧，她的右臂被绷带裹得严严实实，只好用左手去抓。然而由于距离太长，她压根够不着。

男人见她取物困难，主动帮忙。

他的手撑在她耳旁，躯体从她面部上方掠过，长臂一声，成功替她取过床内侧的手机。

咫尺的距离，她清楚看见男人滚动的喉结，以及线条明晰的下颌。

她能闻见男人身上淡淡的植物香，不刺鼻，甚至有一种令人痴迷沉醉的味道。他身上穿着中规中矩的白衬衣，衣袖挽至手肘，露出一段肌肉紧实的小臂。

第一章
烈犬和姑娘

他的颜值真的很高,这也大概就是……她大学两年,为什么依然单身的原因之一吧。青春时期便接触了这样一个几乎完美的男人,此后便有意无意地拿身边男孩与他比较。可是无论哪一个,都比不上他的优秀。

这样近的距离,让司茵心跳漏了一拍,仿佛回到了多年前,那个午后。

窗外,梧桐树被风吹得哗啦啦响。

窗内,小书房闷热,落地电风扇呼啦啦地吹。

时穆也是穿着这样一件白衬衣,坐在她旁边,指着她的作业说:"又错,这道题有这么难,嗯?"

其实题不难,可他坐在身边,闻着他身上似有似无的薄荷香,她就莫名紧张,心跳加速,脑子不能思考,导致频频出错。

小姑娘又在发呆,亦如当年给她辅导作业,她频频出神。这么多年,她喜欢出神的毛病,还没改吗?

少女心事,男人哪里懂。

时穆直起腰,立在她的病床前,将手机递回给她。

司茵接过手机坐起身,她捧着手机低头,假装查看微信。

时穆居高临下,盯着她头顶问:"刚才,不怕吗?"

"怕。"司茵的声音总是又轻又低,听不出情绪波动,"但我担心AK出事。"

司豪视AK为亲人,她现在唯一能做的是保护它。

被AK咬住时,她有恐惧,也有疼痛,可是理智告诉她,不能慌,也不能哭。

如果她表现得过于痛苦,兴许洪正国会在情急之下去伤害AK。

狗子已经受伤了,身体不能再承受更重的打击。AK曾经救过司豪,又想到它对司豪的情义,那一刻只一心想保护它。

她不认为AK会咬断她的胳膊,她对AK有一种莫名的信心。

"那天也没跟你好好聊聊,这些年,还好吗?"时穆在她床边坐下,就这么认真地打量她。

小姑娘皮肤很白,五官小巧紧凑。她的脸几乎不如男人手掌大,这副精致五官明明生得楚楚可怜,可她那双清凌凌的眼睛里,又满刻着倔强。

时下已经入秋,天气却还热。她身上穿着黑色紧身T恤,腰身收得紧,盈盈不堪

一握。

在他面前,她显得羸弱又娇小。这样娇小的女孩,不像大学生,像个高中小女孩。

不怪时穆有这样的想法。司茵身高不足一米六,在他面前,司茵无论是年龄还是身高,都是个能激发男人保护欲的小姑娘。

"司茵,我答应过你哥,如果他有意外,会照顾你。所以从今天开始,我是你的监护人,负责你的学费以及吃穿用度。"

司茵正胡乱按着手机,闻言顿住,睫毛颤得厉害。

她尽量表现得镇定,眼神冰冰地道:"时穆,我已经是个大人,不需要监护人。"

不知道为什么,时穆拿她当小孩她居然有点生气。

不是有点,是……很生气。明明都是成年人,凭什么还拿她当小孩?

"你确定某些事,自己能做?"时穆没有急着反驳她,语气也尽可能温柔,"穆叔叔答应过你哥,尽可能照顾你。你如果觉得我资助你学业不妥,毕业后可以来我医院,跟我签一年工作合同。"

"时穆。"司茵停顿。

她觉得"穆叔叔"这个称呼,羞耻难当。她的脸涨红,继续道:"我们是同辈人。还有,我已经成年,不缺钱,也有自主判断能力,自己的事也都能解决。"

小姑娘的神情、语气,无不镇定。可是她那双白嫩的耳垂,却先红起来,慢慢地连脸颊也涨红。

时穆看在眼里,没戳破她,只是勾唇笑道:"好。我们的小司茵长大了。"

男人拿她当小孩,这让她很不舒服。司茵皱眉,语气微怒道:"我们都是成年人,请你叫我名字,不要在前面加一个'小'字,好吗?时先生。"

"好。"时穆答应地挺干脆,很快改正称呼道,"司小姐。"

司茵:"……"

下午,时穆带AK先回了Z市,洪正国带司茵先去S市医院打狂犬疫苗。

洪正国瞅着小姑娘打疫苗,那针戳在她白嫩的胳膊上,愣是哼也没哼一声。想起她上午被狗咬住,眼里透出的倔强几乎与司豪如出一辙。

这两人果然是亲兄妹。

第一章 烈犬和姑娘

打完狂犬疫苗，洪正国开车送她回家。

司茵一路沉默不说话，洪正国就找着话题跟她聊，说："唉，这次不仅失去了老司这么个优秀的消防兵，也失去了AK这条优秀的搜救犬。"

司茵闻言，疑惑道："AK伤势很严重？"

洪正国道："不是伤势问题，AK心理素质太差，这次它闹出这么大的幺蛾子，已经不再具有当搜救犬的资格。领导说了，让AK提前退役。"

"提前退役？"司茵不知道军犬退役后的去向，"那它会被送去哪儿？"

"退役之后不再参与任务，国家负责养到老死，当然，也可以领养。但它毕竟有军籍，领养流程麻烦许多。"洪正国看出她的想法，又说，"其实像AK这么优秀的犬，通常是内部消化。妹子，我知道你在想什么，你还在念大学，压根不具备领养军犬的条件。所以，你别想了。"

司茵又是一阵沉默。

洪正国都觉得尴尬了，这妹子也太内向了吧？

"可以抽根烟吗？"长途开车，洪正国忍了一路终于提出来。

"嗯。"司茵低头思考一些事。

洪正国降下车窗，点燃一支香烟。

烟抽到一半，司茵忽然扭过头问他："如果是一个有钱、有正当职业，并且出身于军人家庭的人领养AK，你觉得……成功率大吗？"

"可以啊，妹子你人脉广啊。"

司茵从双肩包里摸出钱夹，从里取出时穆的名片。

她现在去求时穆……算……打脸吗？

他们回到Z市已经晚上九点。

司茵家住在郊区，离市区较远。她不太想麻烦洪正国，便让他送自己回了学校。

这个时间点，Z大外面的小吃街正热闹，司茵打包了一份儿热腾腾的冒菜回宿舍。

她一推门进去，三个舍友将目光齐刷刷地投射过来。

吴容脸上贴着面膜，眨眨眼，拍拍脸，好一会儿反应过来道："司茵，你回来

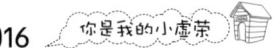

了,可想死我们了。"

"欸,我说吴容,你就你,别把我们带上OK?"孟茜摘下耳机,蔑了一眼对面下铺的吴容。

吴容冲她一翻白眼,懒得跟她说话。她从书架上抽出两本笔记本,递给司茵道:"这是秦老师让我给你的笔记,你看看,有什么不懂的,去问他。"

司茵以烈士家属身份参加追悼会,上了当地新闻联播。她的事,可以说人尽皆知了。

司茵请假这么久,落了不少课。吴容作为舍长兼班长,尽可能地帮她。

司茵接过笔记说了声谢谢,她刚坐下准备吃饭,就听舍友陈雯雯说:"司茵,你哥哥这事儿,大家都知道了。听老刘说,要帮你申请免学费。"

老刘是她们的辅导员。司茵低头吸溜了一口冒菜里的宽粉,热气腾腾的食物让她觉得温暖。

她点点头说:"嗯,知道,我已经拒绝了。学费我可以自己承担,这个名额应该让给比我更困难的同学。"

孟茜咳嗽一声,插嘴道:"我估计,咱们班没比你更困难的了,别硬撑。"

司茵抿嘴低头,懒得与她说话。

吴容过来安慰她说:"别理她。最近又跟蔡一明吵架了,神经病似的。"

司茵点点头。孟茜对她一直有偏见,她那位富二代男友追过司茵,这事儿让孟茜一直膈应着。

倒是司茵,压根没把这事儿放心上,她甚至想不起孟茜男友长什么样。

陈雯雯咋咋呼呼道:"我的妈呀,你们看校论坛了吗?咱们学校那个传奇学长要回来演讲。"

"嗯?"吴容扯掉面膜,凑过去看她电脑。

陈雯雯指着电脑屏幕,捧着脸一通乱叫:"哎哟,没想到本人这么帅!少女心要裂了!"

"这是?"吴容一心只有学习,两耳不闻窗外事,听八卦全靠室友咋呼。

"男神、男神啊!"陈雯雯激动得语无伦次,指着屏幕补充说,"时穆,咱们学校曾经的学神啊。美森国际宠物医院创始人之一,人家这个宠物医生可是国际知名

的那种。他刚回国不久,校方邀请他回校演讲,论坛已经放出了他的照片,本人挺帅,你们看,论坛下面的女生都疯了。"

吴容瞥了一眼屏幕,不屑道:"是挺帅,可是PS(图像处理)之下哪儿有丑男呢?这种照片,看看就忘了吧。"

陈雯雯噘嘴一翘道:"哼!得有底子才能修成这样吧?撇去颜值,人家的履历的确很传奇好不啦,学神这个称号普通人能拿吗?"

美森是私立宠物医院,每年毕业季会来Z大招聘。他们给大夫薪酬很高,但条件也苛刻。

撇去时穆的颜值不论,仅凭他的身份来校演讲,下面必然满座。

吴容将帖子往下拉,确定了演讲的多媒体教室以及时间,扭头去问司茵:"司茵,我校成功学子回校演讲,你要去吗?对咱们就业可能有点好处。"

她摇头,表示不想去。因为时穆演讲的时间,恰好是Rocket比赛当天。

Rocket的比赛在Z市文泉体育场,也是Rocket在国内的第一场比赛,更是唯一一次可以近距离见到Rocket的机会,她不能错过。

她不仅对Rocket感兴趣,也对他的赛犬老虎很好奇,那是国内第一条身价过千万的竞技犬。

司茵盯着手机屏幕,正浏览犬赛论坛的比赛信息。看见Rocket和老虎的名字,她的心跳莫名加速。乌黑的一双眼荧荧发亮,这大概是她最近唯一值得开心的事。

第二章
做你的监护人

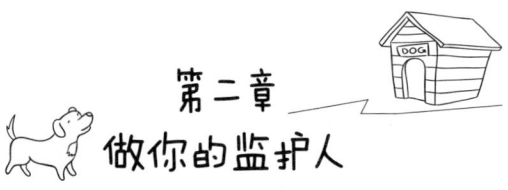

第二天一早。

司茵去了美森宠物医院。这里比她想象中得大,前后分两栋楼,大厅里人满为患,给宠物挂号的队伍几乎排到门口。

司茵停在大厅,张望四周后摸出手机给时穆打电话,对方的手机却一直处于忙音状态,无法接通。

这医院很大,两面都有电梯,她压根不知道往哪边走。

她正犹豫,一个小男孩抱着一只小花猪与她撞肩而过道:"麻烦让让!我家宝宝快不行了!"

她侧身避让,身后又有几名护士推着条奄奄一息的阿拉斯加穿过大厅,莽撞得差点撞到她,还好她迅速侧身避过。

女主人挎着包,揉着通红的双眼,穿着一双恨天高跟在后面跑,嘴里说着:"家家你要撑住,妈妈不能没有你……"

挂号窗口外,主人们抱着宠物挂号,也是另一番热闹。

一头羊同一条小土狗对叫。一条泰迪与一只猫对叫。也有宠物猫对着其他人手里捧着的鱼缸"喵喵"叫。

司茵不由心想,好家伙,在学校也没见过这么多动物。

她深吸一口气,随手拉住一名护士,向对方询问时穆的办公室。

护士盯着她上下打量,皱眉问:"带宠物预约了吗?"

"预约?"司茵反应过来,小声说,"我是时穆的朋友,来找他,谈点事。"

"朋友?"肖玲双手插在口袋里,一脸好笑道,"每天像你这样声称是我们时院长朋友的小姑娘可太多了。等拿到预约再来,快回去上学吧。"

司茵被自己唾沫呛了一下,继续说:"我真是时穆的朋友,我和他——"

第二章 做你的监护人

"肖护士!"

司茵话没说完,被一道尖锐的女音打断。她闻声回头,看见一个穿红色长裙、戴黑色墨镜,挎Dior包的女人迎面走来。

这女人长得……挺眼熟。在哪儿见过?司茵纳闷。

女人身后跟着两名保镖,抱着一只小博美犬朝他们走过来。

她神色匆匆,问护士:"你们时院长人呢?快,我找你们时院长!我们家多多快不行了,快快快,叫他出来!"

肖玲手伸过去,腰微弯,伸手去摸女人怀里小博美的毛脑袋。她与小博美一双温柔的眼睛对视,说:"多多又生病了?啧啧,小可怜,每天都得病一次挺辛苦的吧?"

小博美慵懒地掀了掀眼皮,表示也很无奈。

女人抱着小博美一侧身,声音尖锐道:"我不管,我们家多多就是生病了,快告诉我你们时院长在哪儿。"

"找时院长亲自看诊没问题啊,预约之后再等个十多天半个月,差不多就能见到了。"

女人气结,一瞪眼道:"你——"正要发火,想到自己身份,只好乖乖抱着狗,带着保镖排队预约去了。

等女人走后,肖玲笑了一声,继而扭回头对司茵说:"看见了?网络红人来找我们时院长都得拿号预约。你想见我们时院长,也得跟着排队预约去。"

司茵没来得及开口再解释,肖护士已经双手插兜,走进电梯。

护士走后,她又拉住其他护士询问时穆的办公室,对方依然没有告诉她。司茵没辙,索性辗转打探其他医生办公室所在的楼层,打算在医生办公楼层挨个找。

到了四楼,她跨出电梯,分别打量走廊两边。这层楼大约有二十个房间,一间间找过去估计也很头大。

司茵拉住一名抱泰迪的老人。她还没来得及开口,老人便率先问:"来找时院长的吧?不在这里。"

看来每天来找时穆的姑娘,还不少?

司茵问:"那您知道时院长在哪儿吗?"

老人摇头道:"不知道。"

老人走后,司茵正思考往哪边走,身后传来宛如小孩的声音:"花痴、花痴、花痴。"

她扭过头,左右看没见着人影。再一抬头,却看见一只绿毛鹦鹉踩在走廊的吊灯上定定望着她,嘴里念念有词道:"蠢货。"

原来是只小鹦鹉。绿毛鹦鹉对她恶语相向,她本能地冲这个小家伙竖起了中指。

绿毛鹦鹉仿佛看懂,变本加厉喊:"蠢货、蠢货、蠢货!"

此刻她想拿箭射它下来,司茵仰头,握拳警告:"闭嘴。"

"呵呵!"来自鹦鹉的冷笑。

司茵震惊,这鹦鹉成精了吧?居然会这么多词汇?她想去碰吊灯将它赶走。她个子矮,踮脚伸手。

她跳了一下,没够着。再跳,依然够呛。

这是小短腿的悲哀……就在她想放弃时,绿毛鹦鹉双翅一扇,惊慌失措地飞起来,小脑袋撞在天花板上,空中打了个趔趄。

它嘴里一边喊"黑老大来了、黑老大来了",一边扑腾翅膀飞走。

司茵一回身,一条体格彪悍的马犬朝她奔过来,有护士在它身后追,累得气喘吁吁道:"AK站住!"

AK看见司茵,在她跟前停住。狗子嗅嗅她身上的味道,觉得熟悉,一颗不安的心终于平静。

司茵在这里见到它,莫名觉得亲切,蹲下身抱住它,轻轻抚摸AK的脑袋。

AK肚皮下的毛被剃干净,上了药,味道刺鼻。它往司茵身上扑,药膏在她白色的衣服上留下褐色痕迹。

司茵一点儿也不嫌弃,只是安静地抱着它的狗头,抚摸它的脑袋。狗子双耳向后压褶,乖巧得像只无耳的海豹。它两只水灵灵的大眼睛望着她,里面透出的温柔似乎能让铁汉柔情。

此刻这只温柔的大狗与在灾区攻击她的烈犬仿佛不是同一条狗,性格反差很大。

AK上药时过于痛苦,从治疗室里跑出来,看见司茵宛如看见亲人,此刻它的毛脑袋往姑娘怀里拱了拱,开始卖萌撒娇。

明明烈犬恶面,却非学小狗撒娇卖萌,像个小姑娘。这反差让司茵心软得一塌糊涂。

第二章 做你的监护人

AK从病房跑出来时,时穆正在开会。他听见外面的动静瞬间皱了眉,搁下一众医生,从会议室出来。

在走廊里看见司茵,仿佛在他意料之中,他并没有表现得多惊讶。他吩咐护士送AK回病房,等小姑娘抬头看见他,冲她招手道:"你跟我过来。"

司茵松开AK,起身后亦步亦趋地跟着他,进了他的办公室。

小护士们一面给AK套牵引绳,一面暗自纳闷,这女孩跟时院长什么关系?

时院长空降医院后,八卦仿佛没停过。上个星期是跟影后木眠,前两天变成了网红,今儿……就变成了高中小萝莉?

啧啧……时院长老少通吃啊。如果不是时穆在医院已经树立起领导的威严,估计也得跟医院里的女士们闹闹绯闻。

时穆推门进入办公室,一只肉乎乎的大脸虎斑猫从衣架跃下,不偏不倚,跳进他怀里。他接住虎斑猫,抚摸肥猫身体,手的颜色与猫身颜色成反差。

这双手修长漂亮,骨节分明。司茵看着这双撸猫的手,忽然好奇被他抚摸的小动物是……怎样的舒服?

时穆单手抱着猫,空手替她接了杯水,递给她道:"不缺钱小姐,来看AK?"

男人看她时面上没什么表情,只是那双狡黠的眼睛里仿佛强忍笑意。

似乎是错觉,司茵仿佛看见面前有一只狐狸,是一只看着鸡掉入陷阱而暗自得意的老狐狸。

绿毛鹦鹉不知什么时候飞进办公室,也跟着时穆喊:"不缺钱,不缺钱!"

司茵被一口水呛住,胸口一阵辣痛,猛咳。不缺钱小姐这种称呼,他是……故意的吗?

鹦鹉从司茵头上飞过,嘴里不停叫嚷:"不缺钱!不缺钱!"

"……"司茵上眼皮一掀。

如果眼神能射杀动物,这只绿毛鹦鹉恐怕已经"嗷呜"落地。

时穆凌厉的眼神扫向鹦鹉,非常具有威慑力道:"面条。"他的声音很淡,没什么杀伤力,可他那双狐狸眼里透出的威严将鹦鹉镇住。绿毛鹦鹉立刻回到鸟架上,安静如鸡。

原来这只绿毛鹦鹉,叫……面条? 名字很别致嘛。

司茵故作镇定,喉咙里发出的细弱的声音:"不是,我来找你的。"

"嗯?"时穆明知故问,假作疑惑,"哦? 找我? 司小姐是养了宠物? 需要拿号治病?"

司茵如鲠在喉。

他是故意的。这只老狐狸绝对是故意的。他这么聪明,哪儿能不清楚她来这里做什么? 他这是在打击报复,强行想让她打脸难堪。

亦如当年,她拜托同桌把时穆和哥哥画成小漫画,被时穆本人发现后,场面一度尴尬。

时穆非但没有生气,反而摸着她脑袋夸奖:"小司茵画得不错嘛……"他也没去跟司豪告状,只是心平气和与她讨论漫画的走向和剧情。尴尬得她想找个地缝钻,其痛苦程度堪称凌迟,比他去告状还让她难受。

从那以后,司茵再也不敢惹时穆和司豪。

这只狐狸一如当年般狡猾,他的报复手段是用各种办法让人在精神上受折磨。

司茵攥紧拳头,手心里全是汗。她沉默良久,终于硬着头皮陈述来意,道:"我想领养AK,但以我的身份根本不够资格,所以我想请你出面。"她停顿一下,又说:"我不会让你白帮忙,你要多少钱,我都可以——"

时穆勾唇笑了笑,抬手打断她道:"司小姐,我看着像缺钱?"他弯腰将怀里的猫放去沙发上,用手轻轻拍打虎斑猫的脊背。

小可爱撑开四肢,舒展身体后,迈着优雅的猫步懒洋洋地走开。虎斑猫经过司茵,停了一下,猫尾巴轻轻地碰在她脚踝上。

痒酥酥的,这猫似乎在……撩她?

这里的动物,总给她一种成精的错觉。

时穆的反问让司茵噎住。她的思维在脑子里打结,结巴道:"不像……不是,我想给你报酬,不是因为觉得你缺钱,而是……"

"是什么?"时穆直起腰身,抽了一片湿纸巾,一边擦手一边问她。

司茵不是"手控",却不受控制地盯着男人那双手。

所以……是……什么? 司茵不善言辞,但也从没像现在这样"说话"到一半思

第二章 做你的监护人

维乱成一团糨糊,压根不知道该怎么表达想法。

她叹气,声音很轻道:"只是不想让你白帮忙……"

"哦,你这意思还是觉得我缺钱?"时穆将湿纸巾扔进垃圾桶,拉开一张班台椅,让她坐下说话。

小姑娘两只白嫩的耳朵已经红了,红晕又从脖根蔓延至面颊。

时穆把话摊开了说:"我不会为了钱去帮任何人做事,你想让我帮忙,总得给我一个合适的身份。如果是以朋友的身份,我工作繁忙,我想我有足够的理由拒绝你。你觉得呢?司茵小姐?"

所以,绕了半天,他就是想做她名义上的监护人?

真是一只老狐狸。

司茵气得转身要离开,可步子还没跨出去,脑子里便闪过AK那双可怜巴巴的眼睛。

她犹豫地顿在原地,身后传来时穆的声音:"退役的军犬和警犬都可以被领养,领养人或许有一定经济实力,但很少有人会把它们当成家人对待,大多数是领养回去当作炫耀的宠物。等它们老了,不再具有炫耀的资本时,兴许就被一根铁链拴到老死。啧啧,想想它们年轻时的风光,为民,为国,到老却不能随心所欲地活着……"

听了他的话,司茵开始不由自主地"脑补"。

AK被人领养,被当成炫耀的资本,它若表现得好,领养人给它好吃好喝,若表现得不好,领养人便随意打骂。

当它成为一条老狗时,便被一根铁链拴着,失去自由,孤独终老。

那样的场景太辛酸。她怎么可以让司豪的战友过那样的生活?

司茵攥紧拳头,转过身,一脸坚定告诉时穆:"AK是哥哥的家人,我想领养它。"

时穆端起水杯欲饮,指腹漫不经心摩擦着玻璃杯边缘。他挑着眉问:"那,你该让我以什么身份去帮你?"

"监……"司茵紧咬唇齿,豁出去的语气道,"监护人。"

时穆也表现得非常痛快,道:"好。AK领养事宜,我会帮你办妥当。"

他将水杯放下,抬眼直视着小姑娘,温柔地询问小姑娘:"晚上赏脸一起吃饭吗?"

不想吃,也不想赏脸。她对着他,实在没什么胃口。但转念一想AK,是她有求于人,她就……委屈一下吧。

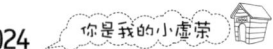

"那我请你吃吧,权当感谢。"想到他刚才的话,司茵解释说,"我是真的不差钱,并不是死要面子硬撑,哥哥留下一笔钱,足够我出国留学。"

时穆当然知道她不差钱,否则不会拿"不差钱"跟她开玩笑。

Rocket拿的第一笔比赛奖金也有给司豪分成。那些钱,全被司豪当成妹妹的嫁妆存起来。虽然不多,但也足够小姑娘念完书。

时穆一面脱白大褂,一面点头道:"OK!小司茵请我吃饭,那我就不客气了。"

司茵张张嘴,想纠正他的称呼。

想想AK……算了,委屈下吧。

以时穆如今的身份地位,司茵还真不知道请他吃什么。吃外国菜,她又不知道去哪家好,挑贵的,未免让他觉得自个儿乱花钱;挑便宜的,未免又让他觉得自个儿抠门。

她在宠物医院后门等时穆,这个间隙她的思维飞跃性旋转,思索着该请他吃什么。等上了时穆的车,司茵依然在纠结。

时穆见她发呆,俯身过去,长臂一伸替她拉过安全带,利落扣上。男人身体压过来,身上那股成熟男性的味道扑进她的鼻腔,立刻将她的思绪拉回现实。

等时穆坐回驾驶位,她的小心脏依然怦怦狂跳,她深吸几口新鲜空气,才平静下来。宠物医院远离闹市,附近偏僻,没什么特色美食。她索性扭头对男人说:"去我们学校附近吧,有家冒菜餐馆味道挺不错。"

Z大是时穆的母校,请他回母校回忆美食,应该是个不错的选择。既不贵,也能请他吃一个情怀。

时穆把车停在Z大附近的酒店停车场,同司茵步行前往学校后巷小吃街。毕业后他就没回过母校,经过十年变化,这条小吃街倒是变了许多,多了许多他没见过的食物。

男人颜正腿长,女孩腿短颜萌。时穆一米八五,司茵一米五……九,非常显眼的身高差,以至于两人一路上吸引了不少路人注意。

司茵挺嫌弃跟这种大长腿走一起,显得她特别像……高中生。

冒菜馆在深巷尽头,店面小得很不起眼。冒菜馆的一大特色,是将已经备好的荤素菜摆在门口的篮筐里,利用清水泡着,客人想吃什么便自个儿拿漏勺捡进竹制

漏勺里，装满后拿去给老板，放进一口大锅里烫熟。

这种菜品类似于便捷火锅，也被称之为麻辣烫。

司茵捡了满满两个竹漏勺，递给老板，道："麻烦老板，特辣。"

她是这里的熟客，老板认识她。

"好嘞！"老板接过她手里漏勺，又看了眼坐在里面的男人，小声问："你哥哥？"

司茵轻轻咳一声，小声说："我叔叔。"

老板将两只竹漏勺放进沸腾的锅里，利用钢制夹子将漏勺固定在铁锅边缘，任由漏勺里的菜品随热汤沸煮。司茵的话让老板诧异道："这么年轻的叔叔呢？"

司茵讪笑道："可不……"

冒菜很快烫好，老板先后端上桌。时穆垂眼看碗中冒菜，汤水红晃晃，表面浇了一勺油爆爆的辣椒酱。他"嘶"一声，语气略嫌弃道："不差钱小姐，您就请我吃这个？"

司茵揉揉鼻尖，小声说："有钱也不能乱花啊，是吧？穆叔叔？"

"嗯，这倒是。"老狐狸眼睛一眯，顺口夸她，"真是个乖孩子。"

司茵记得初中那会儿叫他穆叔叔，他挺不乐意，总跟她的家人表示不满。她倒是挺好奇，现在他怎么就莫名其妙地接受了这个称呼。

时穆斯文地咬一口藕片，道："唔，味道不错。"

她看着男人英俊的脸，大概猜到了原因。他是想当她的监护人，所以故作老成？

司茵猜得不错，时穆答应过司豪帮他照顾妹妹。但毕竟两人没有血缘关系，为了避免尴尬，便尽可能地拉开自己与司茵的辈分。叔叔辈儿总比哥哥辈儿更亲切。

小餐馆店面不大，食客却络绎不绝。时穆扫了眼四周在这里吃饭的女学生，目光又落回司茵身上。

整整一个下午，时穆总觉着小姑娘身上有哪里不对劲儿。与其他女学生一对比，他终于找到了源头——她的穿着。

司茵穿着一件偏中性的黑T，下身的女士短裤过于肥大，又留着齐耳短发，像个小男生。她正值青春，不该是这样中性没有少女朝气的打扮。

这么些年司豪居然将妹妹照顾成了一个没有审美的小男生？如果司茵是他的妹妹，他一定尽可能给她最好的，让她做一个精致的小公主。

饭后时穆去后街公用洗手间洗手，司茵在外面等他。他站在洗手池前慢条斯理地净手，听见身后有个姑娘提及司茵。

他下意识地竖起耳朵去听，不小心听了一个女孩之间的八卦。

姑娘说："孟茜，你们宿舍的司茵在外面。"

"哦，最近不是死了哥哥？隔三岔五请假，怎么又回来了？"孟茜甩了甩水渍，往外看了眼，道："看见她真烦，在系里走高冷人设，把系里男生迷得神魂颠倒，就她土里土气的穿着也不知道那些男生看上她哪点。"

孟茜当着面总怼司茵，背地里的吐槽也不少。等身后的女生离开，时穆才转身出去。隔着老远，他看见小姑娘侧身给那两个姑娘让道，明显避让，看得出她们平日里关系就不怎么友好。

时穆神色变得凝重，将擦手的纸捏成一团，重重地丢进垃圾桶。

等他走近了，司茵询问他："晚上我没课，可以让我在你们医院住一晚吗？我想陪陪AK。"

"没课？"时穆语气停顿一下，"正好，陪穆叔叔逛街。"

司茵愣住："啊？"

时穆言简意赅道："你是女孩，我需要你的眼光帮忙挑几件衣服。"

司茵在公厕外等他时，望着进出的人，感慨时穆那身职场精英人士的清爽打扮与油腻的学校后街实在格格不入。她甚至觉得，像时穆这样的男神精英上公厕，真是委屈他。

男人提出让自己帮他挑衣服，她下意识地觉得自己稚嫩的学生审美眼光配不上成熟稳重的时穆。但她毕竟有求于人，也没多言，自觉地跟着男人去了商场。

到了万鸿广场，时穆带她上了六楼，进了一家装修别致的服装店。他们踏进门，一只软乎乎的"小毛球"撞上她的脚踝，轻痒感由脚传遍全身。

她下意识地往后一退，低头发现原来是一只在地上翻滚的小泰迪。

这是一家女装店，格局不大，装修风格却别具一格。店里约莫十几只泰迪，像毛团一样在店里滚来滚去。

老板娘三十出头，穿着绣花旗袍，挽着一条浅色丝绸披肩。她抱着一只小泰迪

第二章 做你的监护人

走过来,在两人跟前停下。老板娘打量一眼司茵,又去看时穆,眉眼一弯笑道:"时先生,来看我们家小布仔?"

时穆语气绅士友好道:"带小姑娘买衣服。"他的气场友好,却又给人距离感,与司茵相处时表现的亲近感截然不同。

司茵仰着脸,被挂在高处的一条连衣裙吸引,双耳自动屏蔽了两人谈话。

老板娘打量她,小姑娘打扮偏中性,却盖不住骨子里透出的那股子水灵。嫩白的小脸抬着,乌黑的眼仁里仿佛被注满一汪清水,水凌凌的。

老板娘让导购取下那条连衣裙,递到她跟前。

司茵缓过神眨眼,手一推拒绝道:"不不不,我不是来买衣服的。"

商场里的衣服都不便宜,动辄上千。司豪是留下一笔钱,但这笔钱她得留着上学。如果以后打算考研或出国,那笔钱可能会不够。所以,她能省则省。

一只毛茸茸的小泰迪在时穆脚下撒娇。他弯下腰将泰迪抱在怀里,揉着小泰迪的毛脑袋对司茵说:"去试试。"

司茵反应过来,原来时穆不是给自己买衣服,是带她来买衣服。她踮起脚扯住男人肩袖,尽量贴近他耳朵小声说:"这里的衣服不便宜,我压根……"她话锋一转,又说:"我还是个学生,平时衣服在网上随便买买就好了。再者,不是陪你买衣服吗?怎么变成给我买衣服了?"

小姑娘垫脚凑近男人耳朵说话,像小奶犬努力踮脚去够长腿狐狸的耳朵。

"去试试。"时穆再次申明自己的立场和身份,"司茵,我欠司豪很多,答应他做你的监护人我便尽力做好。以后你是我家姑娘,你不用跟我客气。今天我为你买衣服,等以后你赚了钱,难道会不舍得给我买件衣服作为回报?或者说,你对自己就这么没信心?担心工作之后送不起一件衣服给我?"

他家的姑娘?男人的理直气壮让司茵的心莫名漏了一拍。

其实站在她的立场,她排斥时穆做她的监护人,她不想麻烦任何人;但在时穆的立场,他只想完成司豪的遗愿,两人各自立场不相同。

她知道时穆的性格,他坚持要做的事一定会想方设法做到。所以她也不再扭捏,索性点头接受。她抬眼去问老板娘,声音怯怯道:"老板,这件衣服多少钱?"

老板娘与时穆交换眼神,眉眼一弯笑道:"这件啊,打折,399。"

店里的衣服走定制,没有标价格。这条连衣裙被老板娘硬生生从四位数,减

到三位数。这个价格司茵能接受,心里不再那么忐忑,大不了下次请时穆吃顿火锅,把这件衣服的钱还回去。

司茵乌黑的眼睛一眨道:"那好,我试试。"

连衣裙样式简单,一朵绣花盘在腰间,徐然如生。款式很适合身材娇小的女孩,将她腰肢收得纤细,小香肩半露,终于带出几抹别致的小成熟。

小女孩终于有点小女人的气息。

从服装店出来,时穆感慨哄着小姑娘买衣服不太容易。

这家服装品牌是老板娘原创,不是国际名牌,但料子好,贴身,有款。时穆考虑到司茵还是学生,穿大牌在校内实在招摇,便带她来了这家低调的原创服装店。这家店的衣服不比国际名牌价格低,司茵身上这条款式简单的连衣裙,差一点五位数。

小姑娘听话,时穆理所应当要给她一颗甜枣吃,他带她回医院去探望AK。到医院时已经晚上十一点。

医院停车场里,保安队长老油正牵着一条老黑背巡逻。看见时穆,主动过来与他打招呼道:"时院长,这么晚了还来医院,加班吗?"

时穆点头,神色温和道:"嗯,来看AK。"

老油看见时穆身后跟了条"小尾巴",好奇打探道:"这是咱医院新来的护士?"

"她还是个学生。老油,这是司茵,"时穆又扭回身指着老油给司茵介绍,"小司茵,这是老油。"

"小司茵,你好你好。"老油冲司茵颔首,又指着自己的那条黑背介绍,"这是我伙伴,小油。"

司茵低头打量这条叫小油的黑背。这条犬狗脸冷漠,身上的肉厚且实,像上了年龄的老犬。她注意到,小油只有三条腿。

等进了电梯,时穆才跟她解释:"老油是退休的老警察,小油是条警犬,它在执行一次任务时为了保护老油受伤,腿被歹徒生生砍断。"

"生生……砍断?"司茵心颤了一下。那样的画面,她不敢脑补,也无法想象当时的小油有多痛苦。

司茵问:"那为什么没有装义肢?"

第二章 做你的监护人

时穆解释道:"小油的腿从大腿根部截断,即使装上义肢也仅仅只是美观。它是一条工作犬,义肢会一定程度地影响它的工作。"

司茵想起AK,心生一丝怜悯。

美森医院的宠物病房设施齐全,装修明朗通透。

AK住独立病房,床位是一只类似于太空舱的笼子,它无精打采地趴在里面。看见笼子外的人,只轻轻掀了掀眼皮儿,居然提不起一丝兴致。

司茵敲敲栅栏门,叫它名字:"AK"

它没应,甚至没给她一个眼神。AK与白天那会儿不太一样,表现得并不热情。它的狗粮和水一口没动。司茵扭过头问时穆:"它这是怎么了?"

时穆并没急着回答,神色严肃地打开栅栏门,手伸进笼内将它肚皮翻上来,简单替它检查。他扭过头嘱咐司茵:"你抱它出来,放在那边观察台上,我给它量个体温。"

司茵点头照做,小心翼翼地将AK抱出来。

时穆取好体温计转身,看见小姑娘抱马犬,有点忍俊不禁。

他忽略了小姑娘与成年马犬的体格。AK约45斤,体长已经超过司茵半截身。这条大家伙,愣是将司茵衬托成了一个小不点儿。烈犬与萝莉,画面可爱。

十分钟后,时穆取出体温计。

AK体温正常,伤口又上了镇痛药膏,情绪理应不该这样低落。司茵一脸焦急问他:"它到底怎么了?"

时穆弯下腰,视线与犬的视线平齐,目光关切,声音温柔道:"AK?"男人低唤犬的名字,声音几乎酥化人的骨头,可这条犬却毫无所动。

AK将下巴搭在一双前爪上,一脸疲态,懒得搭理任何人,最后索性闭上了眼。

司茵见它表现得不正常,抓住时穆手腕,紧张得手心覆了一层冷汗,她道:"AK到底怎么了?"白天还好好的,晚上怎么就变成这样了?

时穆不敢妄下定论,先打电话给肖护士询问AK下午是否接触了什么。

肖护士在电话那端想了半响,回答说:"哦,下午我们带AK回治疗室,有一个穿消防服的消防员抱着条小犬来治疗。AK看见后拼了命地去追,消防员进了电梯,它便拿头去撞电梯,表现得很激动。之后我们把它送回病房,它就一直闷闷不乐。"

司茵的手指抓了抓AK毛茸茸的爪背，眸里水光掠动，低声说："它一定是把消防员当成了哥哥。"

时穆点头，分析说："司豪去世，AK有心理创伤。它可能自欺欺狗，觉得司豪没有去世，是抛弃了它。它的情况不太乐观，如果接下来依然不吃不喝，可能会有生命危险。"

司茵将AK抱回笼，关上栅栏门，一颗心宛如撕扯疼痛。犬的忠诚，让司茵自惭形秽。

她几度哽咽后，又习惯性地将眼泪吞回腹中。她扯住时穆的衣袖，拽着晃了晃，道："时穆，你救救它，你不是很出名的宠物医生吗？一定有办法救AK的对吗？"

小姑娘手心汗湿，紧紧攥着他的衬衣袖，弄出褶皱。

"穆叔叔。"时穆纠正她的称呼，又紧着一双浓眉说，"有办法，但是——"

真是一只老狐狸。穆狐狸都这种时候了，还不忘占她便宜。她问："但是什么？"

时穆看了眼笼内的AK，说："我可以出面帮你领养AK，但我不是训犬师，不能给予AK安全感。AK是条工作犬，它需要投入工作状态，需要一个新主人。你知道为什么小油只有三条腿，老油却依然带它工作？"

"嗯？为什么？"小姑娘眨着一双大眼睛，眼神里充满了疑惑。

时穆低声与她解释："小油是工作犬，工作概念已经刻进它的骨髓，如果它不能继续工作，它也会怀疑自己的狗生，会抑郁。"

司茵抬起小脸望着他，很快领会他的意思，说："你的意思是……AK需要一个训犬师带它投入工作当中？"小姑娘两只水灵的大眼睛里，充满求知欲望，就像小奶狗向主人索食，小眼神可怜巴巴。

时穆点头，表示肯定道："嗯。既然是工作犬就得每天保持训练强度，让它参与到工作中。等它生活足够充实，自然能忘记悲伤的事，积极生活。简单点来说，是不能让它觉得自己是个废物。"

司茵懂了，她沉思片刻后又抬眼问他："是……成为像Rocket一样的训犬师吗？"

Rocket这个名字对于时穆并不陌生，甚至镌刻进骨髓，宛如他的生命。这个名字，是首位代表中国角逐IPO世界赛事的竞技犬运动员。

第二章 做你的监护人

"Rocket？"时穆语气疑惑。

司茵听他语气，反问："你不认识Rocket？中国第一训犬师。大神。"

"大神？"男人二度疑惑，"何解？"

司茵眨眨眼，一脸不可思议望他道："大神啊就是……我们年轻人，对一个行业佼佼者的统称。"

时穆了然，薄唇微勾道："年轻人的术语，我们老年人，不太懂。"

"咳……"司茵低头轻咳一声，还真当自己是叔叔辈儿了……

"你回去考虑下是否领养AK，是否要成为训犬师。想成为训犬师，就得付出一定的代价，一边巩固学业，一边带犬训练，这会很辛苦。我听司豪说，有送你出国念书的打算？如果你决定成为AK的主人，你将永远不能抛弃它。学业与犬，只能二选一。"

司茵是有考研，甚至出国念书的想法。可如果她打算领养AK，读研恐怕也是心有余而力不足，而出国念书仿佛也不太现实。

一直以来，司豪给她的人生规划就是更好地念书。

如今司豪离世，留下AK给她照顾，她真的为了一条狗，放弃读研、放弃出国念书的机会？放弃更好、更安逸舒坦的工作吗？

从前司豪阻挠她成为训犬师，可如今没有障碍，要放弃这些的时候她又觉得不太舍得。

时穆没有干涉她的想法，只是提醒说："训犬这条路很辛苦，日晒雨淋，环境艰苦。如果怕就趁早放弃，半途而废是对犬的不负责。"

司茵正犹豫，有人来敲门。

门是开着的，她循声望去，看见门口站了一个身姿修长的男医生，瘦且高，鼻梁上架着一副眼镜。

李毅一脸紧张，对时穆说："时院长，陆先生的雪纳瑞需要动手术，全髋关节置换，我一向只负责大型犬，没做过这种手术，孟医生也已经下班，您看？"

"我马上来。"时穆扭过脸，对司茵说，"你回去再考虑，如果你不想接手AK，我会另外替它找一个负责的好主人。"

司茵手指伸进笼内，不舍地挠了挠AK的爪背，狗子慵懒地一掀眼皮看她，眼神可怜得令人心疼。

临走前，时穆回办公室取了一封用牛皮纸袋封装的文件交给她。嘱咐她，如果

决定领养AK,回去将里面一份协议签掉。

司茵打车回学校的路上,将牛皮纸袋拆开。果然如她猜测,老狐狸谋事周到,里面有一份协议书,还有一份司豪的生前嘱托复印件。

当年司豪答应做时穆的技术顾问,不要金钱报酬。但如果他发生意外,时穆就得照顾司茵,直到她结婚。

这是一张属于男人之间的契约,而时穆,正竭尽全力履行契约。

第三章 最温柔的狐狸

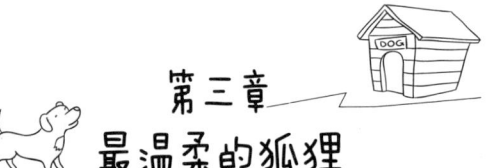

司茵回到学校,心里装着事,她平日里话就少,现在更沉默。

吃早餐时,男同学故意和她同桌,跟她搭讪,关切道:"司茵,听说你家里出了点事。以后有什么事,尽管跟我说,大家都是同学,甭客气。"

司茵回学校后,收到了很多这样的关怀,满心感动。她咬了一口白菜包,跟对方说了一声谢谢。

男生叫严科,是司茵班里的同学。他长得不错,家里条件也不错,很受系里女孩子欢迎。他挺喜欢司茵,喜欢这姑娘的安静和与世无争。

上午的实验课,严科和司茵分到一组。

下课后,司茵正收拾东西,被严科叫住。

男生红着耳根问她:"那个,司茵……周六晚上我生日,你来吗?一起聚聚,你好像没参与过同学之间的聚会活动。"

司茵想了一下,好像的确没有。她问:"地址是?"

严科有点激动,说话时,眼睛里有光,他道:"周六如果你在学校,我来接你。"

不仅司茵,班里的同学也都收到严科的邀请。

周六当天,孟茜和陈雯雯回了家,宿舍只剩司茵和吴容。司茵见吴容打扮得体,也不想失礼,从衣柜取出时穆买的小黑裙换上。

她换上连衣裙,吴容惊讶道:"司茵,你居然穿裙子!"

司茵愣怔。难道……她穿裙子,很奇怪吗?

吴容将她拽过来,让她面对化妆镜,道:"你这清汤寡水不化妆的样子,和这条裙子也太不搭调了吧?来来来,我帮你化妆。"

虽然吴容给她画的妆也是平日里素净的淡妆,但妆前妆后的感觉却很不一样,整个人精神焕发,没了那份颓废的意味儿。

下午六点左右,严科开车来接两个姑娘。他被司茵的打扮惊艳,少男心怦怦跳个不止。严科开的是辆宝马,对于学生来说,几十万的宝马已经很奢侈。

到了酒店,其他同学已经先到场。司茵和吴容先后进入包间,男同学们一阵"喔噢"。

在同学印象里,司茵鲜少打扮,她这么精心打扮,未免让同学觉得她是为了严科才这么耗费心思。就连严科自己也这么想,也觉得司茵对他有意思。

这是同学生日聚会,有几个同学带了家里的宠物。

早先孟茜在群里提议带宠物,同学们觉得这提议很有意思,纷纷附和。此刻席间"汪汪"和"喵喵"的声音混杂,这场生日会另有一番热闹。

孟茜怀里抱了一只泰迪,她摸着小狗的卷毛头,调侃说:"严科,你是什么时候追上我们系花的?不动声色啊。"

严科脚边趴着一只乖巧的边牧。他也摸着边牧的毛脑袋,解释道:"你们都误会了。"

另有同学调侃道:"我们司茵这是第一次参加同学的生日聚会吧?第一次就奉献给了你,可以啊严科。"

席上一众哄笑,司茵很尴尬。

餐桌下,孟茜的泰迪乱窜,去招惹严科家的边牧。边牧脾气好,没搭理,安静地坐在主人身旁。

可泰迪却不停地去招惹边牧,甚至仗着自己体格小,三番两次挑衅。也不知因为什么,边牧忽然凶起来,一口含住泰迪。

包间顿时一片混乱。孟茜急得大声嚷嚷:"严科!让你家狗松口!"

泰迪在边牧嘴里,嗷呜嗷呜乱叫。边牧也有性格,坚持不松口。

孟茜疯了似的,拿起餐刀,朝边牧捅过去。

空气顿时凝固,紧跟着,包间的气氛被孟茜的尖叫声划破一条裂痕。

此时的宠物医院……

孟茜的泰迪断了一条腿,而严科的边牧失血过多,还躺在手术室。严科情绪低落,去医院楼梯间抽烟压制想打女人的情绪。

第三章

同学们怂恿司茵过去安慰安慰,众情难却,司茵跟严科去了楼梯间。

她用手指戳戳严科胳膊肘,安慰道:"别太担心,你要相信医生,你们家边牧一定不会有事。"

严科掐灭烟头,狠狠往地上一掷,道:"我刚才真有冲动掐死那疯女人!"

司茵还在想措辞安慰他,手腕突然一紧,被对方拉进怀里。

突如其来的肢体接触,吓得司茵头皮发麻,连忙挣扎。可男人情绪激动,就想这样抱着她。

司茵挣扎道:"严科……你松开我。"

对方却抱得更紧。

男人后脑勺突然一痛,"啊"一声,松开司茵,捂着后脑勺下意识地往后看。

一只绿毛鹦鹉在他身后扑腾,用坚硬的喙啄了一下他的后脑勺。严科转过身,绿毛鹦鹉又在他鼻尖一啄,疼得他又"嗷"一声。

楼梯间里回荡着绿毛鹦鹉的叫声:"流氓!流氓!"

紧接着,司茵听见"嗒嗒"的皮鞋声。

楼梯间门外有光,一道修长的影子慢慢往里移动。身高腿长的男人跨进楼梯间,走过来,伸手将小姑娘拽回身后。

时穆平日里对人的温和消失了,目光冷如寒冰,一字一顿询问严科:"小流氓,你是谁?"

严科诧异,小……小流氓?

他怎么就变成小流氓了?

"小……小流氓?"严科盯着男人,好一会儿,才磕巴道:"你、你、你叫谁小流氓?!"

男人丹凤眼微微一弯,似笑非笑,声音又轻道:"叫你啊,小磕巴。"

严科气结,恨不得拿爪子挠他。

他见男人穿着白大褂,双手泰然插兜,一副"衣冠禽兽"般的淡然。严科压抑着怒意问:"你是这里的医生?叫什么名字!我要投诉你人身攻击!我要让我表哥开除你!"

司茵不知道严科表哥是谁,听他这样说,只感到无奈。老狐狸可是院长啊,谁能开除他啊?

时穆从兜里掏出一张名片,递给他,惯性的微笑里透着一丝冷意道:"时穆。"

"时……穆?"男生震惊,眨眨眼,"你是时穆?"

这个如雷贯耳的名字严科并不陌生,时穆是这家医院的大股东,也是现在的院长。他数次听表哥提过时穆。

时穆见男生愣得像根木头,扭回头询问司茵:"男朋友?"

小姑娘摇头,表示否认。

"哦,不是男朋友,小流氓便没得辩了。你,再有下次,绝不会仅是口头警告,我会——"时穆微笑里露出诡异的冷森,他刻意停顿,将接下来的话说得极其温和,"打断你的狗腿。"

打……打断他的狗腿?司茵嘴角抽了抽。她站在时穆身后,探出小脑袋,冲严科使眼色,示意他先走。

时穆明明摆出一副和和气气的姿态,可眼神与他所露出的微笑都极度不友好。严科被他搞得脊骨发凉,浑身汗毛竖起来。

严科甚至忘了问两人什么关系,便贴着墙蹭出了楼梯间。他回到手术室外,边牧的手术还没结束。他的边牧已经是条老狗,经这么一折腾,也不知道是否还能恢复从前的健康。

大半的同学都已经离开医院,只留下几个热心的班干部等待结果。手术结束后,严科看着狗子被送推病房,得到医生的口头承诺才彻底安心。

吴容拍着他肩头安慰:"放心吧,吉狗自有天相,医生都说没大碍就肯定没大碍,调养调养还是能恢复的。对了,司茵呢?她不是去找你了吗?人呢?"

一提这茬,严科下意识地揉了揉被绿毛鹦鹉啄过的,后脑勺和鼻尖。

司茵回到病房抱歉地看了眼严科,小声说:"刚才抱歉啊,他是我哥哥的……朋友。"

严科下意识离她远了点,担心后脑勺再被绿毛鹦鹉啄。

时间已经很晚,严科提议送大家回学校。有人提了一嘴:"孟茜呢?要叫她一起回去吗?"

严科眼神一凛,就要破口骂人,吴容见状忙当和事佬插嘴道:"你们先回,我去送她回家。"

今天虽然严科是主角,但孟茜也是受害者,她家狗也受了很重的伤。吴容是班

长,有义务安抚好所有同学。司茵不放心吴容一个女孩留下,也表示留下来。

听见司茵要留下等孟茜,严科立刻不痛快,对她的好感和喜欢瞬间清零。

严科等人离开后,吴容和司茵去了三楼手术室找孟茜。

医生护士站在走廊里讨论事情,并没有看见孟茜。两个姑娘刚从电梯出来,护士肖玲就立刻招手叫她们:"欸,你们是刚才跟泰迪主人一起来的同学吧?"

"嗯,是。"吴容扫了一眼走廊,疑惑道,"我同学呢?"

肖玲冷笑一声,又仿佛对这样的事司空见惯道:"一听狗子要截肢,跑了呗,狗还在手术室,到底要不要做手术?如果要做,赶紧让她过来签字,如果继续这样等下去,后期感染严重,这条狗的命恐怕保不住,赶紧给你们同学打个电话。"

吴容不敢耽搁,忙打电话给孟茜。电话接通后,吴容说明当下情况,让她快点回来。

"腿都没了,我养它干什么?这狗我不要了,你让医院看着处理吧,安乐死。"孟茜心情不太好,"啪嗒"一声,挂断电话。

吴容一脸尴尬,扭过脸问司茵:"要不……我们也走吧?"

虽然司茵不喜欢孟茜,也不喜欢泰迪,但小狗本身是无辜的。

泰迪主动招惹边牧导致被咬,它这种有恃无恐的性格能怪它吗?只能怪它有一个品格差劲的主人。狗的性格,多半是折射主人的性格。

司茵想了片刻,问护士:"我可以代签吗?可以先把手术给做了,手术费我可以垫付。"

肖玲觉得她眼熟,仔细看她,道:"哦……你是那天找时院长的姑娘吧?那不行,我们医院有规定,这不是钱的事儿,这是原则性问题。我们这边把狗的腿给截了,万一她主人找上门怎么办?"

司茵通过隔断走廊和手术室的玻璃看见小家伙躺在手术台上,奄奄一息,似乎连呼吸都痛苦。

吴容拽了拽司茵的衣袖,贴近她耳朵小声说:"司茵,咱们别管这闲事了,走吧,你跟孟茜关系也不好,管她的狗做什么?"

司茵咬着唇,思虑片刻后,掏出手机,给孟茜发了微信。

孟茜没好气地反骂道:"关你什么事?这狗你要我送你啊,多管闲事的神经病。"

司茵沉着脸,回了一个"好"字,权当她是真的把小泰迪送给了自己。司茵将微

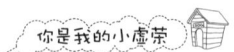

信拿给护士看,护士肖玲扫了眼聊天记录,依然坚持摇头说:"不行,咱们医院没这个规定,得主人本人来签字。"

司茵见这样也不行,没辙,想到时穆立刻跟护士说:"您等我一下,我去打个电话。"

她转身拨通时穆的电话,老狐狸对她的事很上心,五分钟后,便从办公室下来。

时穆已经准备下班,脱掉白大褂,穿一身笔挺的西装。他走过来了解情况后,眉头皱着,当机立断道:"做。任何结果由我承担。"

孟医生一脸为难:"可是院长,医院规定……"

"规矩是人定,手术台上躺着的是一条命。"时穆打断他,语气沉重而果断,"这个手术必须做,以后这条犬就留在医院当招财犬。"

时院长既然这么说了,大家伙儿便安心回了手术室。

吴容见到时穆本尊直接愣住。

这不是……时穆?他本人和校论坛的海报照片不太一样,五官更深邃立体,比起那张修图过度的海报,眼前的真人更英俊。是个姑娘就抵挡不了他的颜值吧?

面对时穆这种颜高、学历高,又身高腿长好气质的男人,普通姑娘哪儿能保持冷静?

时穆抬起手腕,目光扫过表盘刻度,对两个姑娘道:"时间不早了,我送你们回学校。"

吴容压制着尖叫的冲动,激动地差点掐断司茵的胳膊。

司茵对时穆已经免疫,但她能理解吴容的心情,毕竟她还是个未成年少女时,也被这个男人惊艳。

严科刚从医院出来,心情不是太好,接到表哥姜邵的电话,立刻一扫情绪阴霾。表哥从比利时带回了一条冠军犬,他立刻将车调头,开往机场。

接到表哥,回程时,严科通过后视镜打量后座的男人与马犬。

姜邵戴着一只棒球帽,懒洋洋地靠在椅背上。他帽檐向下拉,遮住半张脸,只露性感的薄唇与下颌。他一只手随意搭在腿上,另一只手随意揽过高大的马犬。

严科开车,不能仔细看那条犬,只是咂舌惊叹道:"这就是那条身价千万的冠军犬?它叫……老虎?"

第三章 最温柔的狐狸

姜邵嘴里咀嚼着口香糖,"嗯"了一声,又开口问:"瑶瑶还好吗?"

瑶瑶就是那条差点被孟茜捅死的边牧,它已经九岁,陪伴严科从未成年到成年。提及瑶瑶,严科冷哼,将晚宴的事儿从头至尾讲了一遍。甚至在医院被时穆和鹦鹉欺负的事儿,也委屈巴巴跟表哥提了一下。

姜邵调侃:"怎么?时穆还没把你怎么着,你就觉着委屈了?"

严科:"哥,你胳膊肘怎么朝外拐?"

姜邵"呵"了一声道,"小子,就你这换女朋友速度的,还敢去追小司茵?时穆没打断你的狗腿,算你好运气。"

"小司茵?"严科一脸蒙道,"等等,表哥你也认识司茵?"

"不认识。"姜邵将帽檐往下一拉,合上眼,"到家叫我。"

他用手拍拍犬背向老虎授意,让它也趴下休息一会儿。老虎接到指令立刻趴下,将嘴筒子搁在男人大腿上。

姜邵没见过司茵,但他知道司茵是谁。

他与时穆在比利时认识,成为搭档。司豪是后来时穆介绍的技术顾问,他们三人经常跨国开视频会议。通视频电话时,他常听司豪与时穆聊起司茵,便也习惯性地与他们一起喊小司茵。

老虎拿的第一场比赛奖金,司豪分了10%,余下的时穆与姜邵平分。时穆拿奖金给司茵小姑娘买了点奢侈品。

那会儿司茵还在念高中,东西没能到她手上便被司豪倒手卖掉,兑成现金捐给了贫困儿童。姜邵知道这事儿后,暗自憋着笑了好久,却没敢告诉时穆真相。

姜邵从不好奇司茵容貌。毕竟哥哥司豪黑又壮,长得不怎么好看,笑时露一口白牙,像个傻大儿。所以他臆想中的司茵身高大概也在一米七以上,是又黑又瘦,干巴巴的类型。

严科通过后视镜打量一人一狗,一脸不痛快,敢情表哥真拿自己当司机了?他报复性地打开车载音乐,英文歌动感十足。

令人细胞躁动的音乐前奏一响,刚趴下的老虎触电似的,立刻坐直冲着前面的严科吠"汪汪汪汪……"

犬的叫声震耳欲聋,它的主人却不为所动,置若罔闻。严科被吓一跳,扭过头

呵斥道:"NO!闭嘴!"

老虎压根不听他命令,凑上前,贴着男人胳膊肘叫。

等红绿灯时严科扭过头,垂眼与它对视,被它的气势吓得不轻。它硕大的黑狗头搁在主驾驶位与副驾驶位之间,向他露出了一口锋利獠牙。

老虎拿爪子拍了一下严科的小臂,似乎在威胁他关音乐。

严科终于意会,关掉音乐,问它:"你是让我关掉音乐?"

老虎目的达成,回到后座,趴回姜邵大腿上。

严科见老虎回去,又暗自拧开音乐。音乐前奏刚响起,身后便又传来老虎喉咙里发出的警告低鸣。

"成精了吧?"严科迫不得已又关上音乐,让车内恢复安静状态。

听见表弟吐槽,姜邵薄唇抿出一条好看的弧度,笑得无声,奖励似的摸了摸老虎的身体。

时穆送两个姑娘到了学校,他率先下车,绕过车头,绅士地替两位姑娘拉开车门。

吴容被男人绅士的举动撩到,紧张得舌头打结,话到嘴边又吞回腹中。司茵拉着她走向校门,只走了几步路,她们又被时穆叫住。

"等等——"

听见男人的声音,吴容和司茵同时回身看他。

夜里的风吹得路旁梧桐沙沙响,四周是一片寂静的黑,而昏黄的路灯仿佛只照亮他一人,男人成了夜色中一道特别的风景。

他举着亮着屏幕的手机,轻晃道:"加个微信。"

吴容愣住,好一会儿才回过身,忙点头道:"好……好啊。"他打开微信问时穆:"师哥,我扫你,还是……你扫我?"

虽然他们相差很多级,但他也的确是两个姑娘的学长。

司茵感觉到男人的目光在她头顶一扫,也知道他想要的是自己的微信,是班长误会了。

他很礼貌,并没有道明是对方误会,只是顺着女孩的意思滑开了二维码递过去。

他面对人总是惯性地微笑,可他的微笑却又分了很多种。譬如此刻对吴容,过

于礼貌,被赋予了一抹疏离感。等吴容加了他的微信,他又礼貌性地补了一句:"以后再有宠物需要就医,送到我的医院。"及时撇清了主动加微信的暧昧。

时穆又将二维码递到司茵跟前……

回到宿舍,吴容激动地在床上滚来滚去道:"男神加我微信了,男神加我微信了!"

吴容一向稳重,不追星,只拿科学家当男神。司茵第一次见她这样,提醒说:"班长,您不是有男朋友吗?"

"谁说有男朋友就不能有男神了?"吴容坐起身,攥着手机一脸激动道,"男神人也忒好了吧?就因为是我们的学长,就送我们回学校?"

司茵没有回应她,低叹一声,点开时穆微信。

他的微信ID:FOX。头像是《疯狂动物城》里的那只狡诈又暖心的狐狸。黄毛狐狸双臂环抱在胸前,嘴角噙着温和的笑容。

她觉得这只狐狸像极了时穆,索性给他备注:穆狐狸。

接着又习惯性地点开朋友圈。时穆半年内的动态寥寥无几,都是一些生活琐碎的照片,文字极简短。

10月22日,司豪葬礼那天,他发了一张白雏菊的照片,没有任何文字。

司茵有些心闷,正难受,听见下铺的吴容"啊"了一声,发出感慨:"男神居然不发朋友圈的,说明他骨子里很高冷。"

司茵退出时穆的朋友圈。并不打算告诉吴容,其实……她是被时穆屏蔽了。

AK毕竟是有编制的军犬,领养流程相对麻烦。考虑到AK现在的精神状况,司豪昔日的战友们倾力帮助。加上时穆出身于军人家庭,爷爷是个退休的老将军,上面考虑到他根正苗红,又是个宠物医生,手续几经波折终于办下来。

周三下午司茵没课,去医院找时穆。监护人协议她已经签好,也决定成为AK的训犬师。

泰迪与边牧的悲剧,是撬动她下决定的原因之一。出了这事儿后,同学们认为责任全在骄纵的泰迪。谁让它不知天高地厚,挑衅边牧?活该被咬。

司茵与他们意见不同。小狗本身并没有错,错在它的主人。狗像一个孩子,它在成长过程中,往往会受主人影响,它的性格,或多或少会反射主人的性格。

她想成为一名优秀的训犬师,引导狗狗们拥有自己的品性。

她期望狗狗不依附于谁,有克制自己以及分辨是非的能力。她的初衷很简单——以己之力,减少一点这样的悲剧发生。

但她想要成为一名合格的训犬师,创立属于自己的训犬基地,这条道路阻且长。

她到医院的时候,时穆正与医生开交流会,不便打扰中断,她坐在办公室里等。肖玲给司茵倒了杯水,调侃说:"小姑娘,你和我们时院长真认识啊,我以为你和那些女人一样,瞎诌的呢。"

她接过水杯,说了声谢谢,言简意赅地解释道:"我是AK的新主人。"

那条叫AK的马犬医院里的工作人员无人不知,它也是最让护士们头疼的一条犬,没有之一。

时穆的办公室宽敞明亮,有单独的会客室与休息室。办公桌上放了一只别致的雕花鸟架,绿毛鹦鹉被一根小细链锁在上面。司茵坐在沙发上,视线恰好与它平齐。

面条两只芝麻眼与她对视,张嘴喊:"不差钱,不差钱,要自由,要自由!"

司茵无语叫她绰号,还想要自由?呵呵!做梦。

绿毛鹦鹉不厌其烦地叫,吵醒了窝在院长皮椅上打盹的大脸猫。

大脸猫沉默地舒展四肢,伸懒腰,又轻巧地跃上书桌停在鸟架前。它一脸严肃地瞪着面条,见它仍没有闭嘴趋势,抬起胖乎乎的猫爪,一爪拍在绿毛鹦鹉的脑袋上。

绿毛鹦鹉避之不及,双翅一展,扑腾起来,飞至空中又被锁链扯回。它仗着自己能说话,又开始叫:"死馒头!死馒头!"

肥猫睨它一眼,再次抬起肥爪。它的猫爪抬至半空,却被一只白嫩的小手抓住。

肥猫扭过头,看着司茵的目光冷厉非常。它猫眼慵懒半眯,睨着她,仿佛在说:凡人,你敢拦我?

司茵将肥猫抱起来,高举过头顶,警告它:"不许以大欺小。"

肥猫懒洋洋地看司茵,想用爪子挠她,却又动弹不得。

时穆推门进来,看见小姑娘将肥猫举过头顶,提醒说:"它很记仇。"

司茵扭过头看见时穆,立刻将肥猫丢进他怀里。她从沙发上取过文件袋,交给他道:"喏,协议我已经签好了,我什么时候可以带AK回家?"

时穆将猫放下,拆开文件袋,快速确认之后对她说:"你有地方养它吗?"

"有,我在学校附近租了一间房,可以每天照顾它。"司茵决定领养AK后便迅速在学校附近租下一间单身公寓。

时穆收好文件,继续说:"我给你一个后悔的机会。"

司茵摇头,表示道:"不后悔。"

时穆点头,转身将文件锁进柜子里,回身后对她说:"后天你请一天假。"

"嗯?"

"去看护卫犬比赛。"

司茵很快反应过来,后天的护卫犬比赛?不就是Rocket带老虎比赛那场?

她不解道:"后天?可是后天不是你演讲的时间吗?"

司茵一脸疑惑地看他。

"在你没决定之前,这场比赛我可看可不看。在你决定之后,我认为有必要带你去看。"时穆解开白大褂纽扣,对她说,"等我一会儿。"

"嗯。"她轻轻点头,继续坐在沙发上等他。

时穆走进休息室,随手关上门,再出来已经换了一套便服。

他穿着一条浅灰西裤,摒弃了传统皮带,利用一条浅灰与细黑纹交织的经典款背带固定,轻便不失时尚感。时穆身材有型,穿衬衣西装尤显挺拔,看得出衣料下有扎实的肌肉。

大概是男人的着衣审美吸引了司茵,她咬着玻璃杯边沿,盯着他身上那条做工精致的背带愣愣地出神。

其实不光那根背带,男人的西装裤、衬衣都是高档的精致款。她终于明白国际品牌服装贵在何处,即使是最复古的经典款,做工上那种精美的质感,也是肉眼可见的。

不得不承认,时穆做院长实在可惜,这副身板做国际男模也可惜了。

司茵突然想起影后木眠也找过他,凭他的颜值能被影后木眠看上她一点儿也不奇怪。

她看得出神,额头忽然被男人拿手指弹了一下,她吃痛地捂着脑门,条件反射地"唔"了一声。她抬眼望着居高临下打量她的男人,腮帮委屈地一鼓。

"在看什么？"他一面系袖扣，一面问。

司茵面颊以肉眼可见的速度红起来，低下头继续咬杯子，整理情绪后，才抬眸望着他说："衣服挺……挺好看。"

时穆面不改色地继续刚才的话题道："想要成为一名优秀的训犬师，先得有几个优秀的师父。"

司茵恍然道："你带我去看比赛，目的是让我拜师？"

男人反问："你不想去？"

"不不不，想、想去。"

司茵心都快蹦出嗓子眼，她尽量克制激动的情绪。

Rocket与司豪认识，自然和时穆也认识。她虽然不知道时穆要带她拜的师父是谁，但能肯定，凭借时穆的关系她一定能见到Rocket本人。

她深呼几口新鲜空气，手搁在心脏处，那里的狂跳良久不止，她的激动久久不能平息。

她终于可以见到喜欢了很多年的偶像。

司茵接了AK出院，时穆充当司机送他们回家。

AK趴在后座位置，心事重重。途中司茵从衣领里取出犬牙项链，开始回忆司豪以前是怎样与AK相处的。

女孩思绪正浓，AK那只毛脑袋突然蹭过来，搁在她大腿上，眼皮上掀，可怜兮兮看着她。

司茵低眼看AK，它眸子里水光潋潋，看得人心脏一软。烈犬的温柔，最是让人难以抵抗。

她小心翼翼地抬手，摸了摸它的脑袋。

AK眼睛半眯，双耳向后摺压，看起来像海豹。它喉咙里又发出撒娇似的声音，身子又朝前一挪，脑袋往司茵身体最温热的部位拱了拱。司茵以为它晕车，小声安慰说："就快到家了，坚持一下。"

时穆通过后视镜往后扫一眼。体格庞大的马犬此刻将脑袋贴着女孩的胸，一脸的生无可恋。司茵穿着宽大的长袖薄T恤，胸部起伏较大，那里是最绵软温热的地带。

时穆勾唇笑了笑，这条狗倒很会挑位置。

司茵租的房子在学校后街，老小区，房租不贵，环境很差。

老旧的楼道里墙面斑驳，四层以上声控灯损坏，黢黑一片。时穆打开手机自带的电筒功能，高举过头顶给前面的小姑娘照明。可即便如此，司茵还是踩滑一个阶梯，身子朝后一仰，差点摔出去。

身后的男人眼疾手快，用手抵住她的后腰，将她扶稳，道："小心。"

男人的声音在楼道回响一圈，最后才撞进司茵的耳膜，心脏都跟着小小地一颤。

到了最后一层总算有光，白炽灯并不明亮，身后的男人挡住了大半的光，以至于她开门时看不太清，她尝试几次也没能将钥匙插进去。

时穆见她笨手笨脚，伸手从她手里取过钥匙。两人的手却碰到一起，司茵下意识地把手往回缩，她往后退了一步，给男人让出空间。她盯着男人宽阔的脊背，心间无端生了一丝踏实感。

她的心脏莫名地又开始怦怦跳，眼皮也跳，似乎在预示什么。

"咔嚓"一声脆响，有什么东西断裂。时穆脊背明显一僵，嘴里发出"啧"的声响，捏着一把断裂的钥匙回过身对她说："抱歉，门锁似乎老化严重。"

司茵看见被他拧断的钥匙，攥着狗绳，僵在原地。

这个点上门修理门锁的匠人已经下班。所以，该怎么办？

时穆将断裂的钥匙抛进垃圾桶，从她手里取过狗绳道："去我家。"

"啊？！"司茵惊讶得嘴微张。

她那句"不太好吧"还没说出口，时穆接着又说："我带AK回家，你回宿舍。怎么你也想去我家？"

司茵被他一句话弄得面颊发烫，手心汗湿。她用牙齿磕了一下嘴唇，点头，道："嗯……好。麻烦你了时……穆叔叔。"

她叫了一声穆叔叔，硬将辈分拉扯开，仿佛也没那么尴尬了。

她此刻终于明白时穆为什么坚持让她喊"穆叔叔"，目的是拉开两人之间的辈分，相处起来才不会那么尴尬。

上门维修门锁的匠人业务太繁忙，司茵在宿舍连住了两晚。

Rocket的比赛下午三点开始，而时穆在学校的演讲两点开始。她正收拾东西，听见

下铺的陈雯雯抱怨道:"啊——听说咱们传奇学长时穆突然急症住院,演讲延后了。"

吴容站在书桌前帮司茵收拾东西,也唉声叹气道:"是啊。你们说,我要不要组织学生会的学弟学妹,去探望探望?给男神带去母校亲切的慰问。"

"男神?学长什么时候成你男神了?"陈雯雯调侃道,"班长,您真要组织去看学长,叫我一起啊。"

"OK!"吴容用手中的书敲了敲铁床,问上铺收拾东西的司茵,"司茵,你要去吗?"

她摇头,表示没兴趣。想不到时穆这么大把年纪,还玩儿装病请假这一套?

时穆不方便来学校接司茵,她自个儿打车去了体育场。

文泉体育场外人满为患。观赛者可以带犬入场,检票处分为两股,一队人行通道,一队带犬通道。

带犬通道处很壮观,十几条体型不一的犬,自己个儿叼着票,有秩序地排队入场。

检票员一脸稀奇,司茵也是一脸……稀奇。

这些狗……都成精了?!

司茵凭借时穆发来的电子票进入内场。票位在一楼,入口进去是三楼,需要坐直达电梯下楼。她和三个男人同时坐一辆电梯,听见背后两名男人讨论Rocket。今天来的不仅有Rocket,还有台湾第一训犬师阿甘。

其中一人说:"据说Rocket在微博撂下狠话,如果他拿不下冠军就摘口罩,今天有好戏看。"

另一人也道:"Rocket八成是个丑八怪,正常人会戴口罩吗?训犬师几个好看的?谁会在意训犬师的颜值?八成是长得巨丑无比。瞅着呗,今天我们阿甘吊打Rocket好吗?"

阿甘的赛犬坦克也算是国际犬界的佼佼者,在中国,它是唯一可以与老虎较劲儿的犬。

阿甘与Rocket,一直以来都被拿来议论谁才是中国第一训犬师。偏偏两边粉丝又不相上下,一旦有人争论此问题,必定掀起犬坛粉丝的一场恶劣骂战。

司茵眉头皱着,走出电梯,回过身看着男人,冷笑道:"戴口罩等于巨丑无比?所以你们这些没戴口罩,却跟毁容无差的人是怎么有勇气出门不戴口罩的?"

第三章 最温柔的狐狸

她回过身才注意到，里面还有一个清瘦的长腿男人，双手环抱，慵懒地靠在电梯角落。他低着头，帽檐挡住大半张脸，五官看不完整，可气质却与众不同。

电梯里油腻的胖子恶狠狠看她道："干你屁事儿？小学生也来看比赛？"

来看这场护卫犬比赛的大多是男人，像司茵这种小姑娘并不多见。

司茵也不恼，嘴角轻松扯开，微笑道："这年头，像您这样嘴巴恶臭的程度与颜值成正比的老年人不多见吧？"

长腿男人拎着一袋饼干，站在电梯口，饶有兴致地听司茵与两名男人争执。

油腻胖子怒道："就你一个丫头片子，也来看比赛？知道什么是马犬吗？烈犬一张嘴你怕是吓得尿裤子了吧？"

同伴见是个小姑娘，拉着胖子说："哥，一个小丫头别跟她一般见识，走吧，比赛快开始了。"

胖子临走之前还不忘指着司茵警告道："要不是看你跟我儿子一样大，我今儿非教你做人。"

面对男人的警告，司茵"嗤"的一声，表现得无所畏惧。她转身准备离开，胳膊却被人拽住，她回头发现是刚才在电梯里的长腿男人。

她的个子只到男人下巴尖儿，距离太近，即便他将帽檐压低，也依然能看清对方长相。

男人穿一身黑衣裤，偏宽松，清瘦的身体被衬得更单薄。有点……弱不禁风。

她又从下往上打量，喉结倒是性感，下颌略尖，五官挺精致。偏偏他肌肤又剔透的白，再有左耳垂两只耳钉加持，阴柔美的味儿更重。

司茵回过神，甩了甩手腕，她被抓得紧，没能甩掉。她皱着眉，语气冰冷道："麻烦松手。"

姜邵眉眼松动，露出一口小虎牙，笑着调侃道："如果Rocket真的丑到爆，你会脱粉吗？"

仗着有点姿色，就能拉着路人发神经？司茵神色阴沉，抬脚踩在男人脚背上道："你才丑到爆，神经病。"

姜邵疼得"嗷"一声，单腿跳着转了个圈。就这转个圈的工夫，可爱的人儿已经拐进走廊。

离比赛开始还有三十分钟，参与比赛的训犬师带着犬只在休息室调整状态。为

了保证赛制公平性,每一位训犬师与犬,都有独立的等候室。

姜邵回到休息室,一进门,随手摘掉棒球帽。

老虎看见他,立刻从休息台上跳下,到他跟前,主动用嘴替他衔过帽子。

时穆正替AK按摩,见他一副兴致缺缺的样子,问:"怎么?紧张?"

他将一头凌乱棕毛理顺,反问:"老时,我就这么不符合中国人审美?我丑吗?"

"受了什么刺激?"时穆把话头摆正,提醒他,"我不管你受了什么刺激,在中国的第一场比赛,你得给我拿冠军。"

姜邵扯开饼干包装袋,取出一块,"咔嚓"轻咬一口,又问:"老时,你说我长得怎么样?"

"不错。"时穆手上动作没停,替AK按摩的手法相当娴熟。他用下巴一指老虎,唇角轻松一扯,"颜值比起老虎,稍高,气质嘛,比它差点。"

姜邵被饼干噎住,呛得一拍胸脯,猛咳道:"去你的。你拿我跟老虎比?老虎,你说,我跟你时爸爸谁更帅?"他扭过头看老虎,发现那货居然没理他,正直勾勾地望着享受按摩的AK。

AK趴在休息台上,任由时穆给它按摩,一副生无可恋的模样,对什么都提不上兴趣。它最近精神状态不好,已经断食好些天,身体也越发消瘦,时穆每天用营养液替它维持身体机能。

姜邵怒吼一声:"老虎!"

发呆的老虎立马坐直身体,从休息台上跳下,来到姜邵跟前,仰着脖子望他。

姜邵叉腰低眼看它:"行啊小伙子,看美女看得眼睛都直了?问你,我和你时爸爸谁更帅?"

老虎望着他,又望时穆,"嗷呜"一声,在原地打了个圈,表示难以抉择。

姜邵自尊心受挫,非得要个结果,道:"选一个,必须选!"

非要二选一,老虎只能忍痛,抬起头对着时穆"汪汪",尾巴摇得欢快。

时穆笑着弯腰,摸它脑袋,夸赞:"好狗。"

姜邵气道:"狼心狗肺的小东西。"

"你这是在夸我们老虎?"时穆调侃说,"谁把我们姜少爷气成这样?待会儿让老虎去收拾。"

老虎把时穆的话当成命令,默默记下。并凑到姜邵跟前,嗅了嗅他身上残存的

味道。

是淡淡的茉莉香。它记住了。

司茵找到位置后坐下,发现时穆还没到,便捧着手机低头玩了会儿。

比赛开始后,时穆才拎着两瓶水姗姗来迟,挨着她坐下。

司茵正低头回复班长微信,旁侧的男人递过来一瓶水,道:"比赛专心看,仔细观察每条犬只的优势与劣势。"

她从时穆手里接过水,"哦"了一声,收起手机。

比赛开始,前面一个小时,比赛犬只表现得并不出色。进行到一小时零五分时,一个身高约一米六的男人,带着条罗威纳入场。

现场响起一阵欢呼,瞬间将比赛推至一个高潮。那是台湾第一训犬师阿甘。

这场中国版护卫犬比赛赛制借鉴了IPO的规则。阿甘带着赛犬坦克漂亮地完成了比赛,拿到目前第一的高分。

现场男人们的欢呼声与观众犬的犬吠融合,响彻整个体育馆。这场允许人犬共同观看的比赛,当真别出心裁,司茵的血液莫名就热了。

时穆全程比赛都很平静,坐姿又端正,似乎从头至尾没动一下。

轮到Rocket带老虎上场,现场欢呼声不亚于阿甘。

司茵想喊,碍于时穆只好全程压制内心的狂风暴雨,佯装平静。

通过大屏幕,她看见Rocket戴着棒球帽,口罩遮住脸,隔太远,甚至看不见眼睛。大屏幕里的镜头重点都在赛犬身上,停留在Rocket身上的镜头极短。

靶手逃跑截击环节,需要靶手逃跑,让赛犬飞扑追击,去咬住靶手的手靶。

Rocket下令追击逃跑的靶手,老虎立刻飞扑而出咬住靶手,极具爆炸式的进攻力,咬咀够深。

整个20分环节它完成得相当漂亮。

司茵再也压制不住内心的激动,一掌拍在时穆小臂上道:"漂亮!"

时穆正拧开瓶盖喝水,被她这么一拍,半瓶水洒出去。

司茵目光集中在赛场,浑然未觉,又顺手扯着时穆的衬衣袖道:"老狐狸你看!老虎的爆炸力完全超于阿甘的坦克!"

老……狐狸?

被她这么一阵晃,瓶中的水一口未喝已经又洒出大半。

时穆淡定地拧上瓶盖,问:"那你有没有看出老虎的劣势?"

司茵扭过头,收回手,满脸疑惑道:"老虎表现得不够好吗?"

时穆重申道:"老狐狸是在问你劣势,而不是表现。"

司茵反应过来叫错称呼,涨红脸,轻咳了一声摇头道:"没……"

时穆说:"继续看。"

这场比赛Rocket不负众望拿下冠军。比赛结束后,时穆去休息室接AK,让司茵去停车场等他。

司茵站在停车场出口等时穆,帆布包挂在小臂上。她正低头回复吴容的微信,背后忽然蹿出一条成犬咬住她的包,抢了便迅速窜入草丛。

司茵攥着手机愣了两秒才有所反应,大喊:"抢劫!"

第四章
他半裸的身体

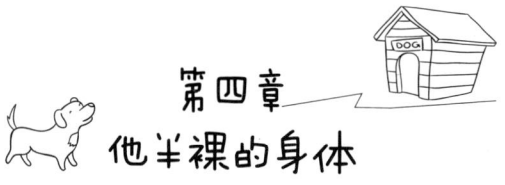

抢劫来得猝不及防，司茵压根没想到在体育馆外有人……不，会有狗敢抢劫！司茵拔腿去追，大步跨过草丛，追进停车场。

那条抢劫的犬正等她，叼着她的包停在不远处。她也停在原地，双手撑着膝盖，气喘吁吁与那条小偷犬对视。

司茵定睛打量它的外形，是条马犬，居然很……眼熟？

抢劫犬见她停在原地，又叼着包返回，挑衅似的绕着她走了三圈，将她的包扔在地上，冲她："汪汪汪……"

司茵喘口气，看它，搞不清什么状况。

她伸手去取包，没抓到包带，老虎又一口咬住，将包往后拖了一米。

她往前走一步，伸手又去抓，老虎咬着包，又往后一退。

"……"司茵皱眉，放弃和它玩儿幼稚游戏，冷冷看它道，"老狐狸让你来的？"

身价千万的竞技犬在这里，它的主人应该就在不远处。能跑来和她这个路人周旋，一定有理由。除了时穆唆使，司茵真想不出其他缘由。

所以，Rocket和时穆就在附近？

她直起腰，打量四周，远远看见一个长腿男人走过来，二十米之外对她招手道："嗨！小美女，真巧！"

呵，真巧。长腿男人摘了口罩，五官全露出来，夕阳一照，美得发光。

他擦着司茵肩头走过去，来到老虎跟前，蹲下身从它嘴里抢过包，疑惑道："兄弟，你干吗呢？"

刚才姜邵就转身打电话的工夫，老虎这狗子就不见了。突然玩儿失踪可不是它的性格。

姜邵找到它，又看见小姑娘，才恍然明白缘由。

他一巴掌抽在老虎嘴筒上,低声斥责道:"这么听你时爸爸的话,上天吗?"它取过包,小心拍拍灰尘,起身递给司茵,道"你的包?抱歉,这狗像他爹,报复心太强。"

司茵接过包,抱在怀里,木讷地望他,说不出话。

怪不得下午在电梯口,他会突然拉住她。敢情……他就是Rocket。她想了一万遍与偶像相遇的情景,没想到……会是这样。

时穆将车倒出停车位,看见前面两个熟人挡路,摁响喇叭,摇下车窗,探身出去招呼他们上车。

听见时穆的声音,老虎立刻摇着尾巴跑过去,一双前爪趴在车门上,脑袋探进车内去舔男人的脸。

姜邵发现小姑娘愣在原地,微微弯腰,视线与她平齐,笑着问:"吓着了?"他说话时眉眼带笑,露出两颗小虎牙。

司茵也不应,就这么愣愣地望着他。耳道里都是心跳,感官神经被不可思议的情绪灌溉,以致四肢僵住。

Rocket居然长这样?他居然是Rocket?

时穆下车,缓步走过来,扫一眼姜邵,目光又停在司茵脸上,问她:"怎么?看见老虎震惊成这样?"

不,不是老虎,是Rocket。司茵现在表面有多平静,内心就有多澎湃。

姜邵以为两人不认识,主动凑到时穆跟前,解释说:"不是,人家小姑娘是被老虎给吓着了。"他将刚才老虎玩失踪,甚至捉弄小可爱的事从头至尾讲了一遍。

本不该出卖队友的,可这事儿老虎做得的确不对,总得有个有威严的人来教训狗崽子。

时穆听完陈述果然脸色一沉,扭回头去看老虎。

它被时爸爸凌厉的眼神盯得浑身耷毛,吐出粉嫩舌头,脑袋一歪,卖了个萌,装乖巧。

但时穆是什么人,姜邵太清楚了,老虎这是在垂死挣扎啊。

时穆敛了神色,语温降度道:"老虎,上车。"

卖萌失败。老虎夹着尾巴在原地转了一圈,压根不敢去看男人眼神。它仰着头打量一眼车窗距离,毫不犹豫地从窄小的窗口跳进车内。

第四章 他半裸的身体

收拾完老虎,时穆抬手一指姜邵跟司茵介绍道:"这就是你一心想见的Rocket,姜邵,"又扭过脸看姜邵,指着司茵说,"小司茵,司豪的妹妹。"

这回换成姜邵蒙了。为啥长得跟司豪一点儿不像?那大老粗能有这么可爱的妹妹?没天理啊!

回去路上,姜邵坐副驾,司茵坐在后面抱着AK。

做错事的老虎则被罚坐立在皮椅上,后双腿站立,前双爪委屈地勾在胸前。

二十分钟车程,老虎保持双腿站立姿势,一刻不敢松懈,累得够呛,却压根不敢放下前爪休息。

司茵帮AK顺着毛,替老虎求情:"那个,Rocket……老虎已经站立二十分钟,这个惩罚时间,应该够了吧?"

姜邵没反应过来她在叫谁,毕竟Rocket不是单指一个人,而是他和时穆两个人,也算是他们公司的统称。

他们参加比赛从来是以为公司单位参赛,很多人都以为"Rocket"是一个人,可实际上是一个团队。

这些年时穆工作渐忙,带老虎参加比赛的时间渐少。但老虎是时穆一手带大,这狗崽子最服、最怕的人只有时穆。

姜邵和狗崽子的关系,更像亲密无间的兄弟。

"你是叫我?"姜邵转过身,指着自己鼻尖儿问。

司茵无语,不然呢?难道车里还有另一个Rocket?

他满脸灿笑,又露两颗小虎牙道:"小司茵,我说了不算,谁开车谁说了算。"

时穆目不斜视开车,语气严肃道:"它敢抢女孩的包,挺能耐,你不需要为它求情。"

这口气像极了一个严肃家长教育熊孩子。老虎吐着舌头,可怜兮兮地看了眼司茵。女孩心软,又说:"这种小事情,没必要搞得这么……"

"这是小事情?如果它捉弄的对象不是你,而是其他女孩或老人,你知道这是多大的事情?"时穆斜睨一眼副驾的姜邵,"你作为它的监护人,在停车场这种公开场合没有戴牵引绳,如果出了事,你能负责?"

姜邵莫名其妙道:"教育狗,怎么教育到我头上了?停车场不是没人吗……"

他委屈,比此刻受罚的老虎还要委屈。

时穆眉头深锁道:"你这是侥幸心态。犬是犬,人是人,它永远是个长不大的孩子,老虎是不是熊孩子,你心里没点数?"

时穆严肃的语气让车内气氛尴尬。

在司茵心里Rocket的形象一直高大,此刻却被时穆几番教育,垂下了头。Rocket坚不可摧的形象,瞬间在她心里坍塌。男神形象,也崩得彻底。

时穆医院出了点紧急状况,需要立马赶回去处理。

Z大和医院在两个不同的方向,考虑到司茵晚上还有课,他将车靠边,让姜邵打车送司茵回学校。

司茵出租房的门锁还没修理,与AK短暂相聚后又得离开这个小宝贝儿。老虎也留在车上,一起被时穆带回了医院。

现在下班高峰,司茵提议坐地铁,姜邵却坚持打车。到了学校,司茵客气地跟姜邵说了声谢谢。

他倒自来熟,"嗨"一声道:"跟我客气什么?都是一家人。"

一家人?司茵嘴角一扯,这近乎套的,他还真是不客气。

这个点儿校食堂刚好开饭,姜邵揉着肚子说:"小司茵,我送你回来,不请我吃顿饭感谢?"

感谢?呵呵。这男人出门压根没带人民币,掏出一张黑卡让司机刷,司机差点没把他当成神经病踹出去。打车共花费一百〇五块,她自个儿掏的钱。

姜邵可怜兮兮地看她,求食小狗似的。

得,请吧。毕竟眼前这个小赖皮,是她的男神……不,曾经的男神,今天开始脱粉了。

她带姜邵去了食堂,好家伙,一点儿不客气,随手点了六个荤菜,刷了她一个星期伙食费。

两人同桌吃饭,姜邵在她耳边喋喋不休道:"小司茵,你们学校饭菜味道不错啊。这个是什么面?能给我介绍一下吗?"

"小司茵,你喜欢Rocket挺久了吧?难道司豪从没跟你介绍过我?"

见司茵低头喝汤不理他,他又扫视四周道:"啧,你们学校的男生颜值普遍不高啊,这么一看,我那只小表弟颜值倒也凑合。"

小姑娘全程没搭理他。

姜邵道："小司茵，你怎么不说话啊？真被老虎给吓到了？你放心吧，它今儿犯了错，时穆会替你好好收拾它。"

他难道没发现，四周很多女生看他吗？司茵将头埋得更低。

姜邵颜值出众，招惹了不少女生的目光。对于那些打量的目光，姜邵不为所动，往她碗里夹了一块红烧肉，献殷勤道："小司茵，周末有空吗？我刚回国，对这里不太熟，需要一个导游。"

"没空。"

"周末你有课？"

"没课，我要带AK。"

姜邵一拍大腿道："时穆难道没告诉你，以后我当你师父？"

"嗯？"她差点忘了这茬。

时穆今天带她看比赛是其次，拜师才是首要。她望着眼前这个怎么看都不靠谱的男人，实在不想接受他是Rocket的事实。

司茵回想当年通宵看Rocket的《训犬日记》，脑子里所勾勒的Rocket，是稳妥靠谱的。可眼前的姜邵，连中文发音都生涩，怎么看都不靠谱，是怎么写出那本书的？

相当幻灭了。

时穆在医院处理完事情，带AK和老虎回了家。

今天AK心情好像不错，总算吃了点东西。老虎为了讨好AK，将自己的狗粮盆顶过去，有意让给它吃。AK没搭理它，回狗笼睡觉。

时穆接了一个电话。

Z大的老教授跟他重新确定了演讲时间，并告诉他，学弟学妹在校论坛发了许多慰问帖，让他有机会去看看。

挂断电话，时穆敷衍地登录Z大校论坛。他没看见慰问帖，倒是看见一个八卦帖。

"系花司茵脱单！帅气男友吸睛！"

什么乱七八糟的标题？小姑娘那身高，那打扮，也能当系花呢？时穆点开八卦帖，镇楼图就是姜邵陪司茵吃食堂的照片。

时穆摸了摸鼻尖儿，眉眼渗出一丝凉意。

啧,姜邵这只老泰迪,大小司茵几岁,自己心里就没点数?

校论坛八卦贴一发,震惊宿舍。

司茵从水房回来,刚进门,热水壶被人夺走,下一刻手腕也被制住,被陈雯雯和吴容强行摁坐回床上。

吴容用书卷成筒状,严刑逼供道:"说,那帅哥什么情况?哪个学校的?什么时候勾搭上的?"

陈雯雯也拿扫帚指着她,扶了扶眼镜框道:"对,坦白从宽,抗拒从严!"

躺在上铺追剧的孟茜也摘了耳机,竖耳听八卦。

"误会了。"司茵愣会儿神,"那是我叔叔的朋友。"

吴容虚着一双眼,用书筒挑起她的下巴尖儿,道"叔叔的朋友?"

司茵说:"嗯,也算长辈,他送我回学校,我请他吃饭,不是理所应当?"

陈雯雯斜眼看她问:"真的?"

她点头,竖起两根手指发誓道:"撒谎天打雷劈。"

吴容放下书筒,陈雯雯也放下扫帚。两人也坐回床上,将她夹在中间,开始八卦为什么她叔叔会有这么帅的朋友?

司茵心想,大概是她叔叔也是个"帅哥"的缘故?

出租房的门锁终于修好。

司茵接回AK后先带它熟悉家里环境。出租房一室一厅,略小,有点委屈AK。好在有天台,她也可以带它去天台活动。

刚到家里第一天,AK随地大小便,考虑到它情绪问题,司茵压根不敢斥责它。捧在手里怕弄疼,含在嘴里怕化了。谁让它是病号呢?

AK被司豪惯得骄纵,它跟司茵也不客气,甩着尾巴霸占了她的床。

司茵趴在床上与它视线平齐,语重心长和它沟通:"上床是不对的,AK宝贝儿,下床好吗?"

她抬手一指床下的软垫,又轻声和气地哄:"喏,那是你的床,比这里舒服哦。"

AK被迫下床,去了软垫上。它发现软垫并没有床舒服,半夜摸索着来到司茵床边,将嘴筒子搭在枕头上,一脸抑郁地望着她。

第四章 他半裸的身体

睡到半夜,司茵梦见时穆凑近她,湿润的鼻子贴着她的面颊,对她喘粗气。

等等……时穆的鼻子为什么是湿润的?吓得她从梦中惊醒,顺手摁开灯,发现原来是一脸委屈的AK。

她惊掉的魂儿被捡回来,终于心软,撑开被子,拍拍枕头,让AK上床。

等AK跳上来,她迅速用被子裹紧自己和AK,只露出犬头和人头,画面和谐。

为了帮助AK尽快脱离悲伤情绪,姜邵建议她带AK每天六千米长跑,如此还能增加她与AK的亲密度。

司茵放学回家第一件事就是换装备,带AK沿着三江大桥长跑。

跑完六千米,司茵摊在沙发里,四肢酸软不能动弹;AK倒是精神抖擞,感觉自己被力量充盈,仿佛重振雄风,还想再来六千米。

司茵特别想给它买一台跑步机,让它在绝望里重振雄风!

在经历六千米的绝望之后,司茵准备搂着狗睡觉,刚松了鞋带,响起一串敲门声。她想叫AK去开门,又觉得不太现实。

司茵刚起身,AK已经先她一步,摇着尾巴去了门口,它一跃而起,趴在门上用牙咬住门闩,用力往外一拉。

"咔嚓"一声,门被打开。

司茵心情复杂,这成精的动物犯法吧?

时穆拎着两袋零食、一袋狗粮笔挺挺地站在她门口。AK盯着他手中的狗粮。司茵盯着他手里的零食。

一人一狗被他手里的东西吸引,觉得此刻的时院长不仅帅,还闪闪发光。得知时穆是来教她训狗的,司茵立刻灭了"此人帅得发光"的念头。

"这大半夜,不让人睡觉啦?"

时穆微笑道:"那你还想不想当训犬师呢?"

"想想想……"

她怎么就那么倒霉催的呢?她怎么会选走这条路……

小区后面有片空地,僻静,没有路灯。时穆把车开过去,打开车灯将场地照得一片明亮,成为临时训练场。

司茵下车，环视一圈四周，替AK解开牵引绳。她问时穆："不是说，让姜邵做我师父？"

"你觉得一个够吗？"

司茵摸摸鼻尖，恐怕不够。毕竟姜邵自个儿也挺忙，加上她晚上和周末才有时间，姜邵那个大忙人怎么可能照顾她的时间？更多时候，他是通过电话给予司茵技术支持。

所以时穆的意思，谁有空，谁就教她。

时穆从后备厢取出球与犬靶，递给司茵道："AK是搜救犬，护卫是它的弱项，训练方法也与竞技犬不同。它现在还不能完全认可你，你对它下指令，它不一定会听，所以你得先用它感兴趣的东西诱导它。"

司茵一并举起手中的球与犬靶，疑惑道："用哪个？"

"你一并放在它跟前，看它更喜欢哪个。"

司茵将球与犬靶一并放在它跟前。AK凑上去，嗅了嗅，咬住犬靶，从她从手里叼走，去一边儿自个儿玩。

司茵问："现在呢？我该怎么做？"

"取回犬靶。"

司茵又蹲下身，去取AK嘴里的犬靶，但这家伙压根不松口。时穆见她取靶困难，蹲下身，示意司茵松手，他来演示。

她松手，时穆接替抓住犬靶，对AK重复下指令道："吐！"起初AK咬死口，没有任何松口打算，在时穆反复用极具威慑力的语气下指令后，AK总算松口。

时穆又将犬靶递回给AK，让它再次咬住，让司茵来试试。

司茵又握住犬靶，张嘴喊"吐"，AK不为所动。时穆皱眉打断她道："没吃饭？"

男人训话语气尽可能放低，司茵却更加紧张，总觉得是暴风雨前的平静。她咬紧牙关，再次下指令，声音依然不够有威慑力。

时穆无奈，再次为她示范。

司茵与他交替握犬靶时，他的手指擦过司茵手背，那抹体温变成炙热，渗进骨髓。她的呼吸被扰乱，思维再也不受控了。

她的鼻尖弥漫着男性荷尔蒙的味道，耳道被"嗡嗡"声堵住，心跳声成数倍放大，忽然听什么都不清楚了。

第四章 他半裸的身体

"注意声音,要重,不能轻。"

"像这样。"他中气十足又严肃地喝了一声"吐",依然没能把司茵飘走的思绪扯回。

"现在懂了吗?你试一次。"

她双耳"嗡嗡"地响,压根听不清他说了什么。只是凭直觉,点点头。

她还没回过神,时穆渐渐朝她凑过来,英俊的五官逼近,男性气息越发浓烈。她的少女心就要炸成烟花。

时穆的鼻尖贴近她的肩,嗅了嗅,道"小司茵……"

男人的尾音轻飘飘,瞬间搅乱了她心里那摊平静的水。

司茵快要窒息。

时穆轻声问:"茉莉……香水?"

"嗯……嗯?"

时穆起身时,顺手在她头顶一揉,语气有几分无奈道:"今晚就到这里吧,不训了。"

"啊?"司茵完全跟不上他跳跃的思维。

时穆提醒说:"记住,与犬接触尽量不用香水,尤其在训犬的时候。犬的嗅觉灵敏,你身上的香水味会刺激他的嗅觉神经,分散它的注意力。"

司茵蹲在原地,脚麻,应道:"哦……"

时穆对她伸出手,她拉着男人手腕,借用男人的力道起身。头顶撞在男人下巴尖儿,瞬间,火红浇透了整张面颊。

还好,周遭的灯光可以掩藏她的小情绪。

回程中,时穆问她:"你跟姜邵,怎么回事?"

她承认刚才不在状态,可此刻即便在状态,也跟不上男人的跳跃思维。见她一脸茫然,时穆提了一句道:"我去看了Z大的校论坛,你猜我看见了什么?"

这还用猜吗?不是显而易见的吗?她还没张嘴解释,只听老狐狸语重心长道:"我希望你找男朋友,能擦亮眼睛,我不希望你找一个老男人。"

"老男人?"司茵眨巴眼,"可姜邵才27。"

"他比你大九岁。难道在你们小姑娘眼里,大九岁不算老?"

司茵道:"你不也比我大十岁?也是老……男人?"

时穆嘴角轻松一勾，笑道："我和他能一样？我是你的监护人。"

"啪嗒"，小司茵心里的某个已启动的开关，瞬间被摁灭。

回到小区，司茵的心脏又开始狂跳，她用手摁住胸口，深呼吸。

手搁在胸部，少了点什么，再一摸，本应该套在脖颈的挂绳消失得无影无踪。

她的犬牙吊坠丢了。

司茵牵着AK回到临时训练场，借着手机光线找回了犬牙。她将断裂的绳重新打结，挂回脖子上。

老小区四周被铁丝网隔断，背后有处被损坏的缺口，一直没有修缮。

司茵带着AK经过那里，看见一个黑影鬼祟地钻进去，借着一棵老树往二楼以上攀爬。

司茵意识到是小偷，下意识拨通报警电话，AK突然挣脱她手中绳索，如离弦之箭般冲出去。AK从缺口钻入，在树下冲那名鬼祟的小偷龇牙狂吠。

它又爬上树，咬住小偷脚踝，将树上的人拽下来，那人摔了个四仰朝天。

司茵目瞪口呆。

约半个小时后。

小区保安、警察，以及看热闹的邻居将案发现场围成一圈。旧小区没有监控，刚才除了司茵，也没人在现场。

警察问小偷："你是小区业主吗？"

小偷哀号，哭诉道："当然是！我是1栋的住户，从后山锻炼回来，想抄小道回家。没想到经过这里，突然就被这条狗咬住！警察同志！在小区里养烈性犬这性质太恶劣了！我请求索赔！请求把这条狗人道处理！"

警察扭过头，问司茵："是你报的警吗？这是你的狗吗？"

"是。"司茵抱着AK，扫了一眼小偷，陈述事实道，"1栋的住户为什么爬15栋的楼？他深更半夜爬树，难道也是锻炼吗？"

警察问："你说他上了树？那他是上了树，你家狗才去咬的喽？"

"是。"

"你怎么不说这条狗会上天呢？"

看热闹的邻居一阵哄笑,甚至不嫌事儿大,纷纷附和道:"听过猫上树,还没听过狗上树嘞,来,小姑娘让你家狗子上个树。"

讨论、指点声络绎不绝,AK却有嘴不能辩,"嗷呜"在原地打转,以示委屈。

司茵蹲下身,抱住它。AK一颗毛脑袋往她怀里蹭,嘴筒子搭在女孩的小香肩上,眼神无辜又可怜。

司茵势必为它讨一个公道,替它辩解:"我所说的每一句话,都在陈述事实,我亲眼看它上了树。"

救护车开进小区,下来几名护士,将小偷扶上担架抬走。

留下司茵与警察周旋。

一位老奶奶指着AK说:"哟喂,瞧这黑脸狗,脸越是黑,咬人越厉害,这种狗哪天吃了人也未可知。"

"哟,可不是?我以前看过一个新闻,就是这种黑脸土狗,趁主人不在家,吃了家里小孩!"

"哦,这新闻,我也看过,造孽哦……"

"要我说,警察同志,你把这条狗带走吧,人道处理得了,这可是个安全隐患啊。今天咬人,明天吃人!咱们小区老人小孩可不少,有这种狗在,我们怎么可能安心呢?"

大家你一言我一语,AK仿佛都听懂。它喉咙里发出"呜呜"的声音,不断用湿润的鼻尖去杵司茵。

司茵抚摸它的狗头,冲着人群怒道:"AK并没有恶意攻击人,它只是抓了一个小偷!"

老太太"啧啧"一阵道:"小姑娘说话还一套一套的呢!你说它抓小偷就抓小偷?你证明给我们看啊,你让它上个树,我们就信你!"

"对,让它上个树,我们就服你!"人群中有人鼓掌,起哄,"上一个,上一个!"

司茵手心满是汗,一咬牙,众目睽睽下爬上树。

她站在树杈上,往下看,足有两米高。她有点恐高,抓着树,深吸一口气招呼下面的毛孩子道:"AK,来,跳上来。"

AK仰着脑袋,望她的眼神很迷茫。

民警仰着头对树上的司茵招手:"姑娘,你快下来吧,别折腾了。你下来跟人家大哥好好商量赔偿的事,别这么固执了,快下来。"

AK委屈得不行,哪有心思爬树。它就像个受伤的孩子,趴在树下,缩成了一团。

由于"恶犬咬人",被咬的小偷向司茵索赔六万。民警从中调解,只让司茵赔偿三万。司茵不认可这种不公平条约,打电话向老狐狸求助。

到了医院后。

小偷躺在病床上,一个劲儿地"哎哟哟"叫,护士看不下去,进来说了一句:"行了啊,只是皮外伤,一个大男人至于叫成这样?"

小偷的作为实在像个碰瓷的,民警开始怀疑他话里的真实性。

苦于没有证据,民警再次调解道:"大哥,你看你的伤也不严重,让人家小姑娘赔偿一个医药费,再赔个几千块安慰费就得了,你说呢?"

小偷眼睛一瞪,嗓门扯高:"什么?警察同志,你不要欺负老实人啊!这样吧,我也不为难这小姑娘,多的我也不要了,就这个数。"

小偷比了一个"两万"手势。

两万听了想打人!司茵皱眉,攥着拳就往前跨一步。正要有过激的反应,手腕被身后的男人抓住,气焰立刻被他浇灭。

时穆将她往后一带,对小偷说话很客气,一派斯文道:"除了两万现金,您还要什么?"

小偷见时穆的态度比司茵好许多,扬扬得意,道:"我住院这几天你们得给我请护工,还要另外支付我三个月误工费!这位先生,你们家狗把我咬成这样,我提这些条件,不过分吧?"

"确实不过分。"时穆保持微笑,"但你提的这些条件,我都不会同意。"

小偷一听,拍床大叫道:"什么?警察同志!您得为我们人民做主啊!"

人民警察捏了一把眉心,表示头略大。

时穆敛了笑意,冷若冰霜的面孔与刚才判若两人,淡淡地道:"你没有任何证据证明是被AK咬伤,我拒绝一切赔偿。"

小偷指着脚踝,咆哮道:"我这伤还不能证明吗?"

"有人亲眼看见吗?"

小偷哑口无言。

时穆接了一通电话,转身走出病房,至门口,冲走廊里一位西装革履的男人招

第四章 他半裸的身体

手:"徐律师,这边。"

徐律师拎着公文包过来,冲他颔首道:"时先生。"

时穆揽过他的肩,将他往里带。

回到病床前,他向小偷心平气和地介绍徐律师道:"这是我的律师,有什么话,你跟他说。"

小偷气得浑身颤,五官扭曲道:"有钱了不起!请得起律师了不起!你们这些养咬人狗的,不得好死!"

时穆致力于气死眼前人,微笑道:"的确,有钱确实是一件挺了不起的事。"他语气一顿,对身旁的司茵道:"时间不早了,这里交给徐律师,我们走。"

司茵"唔"一声,向小偷投以鄙视眼神,跟着时穆离开。

小偷没能讹到钱,在小区里散播"AK会吃小孩"的谣言。

吃小孩还得了?业主们联名去物业闹。房东太太顶不住压力,宁愿赔给司茵一月房租,也要收回出租房。

司茵只能把AK送去时穆医院暂住。

凌晨,司茵接到护士肖玲的电话,让她赶紧去一趟医院。她以为AK出了事,甚至没换睡衣,趿拉着拖鞋直奔医院。

进了医院电梯,肖护士扶着额,向她诉苦道:"这AK是要上天了!哀号到凌晨,本来其他狗狗都睡得好好的,被它这么一带,也都跟着开始叫,狗叫声在医院里此起彼伏,跟大合唱似的,你方唱罢我登场,一点儿空当也不留。这也就算了,它居然玩儿越狱,还带着同宿舍的哈士奇、黑背一起越狱!被它放出来的两条狗,恰好也是医院里的捣蛋王,门儿精,三条狗从宿舍里逃出来,又去放了其他房间的狗,喏,你自己看!把整层楼搞得乱七八糟!"

电梯"叮"一声打开,凌乱的走廊映入眼帘。整个走廊何止用"乱七八糟"形容,这里简直是人间的地狱,宠物的天堂!

不同体型、品种的犬被放出来,四处逃窜,护士们手忙脚乱,走廊一片狼藉。

狗狗们在走廊里四处逃窜,混乱的狗流中,一条马犬、黑背、哈士奇淡定地坐在路中间,威风八面,没人敢靠近。

黑背、哈士奇像保镖似的蹲在AK两侧。一旦有人靠近AK,哈士奇与黑背立刻龇

牙，露出一副遇神杀神，遇佛杀佛的表情。

好两只……凶神恶煞犬。这阵仗，莫非就是传说中的……女大佬的男人们？

AK看见司茵，主动奔过去，往她怀里蹭，几近疯狂地舔她的脸。

十分钟后，院长办公室。

罪魁祸首AK，帮凶黑背、哈士奇被时院长叫去谈话。三条狗排排坐，昂着头，吐着舌头望着帅得发光的时院长。

在时院长的威逼利诱下，三只烈犬靠墙站立，宛如小学生罚站。三条犬时不时回头，拿眼睛偷偷瞥时穆。男人坐在老板椅上翻文件，眼皮儿也没抬，嘴里却吐出冷冷的声音道："都给我站好。"

三条犬耳朵几乎同时一颤，将狗脸扭回去，继续面壁。

绿毛鹦鹉在三条犬头顶上扑腾翅膀，幸灾乐祸。窝在时穆腿上打盹的大脸猫，也"喵呜"一声。

司茵被这副情景逗乐，埋头，笑得双肩发颤。

"小司茵，医院员工宿舍还剩一个房间，你想搬过来吗？"时穆合上手中文件，手里撸着猫，抬眼问她。

司茵一愣，差点没反应过来，问："你是说，我可以搬进你们医院的员工宿舍？"

时穆点头道："嗯。但医院有医院的规矩，你要是留在这里勤工俭学，就能名正言顺住下来。"

美森医院对学生实习，以及兼职的标准要求相当苛刻，司茵求之不得。

周五司茵没课，上午带着AK复习了一组护卫训练，下午又帮着美容科的护士替宠物洗澡。

到晚上，司茵已经累得浑身酸软。她回到宿舍想洗个热水澡，宿舍楼却供水故障，不合时宜地停水了。

她抱着衣服，趿拉着拖鞋跑去医院办公楼，AK紧跟其后。

到了时穆办公室，门被她敲门的力道给推开。她一只脑袋先探进去，打量办公室，里面没人。

AK也学她，先探一只狗头进去，看见办公桌上那只绿毛鹦鹉，立刻冲进去，轻

第四章 他半裸的身体

松一跃,跳上办公桌,居高临下打量鹦鹉。

绿毛鹦鹉吓得扑腾翅膀,奈何脚上套着绳索,无法飞至空中。它只能大叫:"吓尿!吓尿!"

AK不欺小,看见这么小一团的绿毛,觉得好玩儿,特别小心翼翼,拿爪子刨了一下。

绿毛鹦鹉很绝望。

司茵去时穆休息卧室转了一圈,确认他不在后,回到办公室嘱咐AK道:"宝贝儿,你帮我看着门,有人来了'嗷'一声。"

AK"汪"一声,回应她。

司茵在休息室门上贴了一张"小司茵在里沐浴,时院长止步"的字条后,将休息室门反锁,去了里面洗澡。

AK用爪子将绿毛鹦鹉的绳索刨下来,绿毛鹦鹉立刻飞至空中,报复性地将司茵贴在门上的字条揭下来,丢进了垃圾桶。

司茵洗完澡,用浴巾裹住胸,立在镜子前擦一头湿发。约十分钟后,她听见外面有动静。

司茵小心翼翼打开门,半只脑袋探出去,看见外面穿衣镜前,一猫一狗排排坐,狗头上站了一只绿毛鹦鹉。三只动物仰着脑袋,望着面前那个赤裸半身的男人。

男人身材极好——能积水的锁骨、精健的肌肉。司茵一直知道时穆身材不错,但也没想到这么劲爆。比起司豪那糙爷们儿,有过之而无不及。

她变得和那三只小动物一样,直勾勾地望着男人身体。直到耳膜被男低音一个锤击道:"司茵?"

她立刻从痴迷中清醒,缓过神来尴尬感直袭头部!

"啊——"

女孩的尖叫声,惊得绿毛鹦鹉扇翅而起。

AK和大脸猫动了动耳朵:太夸张了,耳朵疼……

女孩尖叫一声,迅速将门关上,拿背抵着门板,双手捂住狂跳的心。

时穆有点无语,被看的是他,她叫什么?他叹了一声,从衣架上取回衬衣穿上,抬手揉了揉被女孩尖叫声震疼的耳朵。

AK听见司茵的叫声,摇着尾巴跑过去,大脸猫也迈着小猫步跟着AK。绿毛鹦鹉

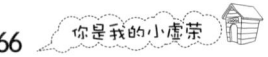

几扇翅膀,停在了浴室外的吊灯上。三只动物齐刷刷盯着浴室门。

时穆穿好衣服,过去敲门:"小司茵?"

司茵在里面攥紧浴巾,紧张得原地直蹦,她赶紧扯过衣服穿上。

时穆什么时候进来的?AK怎么一声不吭?休息室的门不是被反锁了吗?她不是贴了字条吗?

她换好衣服拉开门,压根不敢抬头,支支吾吾道:"你……你怎么进来的?没看见我贴在门上的字条?"

"什么字条?"时穆低头看她,小姑娘头低垂,下巴抵着锁骨,一副做错事的心虚模样。他担心自己再多说两句,小姑娘更加无地自容。

他伸手拍她的肩,言语轻松,嘱咐说:"下次进来记得拔掉门上的钥匙。不然,我也拿不准到底是里面有人,还是我不小心将门反锁。"

司茵向门看去,门锁上果然插着一把钥匙,字条已经不见了……

她看了眼停在吊灯上的绿毛鹦鹉,大概明白怎么回事。她欲盖弥彰道:"刚才……我什么也没见。"

时穆嘴角压着一丝笑,为了缓解尴尬氛围,也说:"嗯。这么远的距离,想看见什么也难,去吹干头发,早点回去睡觉。"

"嗯。那我走了,晚安。"司茵一点头,抱着衣服迅速跑出院长办公室。

AK恋恋不舍地望一眼时穆,紧追司茵而去。

头发不吹了吗?时穆正想提醒她,小姑娘已经跑没了影儿。

司茵回到宿舍,面颊涨得滚红,连呼吸也困难了。她手机响了一下,屏幕瞬亮,时穆发来一条微信。

穆狐狸:记得吹干头发。

寥寥几个字,像一团火将手机烧得滚烫。她丢掉手机,往后一仰,望着天花板发呆。然而眨眼闭眼间,都是时穆那张脸,还有他那身精壮的肌肉。

AK趴在她身边,司茵与它视线相对,自言自语似的,问它:"AK,你说那只老狐狸,怎么想的呢?"

AK:"呜……嗷呜……"

司茵摇头道:"唉,算了,说了你也听不懂。"

她正准备关灯睡觉,手机又响了一下。几乎条件反射去抓,生怕错过某条

信息。

姜邵：小司茵，睡了吗？明天我来给你上课哦，做好准备了吗？我可是很严肃的哦！

话语末尾处加了一个"飘飘"符号，倒挺像他本人，不正经。

姜邵发十条微信，司茵回一句，大多是"嗯""嗯嗯""好的"之类简单词语，相当敷衍。

他怀疑小姑娘不太喜欢他，黯然伤神，跑去跟小表弟哭诉。

小表弟严科发来一个"流汗"的表情："哥，要是有个女孩子勾搭我，给我发满屏幕的英文，我连敷衍的词语都懒得回。"

姜邵恍然，哦，原来是这样。

严科想起那天姜邵对他说的话，反讽道："呵呵，你敢追司茵，不怕时穆打断你的狗腿？"

姜邵："呵呵，我跟你不一样，我可是洁身自好的。还有，你认为时穆他敢敲碎我的狗腿吗？"

严科："唔——哥，原来你还真有狗腿？"

姜邵："去你的。"

医院楼东面有一个训练场，以前是足球场，后来被时穆买下改成了训犬基地，医院的狗会常来这里活动。

时穆给司茵安排的第二个师父，是保安老油。

上午老油教了一些司茵基本的训犬口令，下午便带司茵和AK参观训练场。

训练基地草坪上，训犬设备齐全，各个品种的犬随处可见。

三条腿的泰迪跑过来，围着司茵打转，异常兴奋。司茵蹲下身，将小家伙抱起来，举高过头顶，道："小家伙，我记得你。你叫什么来着？"

这是被孟茜抛弃的小泰迪，被医生治好后一直留在医院。

老油说："我给它换了名字，它现在叫悠悠。"

"悠悠？这名儿好听。"司茵将狗放下来，让它自个儿玩去，又打量四周的嬉皮玩耍的犬，问道，"这么多狗全是医院的？"

"对啊。"老油解释说，"这些狗都是被主人遗弃在医院的，时院长自个儿出

钱养。时院长觉得这些家伙招财,可至今吧,除了散财,还没招过财呢。"

姜邵把车停在外面,老虎迫不及待地跳下车,朝AK飞奔而去。

司茵和老油,老远看见穿花衬衣、破洞牛仔裤的姜邵。他打扮得花枝招展,青春勃发。

司茵问老油:"你们训犬,都穿成这样?"

老油嘴角一抽道:"大概外国的训犬师,都兴穿那样?"

司茵一脸凝重点头道:"大概这就是——"

老油接话道:"文化差异。"

嗯,文化差异。

虽然姜邵这个人看似不正经,但训犬的确有一套。姜邵只花了十分钟,便成功让AK上树。而终极秘诀是——他在树上放了一块鲜牛肉。

一下午的高强度训练,AK和司茵都有些体力不支。坐在草地上休息的间隙,姜邵夸她:"不错啊小司茵,你很有训犬天赋。"

司茵喝口水,点头说了声谢谢,然后才谦虚道:"嗯,我父母都是宠物医生,以前也养狗,所以对犬的行为表现,多少会有了解。对了,为什么有时候我对AK下指令,它似乎听不懂?是有什么特别的口令吗?"

姜邵说:"有的,常用的几个指令,最容易混淆的是站与卧,所以我们一般用趴与立代替。当你的犬很好地完成一个指令时,你要夸奖它'好狗',声音得有情绪起伏,你不能学老时那种性冷淡的声音,毫无情绪起伏。"

"咳……"司茵被呛住。

姜邵又开始唾沫横飞道:"毕竟老时是个奇葩,他和犬沟通完全靠眼神,靠心灵交流。咱们这种凡人,得靠语言情绪和肢体,知道了?"

司茵点头,表示知道了。

姜邵科普完,凑近她说:"晚上一起吃饭?我请你吃全Z市最贵的西餐。"

司茵往旁边挪了一寸,道:"我晚上还得做作业,就不去了。"

AK立刻上前,坐在两人中间,成了两人的三八线。

"作业带上,有什么不会的题你还可以问我嘛。"姜邵痞里痞气,又说,"别拒绝我啊,我是你师父,你得尊师重道。"

盛情难却啊。司茵点头道:"那好吧,我待会儿回去拿作业。"

第四章 他半裸的身体

时穆下班后,去停车场取车。

遇见老油,他顺道问了一句:"司茵今天训练得怎么样?"

老油牵着三条腿的小油,笑眯眯说:"不错不错,那姑娘挺有天赋。现在跟着姜邵那小子吃西餐去了。"

"怎么你没去?"时穆反问。

这问题让老油尴尬,他说:"我这一把年纪,也吃不来西餐啊,所以也就没去。"

"西餐?"时穆抬腕看了眼时间,已经晚上九点,这么晚出去吃什么西餐?是不是还得喝两杯?

他锁着眉头问:"哪家餐厅?"

老油摸着下巴思索片刻:"就是那个号称全Z市最贵的那个,上次小肖不是去那儿相亲吗?结果对方半道跑路,让她留下给钱,付了她整整三个月工资啊!就是那家,巨坑。"

下班的护士经过,叫了声"时院长再见"。副院长秦毅也经过,跟他挥手告别道:"老时,明儿见。"

老油见时穆低头思索什么,也说:"那,时院长,没什么事儿我可就下班回家了?"

"等等,"时穆叫住老油,又叫住几名下班的护士,和正取车的秦副院长,他问大家,"你们晚上都没什么事儿吧?"

护士肖玲一脸幽怨道:"时院长……不会让我们加班吧?"

秦副院长扶了扶无边眼镜框,神色严肃道:"老时,我今儿好不容易下个早班,没必要赶尽杀绝吧?"

时穆笑道:"请你们吃西餐,大家有兴趣吗?"

肖玲眨巴眼道:"时院长,我没听错吧?你要请我……不,我们吃西餐?"

秦副院长忙改口道:"老时,您尽管赶尽杀绝!所以,你请我们吃哪家西餐啊?"

时穆双手插进西装裤兜,笑容轻松道:"号称全Z市最贵的那家。"

护士们一阵欢呼。

肖玲目瞪口呆道:"时院长,您可想清楚了?上回我可在那儿吃了三个月工资啊,可心疼死我了。"

秦副院长在旁补刀道:"哦,就是你相亲的那次?男人没找着,结果倒贴了三个月工资?"

肖玲给他一个白眼,一脚踩在他脚背上。秦毅疼得"哎哟"叫娘。

时穆眉眼温和地道:"就那家。我车上可以坐四个人,来四个跟我走。其余的人,上秦毅的车。"

护士欢呼"院长威武"。

时穆上了车,系好安全带,老油也蹭上副驾驶,自觉系上安全带。

他侧脸看老油,调侃道:"刚才是谁说,吃不惯西餐?"

老油笑呵呵应道:"嗨,时院长这是哪里话。难得跟你还有秦副院长同桌吃饭。听说西餐有什么马赛鱼羹、鹅肝排、巴黎龙虾,我都可以尝试下,我不挑嘴的。"

时穆将车倒出停车场,嘴角一翘,说:"没吃过全Z市最贵的西餐不要紧,待会儿全往贵得挑。"

餐厅内。

司茵扫了一眼菜单,价格都不便宜。

姜邵胳膊搭在桌上,一手撑着下巴,一脸"痴汉"地望着她:"小司茵,我以前可没少敲诈你哥。随便点,不用给我省钱。"

司茵翻着菜单,想起司豪。她去年过生日,司豪带她来吃过一次。她让司豪以后带嫂子来,司豪表示不急,等她什么时候结了婚,他再找媳妇儿不迟。

司茵问他,为什么非得等她结婚才找媳妇儿?

司豪露出一口白牙,笑得傻,道:"万一我太爱你嫂子,把爱都给了她,你怎么办呢?妹妹,哥哥结婚晚点无所谓,哥哥希望你在结婚之前都能快快乐乐。"

司茵鼻子一酸,眼睛红了一圈。

姜邵意识到自己提了不该提的,忙道:"抱歉抱歉,我不该提你的伤心事。"

司茵摇晃小脑袋,将菜单递给他道:"你点吧,我随便吃什么都可以。"

小姑娘给下达命令,姜邵点菜小心翼翼,不敢怠慢,只往贵的点。

把点菜单交回给服务员,他打算开口问问小姑娘的兴趣爱好,却被无情打断。

"姜董!"

第四章 他半裸的身体

姜邵和司茵一起看向声音来源处。

餐厅中央，站着一群人。

这种高级餐厅，少有一群人来吃饭的，即便公司聚餐，也不会选这地儿，毕竟菜品价格太贵，性价比不高。

这群人打头的是个穿深色衬衣英俊的男人，小臂挽着西装外套，一身名牌，服务员不敢怠慢。

隔着老远，姜邵都能感受到时穆一身"装酷"的气质。

时穆带人走过去，招呼服务员抬几张桌过来，拼到一起。

服务员手忙脚乱开始搬桌，姜邵急道："干吗啊干吗啊，干吗非要拼桌吃啊？你们另外起一桌不行吗？以为这是吃火锅吗？有点浪漫感行不行啊？"

"姜董和大家这么久没见，难道就不想和大家一起吃饭？"时穆脸上挂着一丝忧愁一丝伤感，叹了一声，转身对大伙儿说，"看来姜董不太愿意和我们一起吃饭，那我们另起一桌。"

一群人像小鸭子似的，跟着鸭妈妈时穆往回走。

司茵也抱着书包起身，准备去跟大部队，当鸭妈妈时穆身后的一只小鸭子。

姜邵问她："小司茵你干吗去？"

司茵说："和大家一起坐嘛，热闹点，你如果不喜欢热闹，一个人坐这儿没关系的。"

姜邵一口老血堵在胸口，抬手叫住时穆："你们回来。谁说我不想跟你们一起吃饭了？我只是觉得把西餐吃成火锅氛围不太好，大家如果不介意就坐下一起吃。"

一阵欢呼，招呼服务员继续搬桌。一众人分成两排坐好，服务员给每人手里发了一份菜单。

大家低头忙着看菜单，时穆问姜邵："姜董今天怎么这么大方，请我们小司茵吃饭？"

低头看菜单的护士、医生、保安竖起了八卦的耳朵。

姜邵的手握成拳，放至嘴边轻咳一声，正经道："小司茵是我徒弟，今儿她表现不错，我请她吃饭没毛病吧？老时，你这话什么意思？难道我平时不大方吗？"

时穆铺开餐巾，笑道："在我的印象里，姜董可没请大家吃过饭呢，今儿怎么

打算?我结账还是你结账?"

姜邵:"当然是——"这只老狐狸,挖了坑让他跳呢?话都说到这份儿,不能尿,一咬牙道:"我结账。"

时穆说:"既然姜董请客,大家今晚想吃什么,就点什么,别跟他客气。"

肖玲看向姜邵道:"姜董,那我们可就点啦?你不会嫌贵,最后让我们自己结账吧?"

姜邵道:"我是那么小气的人?想吃什么随便点,错过了这次,以后可没机会了啊。"

老油闻言赶紧把菜单递给身旁的时穆,求助道:"时院长,我不认识洋文,你帮我点两份鹅肝,最贵的那种。"

等菜上齐,姜邵愤恨地瞪了一眼时穆,这顿下来,怎么着也得吃个六位数。

一顿饭被宰六位数,冤大头也没这么当的。饭后,他提议:"难得今天大家都有空,我们去唱歌吧?"

老油一脸难色道:"不好吧?这都快一点了,老年人得早点睡觉。"

姜邵道:"去去去,老年人赶紧回家,别跟我们年轻人耗。除了老油,有人要跟我一起去嗨歌吗?老时请客,错过这村儿可没这店了啊。"

难得这么嗨,女护士们纷纷举手。

秦副院长也举手道:"难得大家这么高兴,我也得当个护花使者不是?"

时穆喝了一口茶水,淡淡道:"行啊,难得大家有兴趣。"

姜邵看向司茵道:"小司茵,你呢?去吗?去唱歌。"

司茵摇头,将书包拎起来:"我就不去了吧,我作业还没做呢。"

姜邵说:"明天做!今晚好好放松。"

肖玲也说:"是啊小司茵,要懂得劳逸结合。"

秦副院长道:"我以副院长的身份郑重邀请你融入我们这个大家庭。你看,你来医院兼职这么久,其他同事连你叫什么都不知道呢。"

众人跟着附和道:"是啊是啊,一起去。"

老油见大家兴致这么高,也插嘴道:"既然大家今晚都这么开心,我这个老年人,也跟着一起去?"

众人无语。

第四章 他半裸的身体

到了KTV，姜邵定了一个豪华包，点了六位数价钱的酒水。

包间里，老油举着话筒唱《千年等一回》，年轻人在这首欢快的老歌中喝酒划拳摇筛子。

司茵抱着小书包坐在时穆和肖玲中间。

肖玲、姜邵和秦副院长一块玩儿划拳，高兴之余，往后一仰，撞了她一下。

司茵受力往时穆身上一栽，撞在他肩膀上，男人的肩如铁坚硬，疼得她"嘶"一声。

时穆正低头打字，被她这一撞，停下手上动作，垂眼看她道："疼吗？"

老油唱歌的背景音过大，他的声音司茵听不清。

时穆放下手机，倒掉酒杯里的酒，取出冰块，用湿纸巾裹住，压在她额头处。

司茵心都快从嗓子眼里蹦出来。她从时穆手里接过冰块，自个儿摁着。

包间空调温度有点低，时穆脱掉外套，丢给司茵，起身去了外面。她低眼看着被男人丢在自己大腿上的衣服，瞬间心窝一暖。

空调温度没一会儿就上来了，衣服压根没用上。

老油唱了一首又一首。姜邵跟肖玲和秦副院长玩骰子，一杯一杯给自己灌酒。

包间里有女护士抽烟，味道让司茵有点受不住，她出去透气，顺道去找时穆。

外面是阳台，她看见时穆靠着栏杆抽烟。

他抽烟的手势和别人不太一样，用拇指和食指捏着烟头，并不用指缝去夹。吸一口，从嘴里取出，仰脖子朝天吐出一口雾。

他拿烟的手垂下，荧亮的烟头几乎贴着裤缝。

司茵在他身后站了好一会儿。阳台上冷风飕飕。时穆只穿了一件薄衬衣，衣袖挽至手肘，一双胳膊赤裸着，看得司茵直起鸡皮疙瘩。

时穆察觉到身后有人，扭头看了眼，又继续扭过头对着城市夜景抽烟，说："是酒不好喝还是歌儿不好听？出来干什么？"

站在这里还能听见老油唱"坐上火车去拉萨"，当然是歌儿不好听。司茵反问："你呢？是歌儿不好听还是酒不好喝？出来干什么？"

时穆捏着烟头转身，腰抵靠在栏杆上，看着她道："抽烟。"

男人衬衣松了两颗纽扣，平常那里都系得严严实实。这个平时正经斯文的

男人,这会儿似乎被蒙上了一层痞气,尤其是看人那眼神,勾人,几乎让人骨头都酥掉。

司茵向前走了两步,靠在他身旁的栏杆上,扫了一眼他裸在冷空气中的小臂,问他:"站在这里,不冷吗?"

时穆将烟头杵灭,丢进垃圾桶,抓住她的手腕。

司茵脑子里炸开一团烟火,五颜六色的,面颊瞬间红透。

男人手心炙热,滚烫的温度将她血液点燃。

他离她很近,身上是混合的烟酒味。她一向不喜欢这个味道,可他身上的烟酒味却格外好闻。

时穆喝了不少酒,一双眼睛仿佛裹着水,很亮,又温柔,看得司茵心颤。

时穆很快又松开她,嘴里吐出两个字:"不冷。"

第五章
单枪匹马很酷，可我也羡慕恃宠而骄

他的确不冷，掌心似一块烧红的烙铁，烫得她手腕那块肌肤发热。司茵小吐了一口气，小声嘟囔道："我以为你不会抽烟。"

时穆笑了一声道："我是做了什么，让你有这种错觉？"

司茵一时语塞。

大概是从认识他开始，就对他的白衬衣以及干净清爽的打扮记忆深刻。

他和司豪那种男人完全不同。司豪一身腱子肉，穿衣不考究，夏天闲不住时常一身汗臭。而时穆与他反差很大，穿衣考究，打扮清爽，即使炎热夏天，他身上也是淡而清爽的植物清香。

说不上什么味道，清凉的，像淡薄荷，也像夏日树林那股小清新的味道。

时穆又从兜里掏出一根烟，叼在嘴里点燃，吸一口，偏头吐出一口白雾。

隔着一层缥缈的烟，他的眼神带着一丝魅惑。

勾人，真勾人。她也好想吸一口，想尝尝，他喜欢的烟是什么味道。

时穆"嘶"一声，调侃说："你哥如果还在，看见我当着你面儿抽烟，一定跟我闹。"

空气里风是冷的，司茵面颊却是烫的。

她唇角不由自主地向上扬，露出两只甜酒窝，道："他要是知道你带我来这里唱歌喝酒，一定拿皮带抽我的手板心。你还记得吗？初中那会儿，我和同桌去网吧，被哥逮个正着，结果那天他挥舞着皮带在网吧里追着我打，是你从他手里抢过那根皮带。那时候我就想，穆叔叔真是全世界最帅的男人，酷毙了。"

这事时穆没印象了。只是记得，小姑娘看着个头小又乖巧，骨子里却叛逆，男孩似的张扬，青春期挨了司豪不少揍。

时穆笑出声，戏谑道："你的意思，我现在不酷，不帅？"

帅!酷!

小姑娘沉默着不说话,将下巴搁在冷冰冰的栏杆上,双手无力地垂着。像一条将嘴筒子搭在栏杆上的小乖狗,仿佛还有两只微微颤动的小耳朵。

这副样子,乖巧极了。

司茵嘴角依然弯着,酒窝里溢出甜滋滋的气息,腻得时穆不敢再正眼去看。

她今晚好像很开心?

又一波冷风刮过来,打在面颊上生疼,司茵禁不住打了个寒战。

时穆又将手中烟头杵灭,伸手过去,揉了一把她的脑袋,说:"走了,回去。"

她在原地摸着脑袋,晃神片刻,才跟他回去。

回到包间,一股热浪迎面。姜邵关掉包间音乐,从老油手里抢过话筒,对大家说:"大家酒也喝了歌儿也唱了,想不想看表演啊?"

这种在司茵面前表现的机会难得,他得抓住机会,不能错过。

肖玲拍掌起哄道:"喔噢!姜董该不会要给我们表演跳舞吧?"

"我有那么娘?"姜邵喝了不少洋酒,酒精刺激大脑,兴奋度极高。他手握话筒,脚踩在沙发凳上,牛气哄哄道,"哥今儿给你们表演泰拳!想当初哥在比利时徒手打过歹徒!"

秦副院长摘了眼镜看他,打趣儿道:"姜董,看不出来,你能文能武啊。"

正低头吃果盘的老油被姜邵抓起来,拉到包间中央跳钢管舞的台面上。

老油一把年纪,被舞台上妩媚的光线笼罩得极不自在,他埋头啃一口西瓜,含糊其辞道:"我不会跳钢管舞啊,老年人只会跳广场舞。"

姜邵从他手里夺过瓜皮,扔桌上,道:"谁跟你跳钢管舞啊,来,我们来打拳,泰拳。你不是号称警队拳王吗?我们来给大家表演一个,切磋一下。"

老油还能不知道他那点心思?不就是想表现一把爷们儿气概,糊弄糊弄这群小姑娘?

时穆打断姜邵,走过去说:"老油年纪大了,哪儿经得住你折腾,我来陪你切磋。"

老油坐回去继续吃果盘。姜邵嘴角抽了抽,往他耳朵边一凑,小声说:"给我留点面子啊,让我在小司茵面前竖起爷们儿的形象,今晚酒水钱我付。"

时穆笑而不语,拍拍他的肩,道:"来吧。"

第五章
单枪匹马很酷，可我也羡慕恃宠而骄

姜邵以为他答应，兴致勃勃地在原地捏拳头，一阵"咔咔"响，一拳出击，狠准又快。

而时穆反应迅捷，偏头躲过出击，又伸手一拳，力道充沛。他留力不留情，一拳击中姜邵，对方立刻倒地。

姜邵："……"

时穆! 我今晚是挖你祖坟了还是杀你全家了?!

嗷——

时院长出拳的瞬间，众人明显看见他小臂因发力而绷紧的肌肉，一众拍手叫好。

司茵也被迷得晕头倒向。隔着老远，仿佛又闻见他身上烟酒混合的味道……

姜邵和秦副院长喝醉了酒，老油驾车送两人回家。

时穆也喝了点酒，让司茵开车送他回医院休息。

司茵只开过司豪几万块钱的小汽车，没碰过卡宴，开起来难免忐忑。她担心一个紧张，把这车给磕了碰了。

时穆喝得有点晕，扯过安全带，尝试几次也没能将带扣塞进去。

司茵看不下去，握住男人的手腕，说："我来帮你。"将他又粗又重的手从安全带上拿开，轻松地替他系上。

女孩的手软绵绵，碰得时穆心坎一阵瘙痒。

车开上高架桥，司茵脸热，有点喘不上气，将车窗打开，灌入的冷风使她保持平静。她侧过脸看时穆，见他靠在椅背上，正合着眼睡觉。

这样的氛围下，她居然鬼使神差地叫了一声"穆叔叔"。

女孩声音很低，几乎用他听不见的声音。

这么多年过去，这是司茵第一次心甘情愿地叫他"穆叔叔"。对于她来说，这个称呼不是拉开辈分的界限，而是一种贴近他们之间关系的搞怪称呼。司茵一直认为，这么多年过去了，她对时穆的那点少女心思，早就跟着青春走远。

可如今发现，那点念想一直存于她心底。她以为很了解他，可今天发现，她对时穆的了解完全不够，她甚至不知道他会抽烟。

"嗯?"

时穆突然回应，吓得司茵身体一颤，又很快稳住，继续装作若无其事地开车。

他慢慢地睁开眼。清水一样的眼睛，就那么看着她。

司茵心跳加速，四肢以肉眼可见的速度颤抖着。

时穆皱着眉问："你抖什么？"

司茵调节好情绪，又恢复一脸冷静道："第一次开豪车，紧张。"

时穆发现她耳垂，面颊，又红透。真的只是紧张？

司茵呼出一口气，问他："时穆，你有喜欢过女孩吗？"话一出口，就恨不得吞回去。她问这个做什么？她什么时候变得这么八卦……

时穆的神色突然严肃，就这么看着她。

车内一片沉默，司茵恨不得穿越回五分钟前，把这个问题收回去。好在时穆的手机声响，打破尴尬。电话接通，时穆"喂"了一声，司茵同时也松了口气。

时穆打电话言语简短。车里安静，司茵能听见对方是个女人。司茵竖起耳朵仔细听，努力想听见对方讲了什么。

时穆挂断电话，司茵还抱有侥幸心理地问了一嘴："同事吗？"

时穆嘴唇一勾，笑道："这个点哪儿会有同事打电话。"他特意将手机屏幕翻到正面，道："是女朋友。"

司茵脑子里"轰"的一声响，面色煞白，却还要装作很镇定。她瞟了一眼他的手机屏幕，又问："你手机上是女朋友的照片吗？"

真甜，被喜欢的男人设成手机屏保，真甜。可为毛她心里这么酸，有点想哭。跟她……有屁关系……

时穆点头："嗯，她十五六岁时的照片。"

司茵又仔细去盯他的手机屏幕，时穆却不动声色地将手机屏幕摁灭。

她目视前方，继续开车。她努力集中注意力，可脑子里却不停地发出疑问。

时穆的女朋友，似乎在哪儿见过？长得……有点像女明星，像……影后木眠。

车窗外不断有风灌入，冷冷的风在脸上拍，单身狗司茵的心都要碎。

真后悔！为什么初中那会儿她没表白抢占先机？

司茵回到医院宿舍已经凌晨两点，在床上蜷缩成一团的AK睁开一双惺忪的狗眼望着她。

司茵将身体重重往床上一砸，抱住AK撒娇。

嘤嘤嘤……

第五章
单枪匹马很酷，可我也羡慕恃宠而骄

本只是抒发一下心中的不痛快，没想到情绪不受控，眼泪哗哗往下流。AK过来舔她的脸，喉咙里也发出类似人类"嘤嘤"的"嗷嗷"声。

司茵抱住AK的狗头，在她毛脑袋上蹭了蹭，寻找安全感。

她没想到时穆有女朋友。他居然会有女朋友？怪不得，非让她叫"穆叔叔"拉开两人之间的辈分。是怕女朋友误会吗？

她又自我安慰。时穆有女朋友，跟她有什么关系？是AK不够忠心，还是学习压力不够，她管时穆有没有女朋友做什么……

翌日周末，司茵六点就彻底没了睡意，索性爬起来写作业。

房间里太闷待不下去，趁着清晨空气不错，她带着作业和AK一起下楼，在后楼的锻炼场地找了个石桌坐下。

AK在草坪上寻找排泄的地方，她趴在石桌上写作业。

试卷刚做了一半，司茵抬眼看见不远处穿一身黑色运动装的时穆。男人在单杠上压腿，拉伸小腿肌肉，她看了一会儿，又低下头，继续写作业。

她还没重新下笔，男人已经悄无声息地来到她身边，在她对面的石凳坐下。

喝水、擦汗。时穆在身边坐着，她压根没办法思考，利用指间夹着笔，转来转去。她皱着眉，似乎在思考下道题该怎么做。

"不会做？"时穆扫了一眼难住她的题，开口说，"这道题不难。Watso和Crick当时提出DNA双螺旋结构模型时就曾经指出，如果他们的双螺旋结构模型是正确的话，那么DNA的复制应该是半保留，由于构成DNA双螺旋结构的两条多核苷酸链按照碱基互补配对原则……"

时穆口述答案，司茵压根一个字也听不进去。

"所以，DNA的复制是半保留的。懂了吗？"

懂啊。这么简单的题她能不懂？时穆还真拿她当高中生呢……

时穆把卷子递给她，声音压得很低道："还有什么题不会？指出来，我一道道讲给你听。"

"我都会。"司茵小声嘟囔，"剩下的我都会。你不要总把我想得那么笨好不好……我成绩还可以。"

听出了小姑娘嘴里撒娇的意味儿。他下意识地又伸手过去，揉她脑袋，眉眼一

弯夸赞："好，我们小司茵最聪明。"

摸脑袋的奖励发完，司茵怔在当场，时穆也意识到不妥，将手收回。

他的手放在腿上，不自觉地握成拳，心里也直打鼓。时穆坐在旁边，司茵莫名地想起初中那会儿，被他辅导作业的恐惧。

司茵见他一直握着手机，瞥了一眼，随手指了一道题，一脸乖巧道："穆叔叔，这道题我不太会，能帮我在草稿纸上写一下步骤吗？"

时穆扫了一眼题目，眉头皱起来，扯过一张草稿纸，用手机压住。

他一边解题，一边道："你上课都在做什么？这道题也很简单，我写下来，你之后完整地背出来……"

司茵眉眼一弯，两个酒窝深且甜，人畜无害的模样，像极了撒娇的小狼狗。

她解释道："我断断续续地请假一个月，很多课没能跟上。"

好吧，暂且原谅这个似乎什么题也不会做的小马虎。

时穆低头替她解题，她无心看题，只是目不转睛地盯着他的手机。她屏住呼吸祈祷，终于，他收到一条短信，手机屏幕跟着一亮。

时穆低头认真地帮她写解题步骤，无暇理会短信。司茵盯着他的手机屏幕，总算看清信息通知框后面的屏保。

她长吸一口气——天……真是影后木眠！他们还真是……郎才女貌。

周二中午司茵上完课，回宿舍午休。

她躺在床上，化悲愤为力量，狂背英语单词，听见陈雯雯拍桌感慨道："你们看新闻了吗？邹廷深居然跟木眠公开了！他们居然闪婚！"

木眠！木眠？和影帝邹廷深闪婚？闪婚！

抓住重点，司茵迅速从上铺跳下床，连梯子都省略，宛如侠女翻墙落地，姿势那叫一个潇洒。

吴容和陈雯雯惊呆，孟茜也目瞪口呆。

吴容道："司茵，没看出来，你个子小却深藏不露啊……"

陈雯雯也竖起大拇指夸赞道："侠女，我从你身上看见了神奇女侠的精髓！"

在三人注视下，司茵咬着牙，勉强直起身体，忍着膝盖的阵痛，神色淡淡地问："木眠和邹廷深闪婚？"

第五章 单枪匹马很酷，可我也羡慕恃宠而骄

陈雯雯："是啊。等等……你怎么也关心起娱乐圈八卦了？你不是从来不追星吗？"

司茵没有直接回答她，只是追问："他们两人正式公布了吗？"

"公布了。你自己看，喏。"孟茜将iPad塞进她怀里。

司茵接过iPad，一字一顿默念邹廷深和木眠的微博内容，结束后大骂一声"老狐狸"，将iPad塞回给孟茜。

吴容和陈雯雯看傻子一样看她。

孟茜抱着iPad，斜睨她一眼道："你受刺激了？骂谁老狐狸呢？"

司茵表面上看不出任何情绪起伏，可以说是毫无预兆地突然抱住比她高近半个头的孟茜。

她踮起脚，捧住对方的脸，迅速地在她脸侧亲了一口，又迅速松开，在舍友震惊的目光下，跑出了宿舍。

孟茜捂着脸颊愣在当场。吴容和陈雯雯面面相觑。

吴容说："这叫什么来着？百什么……"

陈雯雯道："百合？怪不得孟茜对司茵怨恨这么深，感情两人相爱相杀啊……"

孟茜一脸蒙。司茵的举动让她怀疑人生，难道司茵从始至终都对她有那个意思？

司茵在操场冲刺四百米后，情绪终于得到平复。她停在终点，双手撑着膝盖喘气。等呼吸平静下来，掏出手机给姜邵打了个电话。

电话那端的姜邵明显很兴奋："小司茵，想我了吗？如果你想我，我可以马上出现在你学校哦。"

司茵深喘一口气，语气平静道："我问你一个很严肃的问题，你认真回答，不许有隐瞒。"

姜邵在电话那端捂着良心道："我捂着良心发誓，你想知道什么，我一定告诉你，毫无隐瞒！"

司茵道："影后木眠是时穆的前女友吗？"

姜邵几乎脱口而出道："神经病啊！是网上有传他们的绯闻吗？那些记者真无聊！那是他亲妹妹！亲妹妹！亲妹妹！"

老狐狸！老狐狸！老狐狸！你拒绝我的理由能不能再可爱一点？！

"嘟——"

姜邵话还没讲完,听筒里传来一阵忙音。

姜邵:"喂?"

他低头看了眼吐着舌头的老虎,露出两颗小虎牙,笑得很尴尬道:"她手机一定没电了。嗯,没电了。小司茵才不会挂我电话呢。"

"汪汪!"老虎明显不信。

姜邵叉腰道:"呵呵,你还别不信,我马上回拨一个电话给你听!"

他回拨给司茵。那边接通,却又挂断。姜邵抱着头,崩溃道:"小可爱居然挂我电话!我长得这么帅,小可爱居然舍得挂我电话!她的良心不会痛吗?!"

下午司茵翘课。秃顶的教授站上讲台,拧开保温杯喝了一口茶,开始点名。

讲台下,吴容拿笔杆子戳了一下孟茜道:"待会儿点到你帮司茵回。"

孟茜说:"我跟她关系很好吗?拜托,用膝盖想想,我会帮她答到?"

吴容用手掩着嘴,小声和她分析司茵的反常道:"我觉得,司茵最近的反常,是因为喜欢你……"

"神经病……"孟茜觉得这想法太可怕,"班长,你什么时候变得跟陈雯雯一样,神神道道。"

吴容一脸正色,给她排逻辑:"你是老欺负她吧?可她有报复过你吗?你的小泰迪也是她求学长做的手术,如果她不是喜欢你,怎么会以德报怨帮你做这些?她是圣母玛利亚吗?孟茜,你自己好好反省,你到底是做了多过分的事情,她才这样……好了好了,帮不帮你自己看着办吧,我和陈雯雯的声音教授太熟了,除了你没人能帮她。"

孟茜冷笑道:"我帮她?呵呵。"

讲台上,秃顶教授用手指压着花名册,点完一个名字,又点下一个。

"司茵。"

"到。"这声音与其他同学没差别,一样的平静,一样的无精打采。

教授摇头,默默感慨,现在的学生真是一届不如一届,一届不如一届有朝气。

"孟茜。"

"到!"这声音朝气蓬勃,教授抬眼打量,满意地点点头。

吴容趴在桌上,冲着孟茜竖起大拇指:可以啊。

第五章
单枪匹马很酷，可我也羡慕恃宠而骄

孟茜冷哼一声："我不喜欢欠别人什么，就当还她的人情。"

吴容越来越怀疑，其实孟茜和司茵……

司茵翘课去了医院。

肖护士在走廊里遇见她，将她叫住："欸，司茵，你今天下午不是上课吗？怎么来医院了？"

"今天教授请病假，所以……"司茵转移话题，问肖玲，"时院长呢？他今天在医院吗？"

肖玲点头："在办公室呢。"

到了院长办公室门前，司茵抬起手，深呼吸之后，将门叩响。

"进来。"

司茵推开门，先探进一只脑袋。

时穆一抬眼，就看见从门外探进的那只小脑袋。他皱眉道："司茵？下午没上课？"

她整个身子都挤进来，关上门，怕里面的男人跑路，顺手将门反锁。

时穆搁下手中的笔，神色严肃道："你干什么？"

司茵大步走过去，拉开办公桌前的班台椅，坐下。

她望着对面眉头紧蹙的男人，又深吸一口气，说："时穆，你是不是自恋地以为……我喜欢你？"

时穆神色反倒变得平静，嘴角压着一丝笑意，反问："为什么会有这种想法？"

司茵挑了挑眉毛，向他摊手道："你手机给我。"

时穆露出惯性微笑，将手机搁在小姑娘掌心。

司茵摁亮手机屏幕，指着屏保问："这是你女朋友吗？穆、叔、叔。"

小姑娘眉眼弯弯，露出两只甜得发腻的小酒窝。"穆叔叔"三个字加得格外重。

挑衅他？时穆面不改色，点头道："嗯。女朋友。"

男人说话依然不紧不慢。

司茵将手机递回给他，笑得双肩发颤道："穆叔叔、穆叔叔……"她拿手拍在脸上，继续说："你的脸疼吗？"

这话让时穆一愣,他下意识地摸脸,眼神却依然处变不惊,道:"脸疼?怎么说?"

司茵从进来那刻起,就跟换了个人似的。自时穆回国,他就没见过小姑娘笑得这么开心。

此时此刻小姑娘仿佛回到很多年前,笑得很调皮,似乎在打什么坏心眼。

司茵咳嗽一声,清了清浑浊的嗓音,道:"时穆,你是不是觉得我之前问你那个问题是喜欢你?所以你才随便找个借口敷衍我?说影后木眠是你的女朋友?那我问你,你现在还敢说木眠是你女朋友吗?"

时穆道:"为什么不敢呢?小司茵。"

装,接着装。

司茵笑得双肩发颤,掏出自己的手机,打开微博,递给他看道:"你大概不知道木眠在两个小时之前公布了婚讯吧?粉丝们很震惊,我也很震惊,我相信此刻的你更震惊,是吗?穆叔叔?"

老狐狸果然是老狐狸。他只愣了一下,下一刻便摸着脸颊,笑道:"所以你翘课来见我,是为了让我打脸?"

司茵"哼"一声,再次重复问题:"时穆,你是不是真以为我喜欢你?所以才想出这种借口骗我?好让我止住对你的想法?"

老狐狸笑得莞尔,点头道:"我承认,那天喝太多酒,想得的确有点多。也是,我们小司茵还年轻,怎么会看得上老狐狸。"

司茵用手撑着脸,歪着脑袋,笑容如沐春风。男人说话每一处停顿,她便眨眨眼。

这样调皮的态度,让时穆这只老狐狸有点心虚。

等他说完,司茵才继续开口:"老狐狸,你想得一点儿也不多,我是真的喜欢你。"

时穆一时无言以对。

What?

绿毛鹦鹉仿佛围观了一场大戏,扑腾着翅膀大叫:"脸疼!脸疼!"

第五章 单枪匹马很酷，可我也羡慕恃宠而骄

最近老油和小油的故事被发上了网，老油一下成了网络红人。医院里来采访的人一波接着一波，尤其是周末，人满为患。

司茵帮着接待各位记者，忙前忙后，累得腰酸背疼。

晚上老油请她吃牛肉面，一个劲儿夸她："小司茵，今天辛苦了。你说你一个大学生每周都来医院打杂，还这么有训犬天赋，以后谁娶了你，真的有福气哦。欸，说实话，你想找个什么样的男朋友？"

司茵累得饥肠辘辘，吸溜两口牛肉面，含着食物反问："老油，你说如果我想追一个男人，送他什么合适？"

"送皮带啊。"老油在自己腰上比画一圈，"拴住这个男人，就得送皮带！"

"唔。"司茵低头喝一口汤，又扬起脸来对他笑，"谢谢老油。"

"你跟我说什么谢？来，多吃两片牛肉。"老油见小姑娘吃饭狼吞虎咽，知道是饿坏了，心疼地又往她碗里夹了两筷子牛肉。

想起小司茵刚来医院那会儿，话很少，也没见过她笑。

现在总算变成了个活泼会笑的小姑娘了。老油很欣慰，这才是小年轻该有的状态。

晚饭后回到宿舍，司茵看了会书，微信收到时穆的转账。

转账3000元，备注写着"生活费"。她毫不客气点击接收，发过去一个"谢谢老板"的表情，并说："谢谢老狐狸赞助。"

时穆回了一个很客气的"微笑"表情，接着就再也没有回复。时穆有好几天没去医院，谁也不知道他去了哪儿。

周末这天，比利时著名宠物医生要来医院交流，时穆必须在场。

他回到办公室就看见办公桌上搁着一只荧绿色餐盒，里面是沙拉早餐，鸡蛋被煎成心形。饭盒下压着一张小纸条，文字后面跟着简笔画。

"爱心早餐制作人"后面跟着简笔画：画面是吐着舌头，拥有狼犬耳朵的小姑娘。

"爱心早餐拥有者"后面也跟着简笔画：画面是一个有着狐狸耳朵，却神情冷酷的男人。

时穆嘴唇勾了勾，很快又意识到什么，将情绪压制回去，浓眉紧锁。

肖玲进来给他送文件,顺便说了一下比利时医生的抵达时间。时穆将餐盒递给肖玲,说:"这盒早餐交给司茵,以后没什么事,别再让她来我办公室。"

肖玲接过饭盒愣了一下,"哦"一声道:"好的,那没什么事我先出去了。"

"嗯。"

"他真的这么说?"司茵从肖玲手里接过饭盒,心里失落。

肖玲看着她,拍着她肩安慰道:"小司茵,你真的想追咱们时院长啊?说句心里话,你年轻又漂亮,普通男人确实就喜欢你这款。可咱们时院长不一样,他不是普通男人,本身条件也不差,颜值也摆在那里,看不上你这种小姑娘也很正常。依我说你别难过,也千万别有挫折感,你看那个影后,那个网红……不也没勾搭成功吗?"

司茵低眼看手中饭盒,咬咬唇,说:"饭我倒腾了一早上,他不吃,有点可惜。可给别人吃,我又舍不得。"

肖玲"啧"一声道:"你这孩子,怎么这么倔呢?时院长都不让你去办公室了,你怎么送啊?自己留着当午饭吧。"

司茵不甘心,抬手叫来AK。

隔了十分钟,时穆办公室的门被撞开,一抬眼,看见AK咬着那个荧绿色饭盒,朝他小跑过来。

它将饭盒稳妥地搁在他大腿上。

时穆拿起饭盒,笑出声,摸着AK脑袋说:"回去告诉她,饭盒我收到了。"

"汪!"AK并没有走的打算,席地而坐。

时穆挑眉道:"怎么?你是让我吃掉?"

"汪汪!"AK拿嘴筒子杵了他一下,示意他赶紧吃。

时穆拆开饭盒,挑起一筷塞一小口进嘴里,又低头看它,道:"吃了,可以了吗?"

"汪!"AK龇牙,喉咙里发出警告声,一副假装很凶的样子。

它可是带着使命来的,时穆不吃完,它没办法回去交差。

时穆无奈道:"好好好,我全部吃完。"

早餐他一点不剩吃干净,取了钢笔,也画了一幅简笔画,算是很隐晦地拒绝小姑娘的倾慕。他将纸卷成小圆筒,放进饭盒,嘱咐AK送回去。

第五章 单枪匹马很酷，可我也羡慕恃宠而骄

AK回去的路上，将饭盒扔进垃圾桶，然后又跑去老油的保安室。

老油这两天走红网络，收到很多粉丝送来的花篮。它一头扎进花篮里，用嘴折断一支鲜花，小心含住，摇着尾巴往回走。

——交差、交差，美美地交差！

AK叼着花进来的时候，司茵正在帮宠物美容医生给狗狗洗澡，它拿脑袋蹭她膝盖。接着，两条腿站立，跟她表演转圈，最后递上狗嘴里的花。

美容医生稀罕坏了，调侃说："小司茵，AK这是给你献殷勤啊，哟喂，这狗崽子真懂事，它要是个男人，你嫁不嫁？"

嫁！怎么不嫁？司茵接过花，凑近花蕊嗅了嗅。

哟，花香是甜的。老狐狸还真会挑。

司茵将花插进水杯，扭头问美容医生："季姐，您是过来人，我问你，如果一个男人嘴上说拒绝，可又在收了你的爱心早餐后回赠花给你，那么他到底是什么意思？是喜欢你呢，还是不喜欢？"

季医生握住萨摩耶一只狗爪，"咔嚓"一声，替它剪掉指甲，回答她："当然是喜欢你了。这个男人可能过于腼腆，不好意思说出口。这样，你有空多约他一起吃饭，逛街看电影什么的，要主动点。我老公就是我主动追回来的，当时我们一个班，我当着全班同学的面儿跟他告白，他感动得稀里哗啦……"

唔……所以，老狐狸是害羞？司茵很难想象老狐狸害羞的样子。

她想着时穆脸红的样子。咦？居然有点小可爱？

周一那天，学校三号阶梯教室人满为患。

门口放着时穆的展架，上面印刷着注意事项和时穆的照片。

因为报名听演讲的学生很多，所以学生会提出了凭票入场制。演讲票可以去班主任那里领取，也可以去学生会申请。

司茵排队检票，轮到她，学生会同学压住她的肩，摊手问："同学，票呢？"

"票？"司茵压根不知道学校看演讲还得凭票入场。

吴容正在现场组织检票纪律，老远看见司茵，走过去将她拉至一旁，问："你怎么来了？你不是说没兴趣？"

"哦，今天忽然想来看看。"司茵往里面看了眼，问她，"没票真的不能进吗？"

"别人不行,你可以啊,你忘了我是谁?"吴容取下工作牌,递给她道,"你就凭这个进去就行了,孟茜坐在第二排12号,正中间的位置,我只能帮你到这里了,剩下的你自己看着办。"

司茵点头,拿着工作牌进入内场,在第四排黄金位置坐下。

阶梯教室人满为患。司茵右手旁坐了两个姑娘,两人一边低头玩手机,一边讨论:"怎么还不开始啊,等的花儿都谢了。据说今天演讲,学长会带一条狗。"

"演讲带狗?稀奇了。"

"是啊。谁想看狗啊,来这么多女同学,不就是为了看一眼他是不是真的和海报一样帅?"

"花痴,一群花痴!"后面的男同学听见她们讨论,开始指点江山,"庸俗!你们女生真庸俗!"

女同学回头,给他一记白眼,反问:"这位同学,你来听演讲是什么目的呀?"

男生嘿嘿一笑道:"我就是想看看,是不是真的长得比我帅。"

女同学:"……"

演讲终于开始,先上场的是一条马犬。

老虎上台,嘴里叼着一个"大家好"的荧光铭牌。等荧幕一亮,老虎立刻双腿站立,非常稳,台下掌声雷动。

掌声结束后,一个身姿修长的男人走上台。灯光骤亮,现场一阵惊叹,司茵四周的女同学已经压制不住兴奋。

"哇……这么帅?"

时穆今天穿一件黑衬衣,浅色西裤将一双腿衬得修长笔直。全场上千人,目光统一集中在演讲台上。荧幕上出现演讲标题:狼与犬。

他从主持人手里接过话筒,轻咳一声试音,冲台下的同学们微笑道:"同学们好,我是时穆,相信在座很多同学不认识我,我来自我介绍一下——"

清朗的男音从音响里递增而出,现场的迷妹如追星般疯狂,喊他的名字:"时穆!时穆!"

他的履历被挂在学校成功学子的公告栏里,近十年,入学的新生都会仰慕他的风采。他脑袋上有个标签——Z大学神。

这种传奇学长,不是中年秃顶的眼镜男,居然是大长腿高颜值的青年才俊,完

第五章 单枪匹马很酷，可我也羡慕恃宠而骄

全在意料之外。

他如今作为全国首屈一指的宠物医院院长兼董事长，既是技术人员，也是个成功的商人，又有大长腿高颜值加持，也难怪受学生热爱。

面对现场一片沸腾，时穆宠辱不惊，抬手将现场氛围压下去，继续自我介绍。

他的演讲主要是针对动物科学专业的学生，显然，现场来的还有其他系的同学。演讲环节，时穆用模特老虎给大家讲解犬与狼的共通特性。

一到提问环节，女同学们便先后举手。前排的孟茜因为离得近，被选中。

她起身接过话筒，提问："学长，你说犬很通人性，那我们要怎样才能更准确地了解犬只语言呢？"

时穆打量孟茜，觉得这位同学很眼熟。

他整理一下思绪，回答说："同学们好像对训犬的知识更感兴趣啊，那我就粗略讲一下。了解犬只语言，主要通过犬的肢体和眼睛。打个比方：犬表示强势时，眼睛会瞪大，瞳孔收缩，眉头皱起，目光阳刚；而它表示友好时，眼睛会放松，微闭眼皮，目光温柔。当它目不转睛盯着你时，这位女同学，你要小心了，它绝对不是因为你长相奇怪而对你目不转睛，它是要对你发动攻击了。"

现场一片哄笑。

她长相很奇怪？时院长的话明显带着讽刺。孟茜面对四周的打量，赶紧捂脸坐下。

又有同学举手提问："学长，你对训犬很了解嘛，那你平时怎么和你的狗互动呢？可以分享给我们吗？"

时穆一招手，老虎立刻来到他跟前。他蹲下身，搂住老虎厚实的脊背。

老虎此刻完全不似刚才的严肃，宛如一个宝宝讨好性地去舔时穆的脸，甚至以头顶他。时穆没有阻止，反而拍着它的犬肩予以鼓励。

他继续解答说："我鼓励任何自愿性取悦Active Submission的行为，我的狗对我有自愿讨好的行为，我都会用食物、玩具或互动奖赏，这是发展族群动力很有效的方法。"

演示结束，老虎立刻收住兴奋，又回到自己的位置坐下一动不动，宛如一尊守护主人的石碑。

时穆的这一套"自愿性取悦"说辞，与Rocket在书中所写如出一辙。某一瞬间，

司茵脑中的Rocket居然与演讲台上的时穆融合成一体，成了一个人。

老虎对时穆的忠诚，以及他的措辞，姜邵对他的态度……都让她有了一个大胆的想法。时穆会不会就是……Rocket？或者说，时穆才是真正的Rocket？

她脑中突然蹦出一个可怕且疯狂的想法。

演讲临近尾声，问答差不多也结束，时穆继续问："还有同学要提问吗？"

现场哗啦啦又一片举手。

时穆扫了一眼，正纠结挑谁，音响里传出司茵的声音："时学长，我有个问题，是代表现场所有女生问的，希望你能认真回答不要敷衍。"

现场一片唏嘘，觉得这位女同学是要发大招，是想问时穆有没有女朋友，或者喜欢什么样的女生之类的问题。

学生会先前就发了公告，三令五申，不许学生提出此类调戏性的问题。居然还有人敢触学生会的威严？

牛！实在是牛！

大家东张西望，寻找提问人，终于在第四排看见一个小个头姑娘。

阶梯教室一片讨论声："那不是动物科学系的系花？"

"对，叫司茵吧？她哥哥是消防员，烈士，上过新闻的。"

"听说挺高冷的，没看出来是闷骚呢……"

有男同学撞了一下严科，调侃说："严科，你女神当众调戏学长，够牛啊！"

严科纠正他："谁女神啊？谁女神啊？我女神是霉霉好吗？怎么会是那个小矮子。"

男同学："哟哟哟……追人家的时候叫人家女神，追不上就叫人家小矮子，啧啧啧啧……"

时穆看见司茵，眉头蓦然皱紧。隔得很远，他似乎看见小姑娘冲他坏笑。

司茵握着话筒，大声道："学长，我想替广大女校友问问……"她刻意停顿，吊足胃口，又道"你喜欢我这个类型的姑娘吗？"

这算是哪门子替广大女校友提问？压根是为自己提问吧！

站在过道听演讲的教授脸都绿了，扭过身斥责学生会主席道："怎么回事！这个学生怎么回事！"

第五章 单枪匹马很酷，可我也羡慕恃宠而骄

吴容也满脑门的汗。司茵啊，你真实力坑舍友啊……

老教授气得浑身颤，抬手指着司茵怒道："还不赶紧让人去抢了她的话筒！还嫌不够丢人吗？"

旁边年轻的老师替老教授顺气儿，安慰说："年轻人，年轻人，做事难免冲动，您老消消气儿。"

老教授双手捏成拳，往墙上砸道："现在的学生，真是一届不如一届！"

来不及抢话筒了，吴容采取紧急措施，用对讲机吩咐后台："关话筒！拉闸关灯！"

现场电路中断，陷入一片黑暗。时穆被学生会护送离开，电路才重新恢复。

司茵握着被静音的话筒，"喂"了两声，没反应。

此刻，她俨然已经成为全场焦点。身后的男生戳戳她的胳膊肘道："同学厉害啊，今儿你们系的老魔头可在现场呢，你居然敢谬视学生会的'三令五申'，真是为了爱赴汤蹈火啊。"

旁边的女同学也对她竖起大拇指道："女壮士，您做了一件大家都不敢做的事儿。"

坐在第二排的孟茜也扭过头打量她，目光很复杂。

严科将司茵的壮举录成小视频，发给表哥姜邵，并调侃说："哥，你没机会了，看见没，小矮子居然冒天下之大不韪，公然调戏时穆。"

"什么？"姜邵捧着手机，垂死挣扎，"不！这不是真的！小可爱只是闹着玩儿！"

严科："哥，不要自欺欺人。"

姜邵："兄弟，你叫谁小矮子？你敢再叫一遍？"

严科："不敢……"

演讲台上，主持人打圆场道："后台出了点小事故，导致设备损坏，所以今天的演讲到此结束。待会儿请同学们有秩序地退场，注意安全。"

四十分钟后，教授办公室。

司茵被老教授骂得狗血淋头。老教授批评完一波，拧开保温杯喝了口水，清了清喉咙继续拍桌子骂："学生会发的公告你没看？不许对嘉宾提出任何调戏性问

题。你知道我是下了多大功夫才把人给请过来？你让他怎么看待我们学校，怎么看待我这把老骨头？"

司茵低头承认错误道："抱歉教授，我没看见公告。"

"你是不是觉得我老，好忽悠？"老教授握着保温杯，重重往桌上一掷，"你，这个星期内把家长给我叫过来，我要跟你的家长好好谈谈。"

司茵道："教授，大学生叫家长，不好吧？"

"你也知道你是个大学生？呵呵，我还以为你是小学生呢！"教授怒气难平，"我不管你家长在本地还是外地，都得给我叫过来！"

司茵一脸为难道："教授……"

老教授压根不给她辩解机会，继续打断她："司茵同学，你不要跟我说你家长没空之类的话，这周我必须见到你的家长！否则我的课你以后就别来了！"

"哦……"司茵掏出手机，对教授说，"教授，我是想告诉你我家长可能还在学校，要我打电话叫他过来吗？"

十分钟后，果然有人来敲门。老教授狐疑地看了眼司茵，喊了声"进"。

时穆推门而入。看清进来的是谁，老教授立刻起身，上前迎接，握住他的手道："哎呀，小时，你怎么回来了？还在生气？你千万别跟孩子计较，现在的学生真是一届不如一届，真不如你们那一届有素质。你瞧，我正训这孩子呢。在此之前，我让学生会三令五申，没想到还是有胆大包天的学生……这事儿是我的错，我的错。"

时穆扫了眼站在教授身后，嘴角却压着坏笑的小姑娘。他神色和蔼，宽慰性地拍拍老人家手背，说："教授，我是来替这孩子给您道歉的。"

老教授摆手道："不不不，是这孩子做错了，他应该给你道歉。为表诚意，我会亲自和这孩子的家长好好谈谈。"

老教授身材佝偻，矮了他一个头。

时穆搂住老教授的肩，带着他转了个身，面对小姑娘，指着司茵说："教授，不瞒您，这是我家的小姑娘。"

老教授惊道："啊？"

司茵也一脸正经，冲老教授点头道："对，教授，他就是我家长。"

"啊？"老教授目瞪口呆。

时穆解释说："我是这孩子的叔叔，也是她现在唯一的监护人。"

第五章
单枪匹马很酷，可我也羡慕恃宠而骄

教授是个聪明人，即便对此事满腔疑惑，也没敢多问。

老教授毕竟见过大场面，震惊之后，将情绪平复，点头感慨道："这孩子性格乖戾，你得好好教育，不然以后进了社会，这带刺的性格不定能惹多少事儿。为了她好，一定要好好教育！让她知道这件事的严重！"

"陈教授说得是，学生谨记。"时穆冲教授颔首，又扭回头吩咐小姑娘道，"小司茵，跟教授道个歉，下来后写个三千字检讨，交给教授。"

司茵向教授九十度鞠躬，道歉。

教授看在时穆的面上，放过司茵，临时加了个筹码道："一万字检讨，一个字不能少！"

从学校出来后，司茵搭时穆的顺风车回医院宿舍。老虎率先跳上副驾驶位置，霸占了原属于司茵的座位。

时穆去后备厢放东西，司茵小声警告老虎道："听话，去后面。"

老虎坐惯了时穆的副驾驶，不愿意让位给她。

司茵威胁它道："不听话？好啊，明儿我就把AK嫁给医院那条恶霸罗威纳。"

老虎好像听懂，乖乖地去了后座。

时穆回到驾驶位，看见司茵坐在副驾驶很诧异。

老虎的占有欲时穆最清楚，这小姑娘是用了什么手段让他屈服？

开车回去路上，司茵看着天色渐暗，对他说："穆叔叔，这个冬天我没什么衣服可穿，你的衣品不错，陪我去买衣服行吗？"

"买衣服？"时穆扫了眼她身上的衣服，衣品确实堪忧，索性答应下来。

入冬后，时穆一直有想法替她挑几件衣服。奈何小姑娘脾气倔，要强，买衣服不肯让他陪同。今天她主动提出，倒让时穆感到挺意外。

进了商场司茵与他并肩而行，左看右瞅。

时穆替小姑娘挑了几件，司茵每一件都上身去试，但凡时穆挑的衣服，她全让导购包起来。

司茵掏卡付钱，却被时穆抢先。从服装店出来，司茵扯着时穆的袖子，道："穆叔叔，你能陪我去看新版《蜘蛛侠》吗？"

时穆想与她保持距离，正在想拒绝的措辞，小姑娘却一脸失落道："你该不

会……舍不得请我看一场电影吧？那我请你看吧，当是报答你给我买衣服。"

话说到这份儿上，时穆只好点头答应，陪她进了商场四楼的影院。

电影看完已经七点，小姑娘又嚷着饿，要吃烛光晚餐。

时穆拒绝。

她却可怜巴巴感慨："我长这么大，从没吃过烛光晚餐。穆叔叔，你吃过吗？可以形容给我听吗？让我脑补一下就好……"

见她说得这么可怜，时穆顿时心软，带她进了西餐厅。

烛光氛围不错。时穆的话却打破浪漫氛围："司茵，今天在学校的事，我希望不要再有第二次。"

司茵切一块牛排，塞进嘴里，细嚼慢咽。她望着对面的男人，微笑道："如果还有第二次、第三次呢？"

时穆搁下餐具，收起惯性的笑容，冷脸直视她。

这是要发飙的前兆……司茵无所畏惧，一脸平静地反问："老狐狸，你知道为什么这些年我做事都小心翼翼，尽量低调吗？"

有事相求时便一脸乖巧叫他"穆叔叔"；向他挑衅时却毫不忌讳地叫他"老狐狸"。时穆面无表情，语气也冰冷道："不知道。"

简短的三个字又冷又硬，像块沉甸甸的巨石朝司茵压过去。

司茵感受到对方的腾腾寒气，有点犯怵。一旦想到那支花，她的勇气又膨胀起来。她解释："因为司豪说，我和其他孩子不一样，我没有父母，没人撑腰，不能恃宠而骄。没有哪个姑娘生来就想独立，谁不想做个公主呢？"

时穆低头，横切一块牛排，笑了一声："所以你就仗着我不会揍你，恃宠而骄？如果今天的事你是因为我做了你的监护人而报复我，那我可以明确地告诉你，你的报复，不会影响和改变我的任何决定。"

"我是仗着你宠我，所以才敢恃宠而骄。"

时穆切牛排的动作一顿，眼皮轻颤，气氛突然凝固。

司茵又转了个话题，反问他："你才是真正的Rocket，对吗？"

时穆抬眼看她，眼神并不友好。他没有急着否认，只是用冷森森的语气道："说说你的看法。"

这只伪装友善的狐狸终于露出獠牙，伺机而动。她差点忘了，狐狸是肉食动

第五章 单枪匹马很酷,可我也羡慕恃宠而骄

物,本性狡猾,并不温顺。

司茵不敢再去看他,低眼看牛排,说:"老虎对你,更像是犬对主人。Rocket曾经在书里说过,狼与犬有共通性。狼是群居动物,族群分五个阶级:Alpha(领袖)、Beta(副手)、Omega(缓冲者)、Mid-Rank(中层)、Low-Rank(低层)。而据我观察,你和姜邵在老虎面前所扮演的角色,分别对应了Alpha和Beta。人有演技,可以轻易骗人,可犬生来忠诚,它的行为习惯不会骗人。所以时穆,你才是真正的Rocket。"

小姑娘的逻辑严密,出乎他的意料。她见时穆没有反驳,目光里泛着得意的光彩。

"Rocket戴口罩我纳闷了很多年。从Rocket书里的言辞来看,他应该是一个自信的人,即便丑陋无比,也没理由遮面参加比赛。但如果Rocket是两个人,甚至一个团队,那他戴口罩的问题倒也迎刃而解了。所以,Rocket其实是你和姜邵共用的身份,Rocket是一个团队,而我喜欢的那本书,也是你写的,对吗?穆叔叔。"

一声软绵绵的"穆叔叔",瞬间压灭男人所有气焰。他发现,对小姑娘生气,是件挺不容易的事。

时穆听她分析,总算露出笑容道,"开始学会看事情的本质,而不是看表面,我的确小看了你。"

得到夸奖,司茵厚着脸皮,咧嘴一笑道:"跟你学的。时穆,我的问题你还没回答。"她微一停顿,认真望着男人双眼,渴望得到答案:"你喜欢我这类型的姑娘吗?"

"司茵,你信吗——"他也刻意停顿,故意卖个关子。

司茵眨着一双大眼睛,抢话道:"信!"

时穆笑得狡黠:"我可能会学司豪,真的揍你。"

司茵:"……"

这场洽谈不欢而散。回到医院后,司茵的血液、肌肤无一不是滚烫。她佯装镇定一整晚,离开时穆一切又都暴露无遗。

她能明显感觉到时穆是真的生气了。

可他为什么生气?凭什么生气?依他的性格,如果真的拒绝,会很干脆,不会模棱两可地给她送花。

她捏了捏发热的耳垂,深吸一口气,往宿舍走去。

姜邵坐在她宿舍楼下的台阶上,似乎等了很久。看见她立刻起身,拍拍臀部灰尘迎过去叫道:"小司茵。"

"姜邵?"司茵一愣,疑惑道,"你怎么会来?"

姜邵抓了抓后脑勺,露出两颗小虎牙,笑道:"你手机关机,有点担心你,所以就过来看看。"

"手机没电了。"司茵嘴角一扬,笑着说,"谢谢关心,我没事。"

小可爱嘴角两个时深时浅的小酒窝,看得姜邵心尖儿甜滋滋。他问得小心翼翼:"你跟老时……没什么吧?"

"有什么?"司茵不解,反问。

姜邵松一口气,拍着胸脯说:"没什么就好。我还以为你们有什么……也对,像老时那种保守做派,怎么会跟你有什么?小司茵,明天晚上有空吗?我买了两张《蜘蛛侠》的电影票,一起去看?"

司茵唇角一弯,摇头说:"我跟时穆现在没什么,也许过段时间,就会有点什么。你不要着急,我和他的感情欲速则不达。这部电影我和时穆已经看了,你跟老油去看吧。"

"……"姜邵仿佛听见了玻璃心破碎的声音。

司茵想起一件事,向他求证。她说:"我是Rocket很多年的忠粉,一直以来我都没想到Rocket不是一个人。"

姜邵震惊道:"老时连这种商业机密都告诉你了?那个浑蛋,见色忘义啊!"

司茵嘴角一弯,抬手去拍他的肩,感慨道:"老狐狸嘛,见色忘义不是很正常?我很困了,先回去睡了,你也早点回去休息。"

"哦……"姜邵目送她上楼,满心惆怅。这只老狐狸,再三叮嘱他不能将Rocket的真实情况告诉小司茵,可他却……

姜邵气不过,给时穆打了一通电话,一接通立刻开启连环嘴炮攻击。

"说完了?"时穆在电话那端很平静。

姜邵点头,委屈地"嗯"了一声。

时穆告诉他:"我从没跟她提过Rocket。"

"什么情况?"姜邵一拍脑门,反应过来,"我被'套路了'?"

第五章 单枪匹马很酷，可我也羡慕持宠而骄

时穆呵了一声："恭喜你，姜少爷，您被成功'套路'。"

姜邵捶胸顿足。啊啊啊啊啊……小可爱居然"套路"他？是他长得不够帅还是不够高？还是小虎牙不够可爱？小可爱居然"套路"他！

司茵的猜测时穆没有正面回答，所以她辗转"套路"姜邵，向他求证。事实证明，她没猜错。

姜邵每周末才有空闲给司茵上课，好不容易等到周末，老油却带着司茵去了电视台录节目。

在去电视台路上，老油收到姜邵的短信："老油，小司茵不是你一个人的徒弟，你却一个人霸占小司茵，是不是太霸道了！"

老油发过去一个抽烟大佬的表情："就是这么霸道。"

姜邵："……"回国后，仿佛每个人都欺负他。

老油退休后在医院担任保安队长，多年的工资全部捐赠给警犬养老院。他接受采访时告诉记者，他这余生唯一的愿望，就是让每一条警犬都得到善终。

老油在执行一场任务时，被歹徒围击，无力搏命，身中数枪的小油却奋起而击，为了保护主人被砍断一条腿。

在那次任务中，老油和小油的身体都遭受很大冲击，不得已提前退役。

电视台的大荧幕上，放了几张小油断腿后的照片。

观众眼圈跟着一红。

主持人问老油："狗狗失去一条腿之后，对它的生活有什么重大影响吗？"

小油将嘴筒子搁在老油的脚背上，认真听采访。

老油回忆道："影响很大。它有段时间不能接受自己少了条腿，不吃不喝，只能靠输液来维持生命。后来时院长提议，让它参与到工作中去，让它从工作中重新拾回自信。所以后来我留在了医院，每天带它在医院巡逻，恪尽职守。"

话题从小油，又转到了院长时穆身上。原来时穆不仅收留被主人遗弃在医院的宠物，还自己掏钱建立了警犬养老院，每年花费在百万左右。

喜欢的人这么优秀，司茵有骄傲，也有自卑。

她不会因为自卑而对感情怯懦，会化为力量，努力朝着目标奋斗。尽量缩短他们之间的差距，也尽可能达到"能与他比肩而战"的目标。

回去的路上,司茵靠着车窗玻璃看外面,城市夜景飞速掠过。

老油见她心事重重,问她:"小姑娘,又在想什么?"

司茵眼里压根不是城市景色,是对未来的憧憬。她轻轻地吁出一口气,说:"老油,你觉得,中国第一女训犬师这个名头,够不够拉风?"

"哈?"老油掏了掏耳朵,"中国第一女训犬师?"

司茵语气不像开玩笑,连趴在老油腿上打盹的小油也昂着脑袋,用惺忪睡眼打量她。

老油笑着说:"丫头,我承认,你在训犬上的确有天赋,但你还差了一个靶手。我和姜邵虽然是你的老师,但在往后的训练中,你还差一个合作拍档,一个真正与你契合的靶手。就好比一个皇帝,他得有一个将军。"

在训练中,训犬师负责对犬只进行引导下指令,而靶手则是拿靶,以及陪练的角色,默默无闻,却非常重要。

在司茵学习训犬的这段时间,时穆、姜邵、老油,都会拿靶给她当陪练,但如果她想将这条路走长,她缺一个可以长期合作的搭档。

老油的话司茵放在心里,回去后她开始浏览训犬论坛,想从网上找一个志同道合的朋友,一起接受训练。

司茵去训犬微信群寻找靶手,她贴出自身基本信息,并声明,成为她的靶手,可以和她一起接受国际知名训犬师的训练。

消息一经发出,引来群嘲。

"哟喂,现在真是什么人都来训犬啦?"

"哈哈哈!快快快!美女训犬师招聘靶手,可以跟她一起接受国际训犬师训练,机会难得哦……哈哈哈哈哈!小妹妹,你真的不是出来搞笑的吗?国际知名训犬师会教你训犬,凭哪点?"

"凭她有事业线。"

"哈哈哈哈哈哈……"

训犬群的男人多为有钱"直男癌",司茵被这些言论搞得头皮发麻,选择退群。

没人愿意来给一个女人做靶手,觉着丢人。

网上招募靶手失败。

第五章
单枪匹马很酷，可我也羡慕恃宠而骄

司茵找代购给时穆买了一条腰带，仔细包装好，趁着时穆在办公室，让AK给送过去。

AK领命，叼着礼盒跑进电梯，又穿过走廊，来到院长办公室，用铁头撞开门，冲进去。

时穆正看一份文件，抬眼看见AK嘴里叼着的东西，眉头跟着一皱。

AK将嘴筒子乖巧地搭在他腿上。

时穆从它嘴里取出礼物，疑惑道："司茵给的？"

瞧他问的傻问题，不是司茵还会是谁？时穆看了眼礼物，没有拆开，塞回AK嘴里道："东西你给她送回去，我不能收。"

AK松开嘴，礼物又掉回他腿上。

时穆不为所动，将礼物搁在地上，继续翻阅文件，道："馒头，送客。"

男人话音刚落，大脸猫从矮柜里跳出来，舒展四肢后，踩着猫步朝AK走过去，一爪拍在AK脸上。

AK被这只小肉猫拍了一爪，脸疼，冲着大脸猫愤怒狂吠。大脸猫半虚着眼，稳如泰山地坐在它面前，丝毫不为所动。等狗子叫完，它抬起猫爪，在对方脸上一阵胡乱飞舞。

被九阴猫骨爪连环袭击，AK败势已显，疼得"嗷嗷"直叫。它可怜兮兮地仰着头看时穆，想寻求帮助，想让他帮忙伸张正义，可时穆却只顾翻阅文件，看也不看它一眼。

AK非常受伤。

大脸猫再次抬起猫爪，AK迅速叼起礼盒，夹着尾巴灰溜溜地跑出院长办公室。来时是一阵轻风，去时堪称龙卷风。

AK从院长办公室回到司茵身边，嘴里不仅有礼盒，还有一枝花。

司茵将花捏在手里，询问美容医生："季姐，给男人送的礼物，他没收，却送了花给我，他是什么意思？"

季医生："嗨，这用得着问吗？当然是喜欢你啦！"

"那我到底该怎么做？"司茵将花插进水杯，感慨道，"那男人忒害羞了，压根不肯承认对我的感情，我都怀疑这花不是他送的。"

AK闻言,心虚地将头扭向别处。

季医生给她支招:"是咱们医院的男医生吗?如果是,礼物你亲自去送,把他堵在楼道,别管三七二十一,亲了再说!"

"但是我提醒你啊,亲归亲,主动归主动,千万别先说'我喜欢你'和'我爱你'。你把想表达的都表达给他,剩下的由他来说。懂了吗?"

司茵点头,用指腹去抚摸花瓣,心里满涨勇气。

晚上下班后,时穆在停车场取车,他伸手去拉车门,手腕突然被一只小绵手抓住。

他甚至没来得及反应,小姑娘踮起脚,在他脸侧亲了一口。

湿润、温软。如蜻蜓点水,荡起涟漪千层。

小姑娘仰头望他,嘴角那两个甜酒窝,让他眩晕。

第六章
你,喜欢我这样的姑娘吗?

时穆眩晕感强烈,僵住,目光变成最温柔的水。

男人心底那摊水被搅乱,沸腾,随后逆向翻转变成翻滚的巨浪。下一刻,他的理智才得以恢复,将被搅乱的思绪扳正。男人下颌线条紧绷,目光一凛,神色转变为阴沉。

他知道小姑娘胆大,却没想到会这样妄为。难道那天他让AK带回的简笔画,表达得不够清楚?

老狐狸的火山即将喷发,却被老油打断,即将溢出的岩浆又被压制回去。

老油牵着小油巡逻经过,主动与他们打招呼。

"时院长!小司茵!哎哟喂,怎么总是看见你们俩在一起?不知道的以为小司茵是时院长的嫡传弟子呢。时院长,您可别耍赖啊,说好了我当小司茵的大师父。"

老油发现小姑娘脖颈、耳朵,脸颊红透,调侃她:"你这孩子见着我就脸红,怎么着?心里藏不住事儿吧?亏心事干多了吧?"

司茵心里一咯噔,刚才……都被老油看见了?

老油"哼"一声,又道:"AK那捣蛋鬼,又去保安室把我的花糟蹋得乱七八糟,都快成了采花大盗!小司茵,你喜欢花你跟我说啊,光明正大从我这儿要不好吗?非得让AK来当采花贼,很好玩吗?这样训犬很有成就感吗?"

司茵脸色由红转白,愣怔道:"啊?"

她的神色转变被老油看在眼里。老油吹胡子瞪眼道:"别跟我装无辜,AK偷花被监控拍得清清楚楚。我们部门那个小保安,也亲眼看见AK把偷来的花送到你手里,亲眼看见你插进水杯。这糟蹋鲜花的小浑蛋,你要是舍不得批评它,我来帮你好好教育。现在偷花,以后还得了?"

司茵理清一根线,心跳瞬间加速,甚至呼吸困难。

被条狗坑了是什么体验?所以从始至终,是她自作多情,时穆从没向她表达过爱慕之意。

什么恃宠而骄啊?是她自作多情啊……丢人,真丢人!思及此,司茵深深呼气、吸气。

小姑娘胸口剧烈起伏。时穆注意到她胸前两只丰满的"小白兔"。

他这才意识到。司茵已经长大,已经成熟,不再是小女孩。

司茵呼吸调整失败,脑仁里搅成一团糨糊,天旋地转。她攥着拳,手心里全是冷汗。

她扯起僵硬的嘴角,压着哭腔,对时穆辩解道:"Rocket,刚才那个……是来自迷妹的吻,迷妹的吻……我是你的超级粉——"

话没说完,身子不受控制,朝后栽去。

"砰"的一声,脑袋砸在车上,接着又一声脑袋着地的闷响。

天地颠倒,满天星辉。

她解释什么呀……解释得清吗……

司茵晕倒让两个男人猝不及防。时穆离她最近,即便反应迅速也没能拉住她。

老油赶紧扶起司茵,去掐她人中。

司茵意识模糊,耳道里盘旋着回音。

"司茵?小司茵!"

是时穆的声音。即使晕倒,司茵依然能分辨出他的声音。清朗的,关切的,嗓音里带着一丝悦耳的清朗。

老油用手托住司茵的头,抬眼对时穆吼道:"愣着干啥?!赶紧抱小司茵上车,送去医院!"

时穆不敢耽搁,将小姑娘抱上车,开车送往医院……

司茵再睁眼,已经身处病房。

时穆和老油守在病床前。她揉着额头坐起身,"嘶"一声:"我这是……"

"突然就晕了。"老油一脸抱歉,"小司茵,老油跟你道歉,我不该给你压力。AK偷花这事儿,我不追究,你也千万别给自己压力。"

时穆摁下呼叫铃,叫了医生。毕竟撞了脑子,这事儿可大可小。

白大褂医生走进来,询问了司茵现在的状况,宽慰说:"你们家属放心,这位小

姐没有大碍,只是轻微脑震荡,这几天注意休息就是了。"

时穆松一口气。

老油一脸紧张问她:"丫头,有没有饿?要不要吃点东西?我去给你买。"

司茵揉揉空空如也的肚子,还真的有点饿。她问:"老油,我想吃碗牛肉面,可以吗?"

"可以可以。"老油嘱咐时穆,"时院长,你留在这里照顾丫头,我去买面。你也没吃晚饭吧?你想吃什么,我顺道买上来。"

"和她一样。"

老油离开后病房里只剩下他们两人,室内沉默,有点尴尬。

这些日子她敢为所欲为,全仗着那支花给的勇气。得知真相后,此刻她骨子里残存的勇气渣都被抽得一干二净。

司茵这次是彻底尿了。她拿出跟司豪撒娇的那套,双手捏住耳朵,低头承认错误,小声嘟囔道:"我错了……"

她压根不敢抬头,不敢正眼去瞧老狐狸。

病床前似被一团黑气笼罩,身边这只狐狸仿佛抿着一口獠牙。

时穆仿佛明白什么,提出猜测道:"你最近行为反常,是因为AK偷花,你误以为那是我送的,对吗?"

对……老狐狸不愧是老狐狸,智商时刻在线。时穆了然,点头表示明白道:"那我画给你的那封信,你一定也没收到。"

"什……什么信?"

时穆坐下,从抽屉里取出医院病房备用的纸笔,重新画了一幅简笔画。

完成后,并没有急着交给司茵,而是将纸张折叠,变成硬币块大小,摊放在手心递给她。

她疑惑:"这是……"

"关于你的提问,这就是我的回答,"时穆提醒她,"可以现在打开,也可以带回去再看。"

司茵抬起手,指尖微颤。她耳道里都是"突突"的心跳声,血液流动加速。

她取走纸块,小心翼翼地放回衣兜。

这样的回答方式,让她捉摸不透。是好的答案,还是……司茵抿紧嘴唇,用牙

齿狠狠磕了一下,努力保持清醒,又有了心理准备。

怎么可能……是好的回答?

司茵回到宿舍已经凌晨。

AK正睡觉,听见熟悉的脚步声,摇着尾巴跳下床去门口迎接。

门被推开,AK仿佛感觉到一团黑压压的邪恶之气,从门缝外渗透而入。

司茵进屋关上门,盯着AK沉默无言。一人一狗,对视了约五分钟。

AK心虚地败下阵,夹着尾巴连连后退,转身跑回卧室,钻进床底。

这戏精狗,心虚了吗?司茵取来训犬鞭,威严地坐在沙发上,连喊三声AK。

戏精狗抵抗不了主人的威严,又从床底爬出。

两步、三步、又一步,小心翼翼地蹭到司茵跟前,吐着舌头,仰着一颗毛脑袋望着司茵。

对于这个乌龙的始作俑者,司茵打算好好教育。她捏住它的嘴筒子,大声训斥道:"觉着自己很厉害是吗?觉着自己能当红娘是吗?你这么能耐,怎么不上天?你知道自己犯了多大错?你知道我今天有多丢脸?你知错吗?知错吗?知错吗?"

AK一脸蒙,压根不知道做错了什么?

狗子今天备受打击,被大脸猫欺负,时穆置之不理,它出门迎接司茵,却换来一顿训斥。

平日里这两个人最宠它,可它今天忽然发现……自己貌似失宠了。万箭穿心,特别难过。

司茵松开AK的嘴筒子,叹了一声。

她斥责狗干什么?它压根什么也不懂,送花给她,也是为了哄她开心。

她用手摸摸AK的毛脑袋,然而AK却置气一般,扭身便走。司茵没心思再安抚它,身子往沙发后背一靠,从兜里摸出纸团,一层又一层地剥开。

直到最后一层,她屏住呼吸。纸团上的内容不丰富,只画了一个嘴向下撇的狐狸。

狐狸一副苦脸,摊手向她抱歉,并附带文字:Sorry。

所有的希望都因为这个"Sorry"破灭,没有什么词汇比这个更直接。

老狐狸拒绝了她的好意。

时穆很聪明。他知道如果当面拒绝司茵,也就将这件事摆在了明面儿上,势必

第六章 你,喜欢我这样的姑娘吗?

会影响两人的关系。所以他采用了这种较为温和的方式,拒绝得更直接,却又不那么伤人,给足了司茵台阶和面子。

司茵将纸揉成一团,扔进垃圾桶。

她叹息一声,往后一躺,用抱枕盖住脸,闭上眼,尽量整理情绪。

她想把最近的事当成垃圾,从大脑清理而出。可那些丢人的事,越想,她的情绪便越不受控制。

自作多情、自作多情……这是一件多么痛苦的事。司茵鼻子一酸,眼睛忽然湿润。她下意识地用指腹去压嘴唇,似乎还残留着男人脸侧的余温。

那样刺激又热血的举动,她怕是这辈子……也不会再有第二次。

落花有意,流水无情,是一件多么痛苦的事啊。如果哥哥还在世,他会支持自己吗?想到司豪,她内心五味陈杂。

司茵躺在沙发上黯然伤神,AK却悄悄摸去厨房,从储物柜叼出一包五斤的狗粮,回到客厅。

它见司茵用枕头捂着脑袋,压根没注意它,叼着那包狗粮迅速穿过了客厅。

AK成功抵达玄关,它将狗粮暂时放在门口,一个纵身起跃打开了门,叼起狗粮跑出了宿舍。

AK叼着狗粮穿过花园,又来到医院正厅。恰逢保安凌晨换班,又趁着保安不注意,跑出了医院……

司茵躺在沙发上休息了会儿,调整好情绪,打算给AK洗个澡。她叫了两声"AK",却无狗应答。

她发现厨房储物柜被打开,里面的狗粮……消失了!

司茵意识到不妙,又去玄关,发现门也开着,赶紧联系医院保安,调监控查看AK去向。

从监控里,她看见AK在正厅数次蛰伏,趁保安换班,叼着一包狗粮迅速冲了出去。

它居然……叼着一包狗粮,离……离家出走了!

司茵无奈,这人精狗,无时无刻不给自己加戏,居然学会离家出走?

这么能演,怎么不去拍电视连续剧呢?!名字司茵都给它想好了,就叫《戏精狗的后半生》。

AK离家出走,她有点不知所措,立刻打电话向老油求助。

今天老油不值班,睡得很早,接到电话立刻带着小油赶回医院。

司茵和保安在医院附近找了一圈,无果。

老油问她:"丫头,到底怎么回事?好端端的AK怎么就突然失踪了?就算失踪,它没道理会不记得回家路,难道是被狗贩子……"

"它……"司茵垂头,声音明显带有哭腔,"是我不好。它偷花,我骂了它……我以为它没心没肺,不会放在心上,没想到它叼着一包狗粮离家出走。"

"……"老油嘴角抽,"啥、啥?离家出走?叼着一包狗粮?!"

小姑娘六神无主,老油不能乱,他当下说:"老虎和小油熟悉AK的味道,你马上给姜邵打电话。我这里给时院长打电话,希望这毛孩子不要遇到狗贩子……"

司茵不敢耽搁,赶紧又打电话给姜邵。

接到电话的姜邵从床上惊坐而起,一脚踹醒睡在脚边的老虎,叫道:"睡什么睡,赶紧起来!你媳妇儿丢了!"

老虎吓得瞌睡顿无,立刻打起精神,跑去门口转圈圈以示焦急。

时穆接到电话也赶过来,看了医院监控,用笔规划出三条它可走的线路。接着吩咐说:"大家分头去找。姜邵你带老虎,往庆阳路去找。老油跟我沿着城北路去找。司茵,你有伤,回去休息。"

司茵坚持留下:"你觉得我能睡着?"

姜邵咧嘴,露出一口小虎牙,嬉皮笑脸道:"那,小司茵跟我一起。"

"行,我和姜邵一起。"司茵立刻蹭到姜邵跟前,离时穆远一些。

姜邵带着司茵从时穆身边经过,眉眼间刻满扬扬得意。时穆身上气压骤低,姜邵打了个寒战,步子加快。

等两人走后老油感慨地说:"看得出来姜邵这孩子对小司茵挺认真,如果他们真的能成,你也就放心了。"

"放心?"时穆眉眼一沉,"如果是他,我最不放心。"

老油:"哟哟哟,我怎么从你嘴里听出了嫉妒?时院长,你老实告诉我,你对小司茵这么好,是不是因为……"

话没说完,被时穆打断道:"我是她的监护人。"

老油翻了个白眼,呵呵,掩耳盗铃呢。

第六章
你,喜欢我这样的姑娘吗?

AK从医院出来后,沿着城北路走。

走了四个小时,渴了便去路边积水坑里舔一点脏水,叼着狗粮又继续走。它想不出能去哪儿,便去了和司茵住过的老小区,对那里它稍微熟悉点儿。

凌晨四点,夜深人静的老小区没有路灯,静得可怕。它钻进一处隐蔽草丛,把狗粮扔在地上,嘴筒子压在包装袋上休息。

突然,树上跳下一个人。

AK瞬间打起精神,弓起背,喉咙对那人发出警告。

小偷也看见树下一团黑影,听见兽鸣,下意识往后一退。

空气里充斥着血腥味儿。

AK体内的狂暴因子被激发,却又强制性摁压,迅速冷静,仔细地观察对方。

三楼的灯亮起来,一个女人大喊"杀人了"!

小偷惊慌失措,用偷来的战利品作为武器,去砸AK,接着拔腿便跑。

AK迅速躲开,体内瞬间被热血充盈,一个跳跃飞扑过去,将小偷压倒在地,咬住猎物。

最近司茵带着它学了不少护卫、追捕的课程。它如今的反应、攻击能力,具有绝对的爆发力,远强于从前。

AK认出猎物身上的味道,这个猎物就是前些日子诬陷它的小偷,导致它和司茵被赶出小区的始作俑者。

它被愤怒膨胀,紧咬小偷不松口,锋利的牙齿几乎与猎物的骨头摩擦。小偷慌乱间挥舞匕首,AK灵活闪躲,却还是中了一刀。

这一刀并没有让AK退缩,反倒激发它的战斗欲望。它改变战斗模式,松开猎物肩部,辗转去咬手腕,小偷吃痛,松开手里的匕首。

惨厉的叫声在整个小区回荡。

凌晨四点半,被盗的住户楼下围了一圈人。

警察扒开人群,挤进去,看见小偷倒在血泊里吆喝。AK趴在小偷身旁,体力不支,却依然咬着小偷手腕。

警察刚来,搞不清状况,向围观的住户询问。

一个老太太说:"哦,我是一楼的住户,大概四点的时候,我听见外面有狗叫,

然后就听见楼上那个女人喊'杀人了'。我和儿子躲在家里,看见这条狗咬住了这个小偷。"

又一个邻居说:"这个小偷不是人啊,偷东西就偷东西,居然杀人!太不是东西了,狗娘养的……"

人群里,你一言我一语。直到有个小孩说了一声:"奶奶奶奶,这个狗狗好像是那只吃小孩的狗!"

他们看清这条狗后,都陷入沉默。

他们羞愧、懊悔……情绪复杂。

男警带AK去附近的宠物医院处理伤口,再出来已经是早上。忙了一夜,他将狗抱上车,总算松了一口气。

开车的女警扭过头打量,调侃说:"钟队,这条狗牛啊,居然抓住了杀人犯。没人领的话咱就养在警队当吉祥物吧。"

钟队道:"唉,这狗也可怜。我听说,这条狗帮小区住户抓过小偷,结果反被污蔑,小区里的老人还以讹传讹,说这条狗吃小孩,迫于压力房东赶走了这条狗的主人。"

女警道:"天,未免太过分了吧?那……今儿我们抓到的这个杀人犯,是上次的小偷?"

钟队点头道:"对。偷窃时被上厕所的男主人发现,情急之下捅了男主人数刀,其中三刀在要害。"

AK将嘴筒子搭在车窗上,看着外面,眼神忧郁。

女警看了眼AK,叹气道:"这狗也太可怜了,它是被主人抛弃了吧?瞧它忧郁的。"

AK:"……"

它忧郁它的狗粮,它的狗粮还在草丛。可它现在身体疲惫,压根没有力气再回去叼狗粮。

警车停在红绿灯口,给一辆消防车让道。

AK听见消防车的警报声,顿时将身体打直,精神的双耳颤了颤,亮晶晶的眼睛直勾勾望着消防车。

女警扫了眼开过去的消防车,感慨地说:"又是哪儿着火了吧?"

第六章 你，喜欢我这样的姑娘吗？

钟队怀里的AK泥鳅似的从他怀里溜走，从车窗跳出，直奔消防车而去。早班高峰期，车堵在路中，压根没办法往前开。

钟队下车去追。等他绕过几辆私家车，早已不见AK身影。

由于昨夜风大，AK在路上残留的气味很不明显，导致老虎和小油追踪困难。一宿过去，他们依然没找到AK。

到中午，四人聚在一起吃饭。司茵没胃口，盯着碗里白花花的米饭出神。

老油往她碗里夹了一筷肉，轻声哄道："丫头，别太担心，AK那只狗精坏人只会怕它，哪敢招惹它？况且它自备狗粮，饿不死的。就算狗粮没了，凭它那本事，要饭也饿不死。"

时穆也说："你要对它有信心。别太担心，我已经让人贴了寻狗启事。"

"是啊小司茵，AK那么聪明，怎么会让自己有事呢？说不定它在外面吃完了狗粮就自个儿回来了。对不？"姜邵拍拍她的手背。

对于姜邵趁机吃小姑娘豆腐的行为，某人表示不齿。

姜邵被人给踹了一脚，他"嗷"一声，问对面的时穆和老油："你们谁踹我！"

老油道："不是我……"

时穆笑而不语，往姜邵碗里夹了一只鸡腿。

姜邵道："这鸡腿里是被你加了砒霜吧？"

三个男人轮番安慰，司茵从头至尾一言不发。

她想到AK可能去要饭，又可能被狗贩子抓走，变成狗肉火锅，顿时鼻子一酸，眼泪"啪嗒"往下掉。

三个男人都沉默，不敢再多说一个字。

姜邵也低头刷微博。他打开首页，刷到头条新闻，叫道："天啊！AK！"他将手机递给司茵，指着手机屏幕，激动道："AK！AK！"

视频里，AK正与小偷搏斗。由于灯光昏暗，看不太清，最清晰的是AK那一声惨叫。

司茵心惊肉跳，仔细看周围环境，惊讶出声："这是我住过的小区！"

姜邵扫了眼新闻，将事情的前因后果做了一个总结："昨晚发生偷窃杀人案，AK抓住了小偷，立了功，看知情人微博，AK应该是被刑警带回了警局。"

司茵立刻起身，道："去警局！"

时穆皱眉道："你好歹吃口东西。"

"等见到AK和它一起吃。"司茵终于有点儿精神,抬手抹了一把眼泪。

到了警局,钟队长却告诉他们AK半路跳车,追着一辆消防车跑了。司茵轻微脑震荡,又一宿没睡,也没吃没喝,支撑身体的力量被抽离,双腿一软,跌坐在身后的椅子上。

她崩溃地抱住时穆,将脑袋埋在他腹部,一言不发。姜邵被她的沉默吓坏,好歹哭一声发泄,也比这样憋着好。

时穆低眼看小姑娘,身体肌肉瞬间绷紧。沉默片刻后才抬手,摸了摸小姑娘的脑袋,无声地安慰。

姜邵咬牙切齿。为什么他刚才没有离小司茵近一点?他的腰抱起来也很舒服好吗?!

时穆一面抚摸司茵的小脑袋,给予安慰,一面皱眉思索AK可能去的地方。他追着钟队长的说辞去想,闪过一个念头,提出来道:"AK有没有可能,跟着消防车去了火灾现场?"

"火已经灭了,消防车也已经撤了,AK总不至于还在火场吧?"话说完,老油抬手一砸脑袋,几乎和时穆异口同声道:"消防队!"

AK这条狗子很敏感,它看见消防车想起司豪,辗转去了司豪曾经待过的消防队,也不是没可能。

另一边,Z市消防大队。

AK坐在门口,像一尊石碑,岿然不动。

它望着里面,触景生情。这里曾经是它的家,可却没了它的亲人。里面有穿消防服走动的消防员,那一瞬间它仿佛看见一个身材高大,皮肤黝黑的男人。

男人露出一口白牙,笑着对它拍手:"来,AK,到这里来。"

它往前跑了几步,可司豪的身体瞬间消失。它又坐下,歪着脑袋打量那团空气。

AK坐在路中,里面有车开出来,它却视而不见,只是望着消防队大楼上的警徽出神。

警徽两侧,是两句鎏金大字——赴汤蹈火为人民,恪尽职守保平安。

它想起自己只有司豪小臂那么长的时候,司豪时常仰着头,把那两排字念给它听。他的声音阳刚又好听。

第六章 你,喜欢我这样的姑娘吗?

AK听不懂是什么意思,只当那是司豪最喜欢的风景。就像小油喜欢的月亮,老虎喜欢的星星。

它仿佛又听见那个男人如钟鼓般洪亮的声音:"AK,你要记住,你的职责,是守护这土地的每一个百姓。"

它从没忘记,时刻警记。

可它守护了别人,他却长眠于地,永世不醒。

AK挡住了从消防队里开出的汽车。车上的人观望一会儿,下车,叫了一声"AK"。

它听见有人叫它名字,那双耳朵惊喜地一颤,寻着声音来源望过去。等它看清是谁,情绪又瞬间低落。

洪正国对它拍手道:"来,AK过来。"

AK无精打采,慢悠悠地走过去,在洪正国跟前停下。洪正国也不讲究,一屁股坐到地上,将这条大家伙揽进怀里揉。

男人发现它后腿受伤,包扎伤口的纱布已经被血渗透。洪正国"呀"一声,赶紧抱它上车。

开车的小哥扭过身,扫了眼AK,怒道:"AK怎么会变成这样?老洪,我当初说什么来着?就不应该把AK交给别人,你看它现在被折腾成什么样了?"

洪正国说:"AK现在的主人是老司的亲妹妹,怎么能叫别人?AK这样,一定有原因的。走吧,送它去时穆医院。"

司茵接到洪正国的电话,又和时穆等人半道折回,往医院走。

回到医院,AK看见司茵疯狂地往她怀里钻,去舔她的脸颊,与她亲近。

她捏住AK的嘴筒子,红着眼睛质问:"你去哪儿了?你知不知道我们找了你整整一宿?你为什么要去跟小偷对抗?你知不知道有多危险?如果你有个什么好歹,我怎么和哥哥交代?"

司茵一天没进食,这会儿忍着胃里的抽搐绞痛,训斥AK。

最先发现她异常的是时穆。

男人走过来,手压在她肩上,蹙眉问:"你不舒服?"

司茵收回摸AK的手,又下意识去抓绞痛的胃部。

小姑娘额间浸满冷汗,脸色惨白,几乎没有血色。她松开AK,双手捧腹,缓缓地蹲下身,想借此减轻腹痛感。

AK从操作台跳下,不断用嘴去拱司茵,喉咙里发出"嗯嗯"的声音。

看见司茵痛苦,它主动认错,不断用爪子去轻刨司茵。

洪正国见状道:"司茵妹子,你这是怎么了?"

她疼得直冒冷汗,压根没办法开口回应他。

姜邵恨铁不成钢般看一眼AK,语气愤怒道:"被气得呗。为了找它,昨晚小司茵一宿没睡,到现在也没吃一口东西喝一口水。是我,我得气晕过去,这条胆大包天的臭狗,居然玩儿离家出走?胆子大得可以。"

AK趴在地上,耳朵向后压褶,像一只没耳朵的小海豹,它的那双眼睛里刻满愧疚。

老油也道:"胃疼?走,小司茵,我带你去医——"

老人家话没说完,时穆已经先他一步,将司茵捞起来,打横抱起来往外走。

姜邵和老油面面相觑。

AK要跟上去,却被护士肖玲摁住道:"小坏蛋,你哪儿也别想去。"

姜邵将牵引老虎的绳索递给老油,追出去。

留下的老虎也总算松一口气,它定定地看着AK,小心翼翼地挪过去,去舔AK的伤口。舔得正欢,被护士肖玲一巴掌拍开。

老虎委屈巴巴,望着AK伤口,莫名心好疼。它冲着护士叫,又扭回身冲老油叫,急得在治疗室打圈圈。

三条腿的小油歪着脑袋看它转圈圈,都快晕了。

老油将它的牵引绳一收,不耐烦道:"行了,你别转了,你媳妇儿好着呢。"

司茵缩在时穆怀里,汗如豆粒。

时穆抱着她,紧皱着眉,脚下生风,几乎一路小跑。直至此刻他才发觉小姑娘不仅娇小,而且很瘦。

下了楼,姜邵向时穆伸出手,提议说:"老时,你抱了这么久应该很累了吧?换我来抱。"

"不用。"时穆面部绷着,抱着司茵直接掠过他走向停车场。

姜邵只能磨着牙去给他开车门,并自觉担起司机的责任。

姜邵一路车速狂飙,听着车后座传来的痛苦的呻吟,恨不得在车顶放一个救护车专用警报器开道。

碰上堵车,姜邵狂摁喇叭,等得不耐烦,半截身子探出,冲着前边儿的车吼:"我车里有个病人,前面的车能否给让个道!十万火急!"

这招果然奏效,好心司机让道。红灯一过,姜邵迅速穿过。

司茵蜷缩在车后座,枕着时穆的大腿。

很软、很踏实的软。

时穆由她枕着,指腹不慎碰到她的额,惊觉滚烫,又整个手掌覆上去,罩住她整片额头,问道:"发烧了?"

他的手遮住司茵一半视线。

她无力回答,只是用力点点头。

男人掌心有粗糙的磨砺感,大概是长年训犬所致。他的掌心太热,是很熟悉的安全感,是只有司豪,以及家人才能给予她的安全感。

曾几何时,她也是这样躺在司豪的腿上。司豪也是用宽热的手去盖她的额,俯下身,贴着她耳朵温柔地说:"茵茵,再坚持会儿,马上到医院。"

那样的温柔,大概这辈子不会再有吧?

时穆俯身下去,几乎贴着她耳朵,轻声问:"还是很难受?"男人呼吸滚烫,在她面颊晕染开。

她委屈又难过地"嗯"了一声,像一条撒娇的小病狗。

她曾经也是父母捧在手心的小公主,却不得已独立。父母因为一场大火离世,哥哥又英勇殉职,她以为这辈子不会再有人给予她这种安全感。

可是,时穆却一点也不吝啬温柔。

他很好,好得让她感动,只想哭。某股情绪终于压制不住,眼泪往外涌。

她想吐,却吐不出任何东西。

时穆摸了摸她的脑袋,声音清朗悦耳道:"再坚持一下,马上就到。"

前座的姜邵急坏了,指挥道:"揉肚子,她不是肚子疼吗?给她揉揉,缓解一下,这下班高峰期,堵死了!"

被堵在三江大桥上,姜邵急得狂摁喇叭。

时穆犹豫,姜邵扭过身看他,"啧"一声:"老时我说你干啥呢?会不会照顾女孩?你如果不会,前面来开车,我来照顾小司茵!"

时穆抬眼,目光一沉道:"老实开车。"简短四个字起到威慑作用,姜邵只好扭回身,继续开车。

时穆犹豫一会儿,见小姑娘疼得意识不清,手掌搁在她的腹部,停了一下,开始揉。

司茵想告诉他,是胃疼,不是姨妈疼。

时穆小心翼翼,替她揉了一分钟,又低声问:"有好点吗?"

她已经疼得麻木,感受不出疼痛是否有缓解。但她享受时穆的照拂,吃力地按住男人的手,不让他将手收回,说:"继……续。"

小姑娘声音细如蚊呐,他却听清了。

司茵连续两天来医院。再次见到医生,她也很无奈。

医生诊断结果:胃炎,伴有高烧。这一折腾,晚上九点才得以安宁。司茵打上点滴,躺在病床上,很虚弱。

姜邵饿得前胸贴后背,点了份冒菜外卖,坐在司茵床头拆开饭盒,开始大快朵颐。

香辣的味道勾得司茵口水直流,只能眼巴巴望着,却又不能吃。时穆去楼下买了点鲜花,推门进来,一股火锅麻辣味儿扑鼻而来。他眉头一皱,怒道:"姜邵!"

这一吼吓得姜邵一颤,被一口巨辣巨烫的土豆片呛到,眼泪直流,半晌说不出话。

时穆将鲜花搁下,走到姜邵身边,将他的外卖用塑料袋装好,打死结,丢去了外面垃圾桶。

姜邵愤愤然,攥着双拳和他讲理:"你讲不讲道理!我刚吃了两口的!"

时穆垂着眼,并未看他。他慢腾腾地修剪花枝,眼皮儿都懒得抬,甚至懒得与他争执,道:"我就是道理。"

男人声音冷沉又刚毅,极具威严。

姜邵顿厌,噘嘴"切"了一声道:"老子下楼去吃!大坏蛋,孤立你,吃火锅,不带你。哼!"姜少爷给完他脸色,抱着一双胳膊转身走出病房,吃火锅去了。

等他走后,时穆去将窗户推开散味。

外头风大,冷风灌入。时穆从柜子里再取一床棉被,给司茵盖上,又仔细地替

第六章 你,喜欢我这样的姑娘吗?

她将边角压严实。

她还很虚弱,嘴里是苦的。一张嘴,脑袋炸裂似的疼。病来如山倒,大抵就是这个意思。

司茵的枕头又蓬又软,时穆又替她加了一床棉被,她仿佛置身在一团棉花里。这样舒服暖和的床铺,让她很快入睡。

时穆轻轻地拉开凳子,在病床边坐下,长臂一伸,关掉床头灯,只留下玄关一盏。

这里光线瞬暗,看小姑娘恬静的面庞却绰绰有余。小姑娘挂点滴的手还伸在外面,怕她凉着,时穆脱下衣服,盖住她的胳膊。

睡梦中,司茵仿佛嗅到一阵心仪的气息。离她有点远,于是便侧了身,一点点朝那股气息挪近。

时穆担心她动作幅度过大,扯落手背针管,一直盯着她。

小姑娘的身子慢慢朝床边移,脑袋几乎贴着床沿,摇摇欲坠。眼看她的脑袋就要往下栽,时穆及时伸手接住,小脑袋便稳妥地落入他的手掌。

司茵紧着的眉头蓦地松开。

那股熟悉又安全的气息,仿佛就在她鼻尖之下。咦?枕头变硬?似乎……还有温度?她脸侧压着耳朵,贪恋地在男人手掌蹭了蹭。这样的姿势,时穆保持了近三个小时。

期间护士进来换了两次液,看男人没有松手,也没换手,真暖心。

小姑娘长得乖乖巧巧,男人英俊成熟。

嗯……有点甜。

护士进来换第三瓶液,发现男人依然保持着这样的姿势,她小声提醒说:"先生,您可以将女朋友的脑袋扶上枕头,不会吵醒她的,您这样多辛苦啊?"

"没关系。"时穆紧着的眉头舒展开,声音低和,"小姑娘喜欢。"

另一面,姜邵在医院附近吃火锅,他一个人在包间里,撸起袖子酣畅淋漓,吃得正高兴,包间闯进一个不速之客。

女人用头巾罩住脸,戴着墨镜,全副武装。她拿背抵着门,小心翼翼地打量姜邵,冲他做了一个"嘘"的手势。

姜邵停下筷子，打量女人，虚着眼睛问："大姐，你是不是进错房间啦？"

女人闻言一怔，摘掉墨镜直视他道："大叔，瞪大你的眼睛看清楚好不啦，谁是你大姐！"

女人没化妆，但五官漂亮。长得有点像……中国明星？姜邵对中国明星不太了解，除了影帝邹廷深，其他一概不认识。

姜邵将毛肚往红汤里一涮，八秒起捞，挑进油碟里，再送进嘴里，口口鲜脆。享受一口美食，他才有心情去打量女人，嚼着食物含糊道："大姐，你谁啊？"

陆南嘴角一抽，指着自己鼻尖儿反问："你问我是谁？我是谁你不认识？"

姜邵又往嘴里塞了一筷烫熟的麻辣牛肉，看智障似的，打量眼前这个身高腿长瓜子脸的女人。

他眉眼一挑道："哦——"好似想起什么，话锋又突然一转，摇头道："不认识。你以为自个儿是钞票啊？大街上随便一人都能认识你？呵呵。"

陆南无言以对。

姜邵继续埋头吃火锅，头也懒得抬，用筷子一指门口道："大姐，好走不送。"

"你！"陆南将怒气压制，偏不走，在他对面坐下，自取一副碗筷，同他一起涮起火锅。

姜邵咬着筷子，惊呆了道："你们中国女人搭讪男人，都是这么直接的？"

陆南烫了一筷毛肚，微笑道："是的。我们中国女人就是这么直接。大叔您放心，这顿我请，您随便吃，往贵了点。"

姜邵内心感受相当复杂，直截了当告诉她："大姐，我不喜欢您这类型的姑娘，您死了这条心吧。"

"大叔，我也对您这种男人毫无兴趣，"陆南下巴一抬，指向门外，"有人跟踪我，我进来避个风头。"

姜邵也不是小气的人，多一个人吃火锅，多交一个朋友，也无不可。这顿饭两人都吃得挺愉快，结账当然是姜邵抢着来，总不能真让一个姑娘付钱。

姜邵很有绅士风度，将裹成粽子只露出一双眼睛的陆南送上出租车。

陆南离开前说："大叔，下次有机会再一起撸火锅，我请你！"

姜邵说："OK，大姐。"

等姜邵回到医院，才想起来……那姐们儿叫什么，以及联系方式是什么来着？

第六章 你,喜欢我这样的姑娘吗?

啧……这姐们儿一点儿也没诚意。

姜邵回到司茵病房,看见这么一幕:时穆一只手伸着,给小姑娘当枕头,同时利用空手去翻阅搁在大腿上的杂志。老男人眉眼认真,闷骚禽兽气质外漏。

这便宜也占?太阴险了,呵呵……姜邵轻手轻脚走过来,笑呵呵道:"老时,手累了吧?我来替你接小司茵脑袋?"

为了吵醒司茵,让她见识一下老禽兽,他的声音故意放大。

小姑娘翻了个身,脑袋回到枕头上。

因为动作幅度太大,牵扯了手背针管,疼得她从梦里苏醒。司茵睁开蒙眬双眼,抬手搓了搓,虚弱着问两个男人:"你们怎么还在这里?"

"等你烧退。"

时穆认真地看着她,司茵却从他眼中捕捉不到一丝情绪波澜。

她有点失落,她希望他眼中有担忧,有心疼,有各种复杂情绪的糅合。

可惜……都没有。

姜邵也说:"是啊。小司茵,你一个人在这里我们也不放心,所以你睡你的,我们给你当保镖。"

"不太合适吧?"司茵喘口气,小声说,"你们在这儿,我也……睡不着。"

"小司茵说得对,的确不太合适。这样吧……"时穆合上手中杂志,稍侧身,抬眼看姜邵道,"你回去,我留下,少给她一点压力。"

姜邵有句粗话憋在胸口不知当讲不当讲。

"你觉得这样合适吗?"时穆又扭回头,看着司茵,询问她的意见。

司茵脸颊烫,将被子往上拽了拽,盖住半张脸,闷闷的声音从被子里透出来:"嗯……"

说不可以,未免也太不给某人面子了。

姜邵心都碎了。转念想,还好这里是医院,否则他非得气死不可。被逼上梁山的姜邵无可奈何,只能点头说:"那我就先回去休息啦,小司茵,我明天再来看你。"

时穆当然不会只身一人留在这里,该避的嫌,还是得避。守到后半夜,由护工阿姨接替。他下楼,抽了会儿烟,便钻进车里休息。

车内没有灯光,光线很暗,静得只能听见自己的心跳。他反复睁眼,又合眼,脑

内不断闪过小司茵被病痛折磨的样子。

时穆满心惆怅,半响,深深吐出一口气,叹息略重。他的心脏仿佛被一团乱麻缠住,郁结难舒,想起她,又似痒痛。这感觉道不明白,但他很清楚这种感觉由何而来。

想起司豪,他觉得愧疚,又将这股情绪压制回去。

司茵需住院一周,请了病假。

AK英勇捉贼的视频在网上火了,司茵也被记者挖出来,在微博上小火了一把。她平时很少发微博,没想到会被网友找到。

学校的同学也很快知道这件事,都嚷着要来看她的神犬。

中午吴容带着班里同学过来看她。鲜花、果篮堆积了半间病房,护工阿姨将同学们带来的礼物一一码整齐。

吴容给她带来了作业,和上课画的笔记重点,让她自个儿先看看。作为班长,她忧心忡忡地问:"司茵,你这学期落了不少课啊,真的不会挂科吗?"

她也很无奈,这学期发生了太多事。

司茵让护工阿姨将作业收好,笑得很无奈道:"到时候仰仗班长大人保佑不挂科啦。"

有同学问:"司茵,你的神犬呢?什么时候带出来给我们看看?"

马上有人附和道:"对啊,司茵,让我们见识一下神犬!听说这条神犬是退役军犬,你是怎么搞到的?牛啊。"

感情这些同学不是真心来看她的。也对,就凭她一贯的高冷和独来独往的性格,除了舍友,谁还会搭理她?

司茵笑着说:"那条马犬,性格不太好,会咬人,所以……"

一听会咬人,同学们立尿。

也对,连杀人犯都能给降服,那战斗力可不是盖的。瞻仰下神犬主人就好,瞻仰神犬就免了。好奇心是小,生命安全是大。

吴容又想起一茬,问她:"对了司茵,上次你在时穆的演讲现场那么闹,后来你是怎么搞定老教授的?他脾气那么倔,没理由会善罢甘休啊。"

不提还好,一提这茬,司茵就恨不得找个地缝钻。她自作多情,心肝脾肺肾俱损。

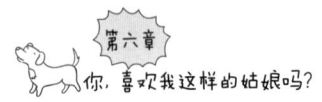

第六章 你,喜欢我这样的姑娘吗?

她说:"叫了家长。"

这时有人推门进来,同学们几乎同时回头去看。

时穆抱着鲜花站在门口,望着里面的同学,一时愣住。

同学们看清是谁,嘴微张,也愣住。

他们近距离地看门口的男人,感觉比在演讲台上更美好。时穆身高腿长,颜值丝毫不输明星。

凝固的气氛持续了数秒。吴容"哇"一声,下意识去抓司茵手臂,激动道:"哇,你真的出名了!连时穆都来看你啊啊啊啊……"

她刻意将声音压得很低,但病房就这么小,门口的男人听得清清楚楚。

时穆愣了片刻才推门进来,来到病床前将花递给司茵,并以长辈的口吻问:"司茵同学,你的病好点了吗?我想来瞻仰一下你的神犬,不知道有没有这个机会?我不请自来,不会失礼吧?"

司茵没机会张口,吴容抢先道:"欢迎学长,欢迎欢迎。不失礼不失礼,一点儿也不失礼!"

她激动得语无伦次,陈雯雯拽了拽她的衣服,小声提醒道:"班长,您矜持点儿好不好?"

吴容轻咳一声,将激动的情绪压制下去。

学神驾到,班长吴容不可能放过任何学习的机会。

于是,病房成了一个小型会议室。

十几名Z大动物科学系的学生坐在病房,认真聆听这位传奇学长的工作实战经历。

这场精彩的座谈会,一直到晚上七点结束。同学们离开后,护工阿姨望着满地瓜子壳和果皮,深深地叹气。

司茵也跟着松口气。

终于走了……

护工阿姨收拾好病房,下楼去买饭,留下了司茵一个人。离开的时穆又折回来,替司茵倒了杯水。

她接过水杯,牙齿磕着玻璃杯边缘,小心翼翼问:"AK还好吗?伤严重吗?"

"小伤,没你严重。"时穆插好鲜花,看见被护工阿姨搁在一旁的书本和作

业,随手一翻,问她:"这学期的课程跟得上吗?"

司茵摇头道:"嗯……再努力一把,运气好点,也许不会挂科。"

"从今天起,我帮你补课。"时穆将小桌板替她搭好,作业书本翻开,搁在她面前道:"你运气这么差,不挂科恐怕很难。"

她小声嘟囔道:"运气差也不会遇见你了嘛……"

"你说什么?"

"没,我说……我的运气是挺差。"

时穆压着她的被褥坐下,修长的手指着吴容画过的重点,问:"是学到这里了吗?"

她点头。

时穆扫了一眼道:"嗯,都不难,我带着你过一遍,掌握重点就好。"

"唔……"

男人身上的气息令她难以思考。

耳朵、脖颈、面颊都不经意红起来。她听不清时穆说了什么,只一味地点头。

时穆见她出神,问:"司茵是小笨蛋吗?"

她几乎下意识点头道:"嗯。"

话一出口,她立刻反应过来,一脸尴尬望着男人道:"不……不是……我……"

司茵羞愧地埋下头。

地缝啊你在哪儿,能让我钻一下吗……

时穆屈指,利用指骨关节在她额头敲了一下,严肃道:"老是这样走神,怎么可能不挂科?嗯?"

她揉着脑袋,巴巴地望他,声音很弱道:"你……凶什么……"

她这双眼睛像浸了水,柔软无辜,又带着一丝讨好的可怜,像极了一条求主人原谅的小奶狗。

时穆心一软,再也严肃不起来,又情不自禁地伸手,去摸她的脑袋,语气宠溺道:"认真点。"

司茵重重一点头道,"嗯。"

她心神荡漾。他这么有耐心,她希望永远不要学会。就这样,做一个他眼中的小笨蛋,有什么关系呢?

狐狸先生一如既往的聪睿，讲课抓重点，一点即明晰。司茵仔细听一遍，很快就能掌握。

一张专业课试卷做完，时穆问她："你英语怎么样？"

司茵点头道："还行，不算差。"

"基本交流呢？"

"嗯……能听懂，但是开口就有点……"

时穆了然，点头说："也就是不熟练？没关系，以后多练习。以后你跟姜邵学训犬，用英语交流。"他顿了一下，用英语解释说："国内竞技犬赛制不完善，没有完全打开，远不及国外。你想成为和Rocket一样的训犬师，英语水平必须提高，你的战场不仅在国内，懂吗？"

司茵愣了片刻，将他的话整理一遍，然后才点头道："嗯，懂了。"

她话音刚落，姜邵拎着水果从外面进来道："谁在说我？老时，你在说我坏话？"

他搁下手中物品，跟时穆诉苦："老时，你们家老虎现在能上天了。今儿我带它去训练，你猜它怎么着？腻着AK，对我的指令爱答不理。这狗发情的欲望大于工作欲望，这可不是好兆头。"

的确，犬只其他欲望大于工作的欲望，导致比赛失误的可能性很大。时穆问他："它对其他母犬有类似状况吗？"

姜邵捏着下颌想了想，道："那倒没有，貌似只对AK这样。说起来，这家伙对AK真的是情有独钟啊，它还真知道AK是它未来媳妇儿呢？"

AK和老虎的血统都很难得，为了保证AK后代的血统优良，时穆有打算让两条犬交配。

还没到发情季节，它们感情能这么好，也挺难得。如果老虎持续这样的情绪状态，时穆会考虑让它们暂时分开。

司茵不太懂这些，只是感慨：老虎大概是个痴情种，非AK不娶。

时穆得回医院开个会，走之前替司茵在书上画重点，让她背下来。等他离开，司茵翻了下需要背的东西，抬头望苍天。

老狐狸真是……班主任属性！

护工阿姨买了点粥，姜邵抓住机会献殷勤，主动给司茵喂粥。

姜邵将汤勺递到她嘴边，司茵下意识将脑袋往后一缩，道："我自己来吧。"

姜邵紧着眉,"啧"一声道:"你是病人,怎么可以自己来?啊——张嘴,小哥哥喂你吃。"

"咳……"司茵差点被呛住,坚持说,"我自己来,我好手好脚,还没残废。"

姜邵道:"我说你这小姑娘,怎么回事?能接受老时的好意,就不能接受我的?老实说,你是真的喜欢老时还是闹着玩儿?"

司茵一怔,低下头叹气道:"你就当是闹着玩儿吧。"

"真的?"姜邵一脸惊喜,"那我是不是有机会啦?"

司茵抬眼直视他,道:"姜邵,你这话是认真的吗?"

姜邵露出两颗小虎牙,对她笑,眨了眨一双亮晶晶的眼睛道:"认真的,不信你看我正经的小眼神。"

司茵还真看不出他的眼神有多正经。她吁出一口气,皱眉说:"姜邵,你别闹。"

"你不笑,我就闹。"姜邵舀一勺清粥,吹凉,送到她嘴边,"啊——张嘴,赶紧吃点东西,饿坏了你,我这心肝脾肺肾都疼。好了好了,你吃了我喂你的粥,我保证不喜欢你,好不好?"

这嘴能不贫吗……司茵无奈,张嘴吃掉。

等碗里清粥见底,姜邵夸她:"我们小司茵真乖,我对你的爱越发深沉了……"

司茵把脑袋磕在桌板上,道:"说好的不喜欢呢……"

姜邵道:"那是善意的谎言。今儿时穆给你辅导功课了吗?你有什么题不会,可以问我哦。我当年成绩超厉害的!"

姜邵大哥,请给我留一点安静,我要背书!司茵捧着书本,眉头紧着。

姜邵表示明白,索性往落地窗前一坐,跷着二郎腿开始打游戏。

司茵低头写了一会儿作业,听见姜邵在那边吼:"啊,一群小学生都给我闪开!"

手机里传出小学生的声音:"大叔,技不如人,别叫!"

姜邵不服输:"小心我放狗咬你!"

小学生:"有本事放一个。"

姜邵被逼急,对着手机叫:"汪汪汪汪——"

司茵没忍住,捧着书本,颤着肩笑起来。

姜邵偷偷瞥司茵,见小姑娘笑得乐开怀,很开心。他垂眼打字,给手机里的小朋友发了个红包。

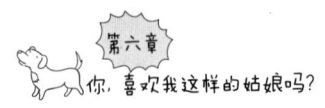

小学生收到红包,不忘说一句:"小哥哥下次演戏还找我哈。"

姜邵:"OK!"

已经是年底,一天比一天冷。

司茵回校后除了周末,大多时间都泡在图书馆。

晚上七八点回医院,还得带AK去训练,每天凌晨一两点才能回宿舍睡觉。Z市属于西南,冬天没有暖气,开空调又干燥,不太舒服。

司茵体质不太好,冬天手脚冰凉,好在她有AK这个毛孩子。AK毛虽不长,却喜欢用腹部压着她的脚,给她取暖。

周末那天,司茵正睡懒觉,却被时穆一通电话叫醒:"四十分钟后,来我办公室写作业。"男人语气严肃,摆明不给她任何反抗机会。

司茵想起昨天时穆让她背的东西还没开始背,吓得惊坐而起,叫了一声"AK"。

AK立刻下床,替她将扔在沙发上的书本叼进卧室,放在床头柜上。

司茵摸了一下狗头,以示鼓励:"乖。"得到主人夸奖,AK又摇着尾巴去给她叼鞋。

司茵抓紧时间背书,只留了十分钟洗漱换衣服,甚至来不及好好梳头,便抱着作业和书本去了时穆办公室。

到了院长办公室,司茵推门进去。

时穆处理着医院里的文件,司茵就趴在他办公桌另一面埋头写作业。

她试卷做了一半,听见男人"啧"了一声,注意力立刻被他吸引。她鬼鬼祟祟,抬眼去看男人英挺的五官,见男人眉头紧锁地盯着电脑屏幕,修长的手指捏着下颌,似在思考文件内容。

他眼中是文件,而她眼中没有试题,只有他。

老狐狸在三种情况下最能让她动心:辅导作业、抽烟、认真做事。她又被老狐狸迷得七荤八素,出了神,然后……就被抓了个现行。

老狐狸没有抬眼看她,开口说:"把昨天我让你背的东西,背一遍。错一个字,抄十遍。"

司茵吓得头皮一麻,后脊背蹿起一阵凉意。她整理一下思绪,将紧张的情绪压制下去,磕磕巴巴地背完。

好在没错一个字。她刚松一口气,只听老狐狸淡淡道:"磕磕巴巴,不流利,抄

五遍。"

司茵无语……她怎么觉得自己在他面前跟小学生似的?

她委屈地看男人。可从头到尾男人都低着头,只顾书写东西,压根没抬头看她一眼,她只好委屈地去看AK。

AK也想帮她,可时穆脚下卧着那只大脸猫,它压根不敢靠近时穆。只能在远处趴着,跟那只大脸猫大眼瞪小眼。

姜邵打电话约司茵看电影,接电话的却是时穆那只老狐狸。

下午姜邵气冲冲地将时穆堵在停车场,质问他:"老时,你老实告诉我,你是不是想泡小司茵?"

"你知道自己在说什么?"时穆眸中有怒意。

姜邵是这种性格,从前即便他再无理,时穆也不会放心上,可唯独这次关于司茵,他却莫名生气。

姜邵道:"呵呵,你敢摸着良心说不是?那你为什么总是霸占她?"

"给小姑娘补课。"时穆语气冰冷。

虽然他不承认,但姜邵能明显感觉到他对司茵的占有欲。他也不再生气,转为笑脸:"哦,你的意思是不喜欢小司茵喽?那我就放心去追咯!"

一副得意的神情,看得时穆想打人。

时穆蹙眉:"你也不年轻了,做事不能有点分寸?小司茵不到二十,而你已经快三十。她念初中时,你已经大学毕业,这种差距你自己心里没点数?"

姜邵愣在当场,仔细一想,却毫无悔意,摇头说:"没点数啊。我比她成熟,可以更好地照顾她,这有什么问题?你自个儿克服不了年龄差距,不代表人人都跟你一样。老时,丑话我可说前头,你别耽误我幸福啊。"

姜邵心意已决,打算阳奉阴违,气死这只火狐狸。

司茵临近期末,全力备考。

周二中午司茵回宿舍午休,她整理下午课本时,发现有本书放在了时穆的办公室。

下午是老教授的课,老年人传统且严格,在他眼里没带书本就是对老师的不尊重,没带课本的学生,通常会被赶出去。

司茵打电话向时穆求救,恰好他下午没事,答应给她送来学校。

第六章 你，喜欢我这样的姑娘吗？

吴容见她立在门口打电话，从后面推了她一把道："司茵你给谁打电话呢？这么神秘？最近是不是恋爱啦？"

司茵挂断电话走进寝室，摇头否认道："快递……"

"快递需要这么神秘？"吴容跟进来，问她，"司茵，寒假你打算怎么过？不如，你去我家吧？我爸妈可喜欢热闹了。"

吴容父亲是省厅长，母亲是大学教授，三口之家很幸福。

眼瞅着就要寒假，也快过年。今年她大概只能和AK一起过了。

司茵摇摇头，婉拒："不用，我去叔叔家。"

"叔叔？就是你那个有帅哥朋友的叔叔？"吴容顿了一下，又问，"对了司茵，上次跟你一起在食堂吃饭的那个帅哥，你跟他，后来还有联系吗？对于这种帅哥，你就没点想法？"

司茵正欲开口，听见窗外有人喊她名字。

吴容推开窗户将半截身探出去，随后激动地吼道："司茵司茵，是那个帅哥！这也太浪漫了吧！"

司茵走到窗前，往下看，姜邵就在楼下。

她们宿舍在一楼，但由于地势原因，不在平地上，一楼的窗户到地面大概有两层楼高。

姜邵站在用鲜花摆出的"一箭穿心"造型里，身后停了一辆拉风跑车。他捧着花，举着喇叭，老虎端端正正坐在一旁，给他当守卫。这么拉风的告白场面，当然引来同学围观。

姜邵看见站在窗户前的司茵，立刻将喇叭放在嘴边，摁下开关。他一张口，就被喇叭里的自带录音淹没……

"温州皮革厂倒闭了！老板黄鹤欠下三点五亿，带着小姨子跑了……"

姜邵窘得不行。围观看热闹的同学捧腹大笑。

司茵也无语。她只是好奇……他是怎么把车开进来的，又是什么时候在楼下搞了这么多花样。

姜邵很快调整好喇叭，仰着头对司茵道："司茵！我喜——"

"汪！"话没说完，老虎突然飞扑起跃，从他手里抢过了喇叭，叼走。

司茵顺着老虎逃走的路线去看，老虎将喇叭叼给了一个在旁围观的男人。

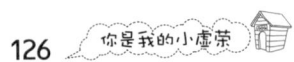

男人腿长颜高,在一群学生里鹤立鸡群。

时穆从狗嘴里接过喇叭,放在嘴边试音,仰起头,望着司茵所在的方向。

司茵心跳加速。吴容在耳边激动地狂吼:"啊啊啊啊啊啊——时穆!"

陈雯雯和孟茜也凑过来看。果然是时穆!

时穆清了清嗓音,举起手中的书本,扬了扬道,"司茵同学,下来取书。"

楼下围观的同学认出时穆,目瞪口呆。

吴容抓住司茵的手腕,用力得几乎捏碎她的骨头道:"司茵!你居然跟学长有奸情!"

楼下学生们一阵起哄,拍照、发微博。

司茵将手腕从吴容手里抽出,抿了抿唇,没有解释。时穆已经打电话给校方,那边很快派人过来清场。

姜邵迫不得已去开车,临走前指着时穆嚎:"老时,我上辈子真挖你祖坟了?"又瞪一眼老虎道:"蠢狗,以后你别想上我的床!"

老虎脑袋一歪,似对他卖萌,也似冲他做鬼脸,故意气他。

司茵下楼取书,强装淡定,从时穆手里接了书便转身上了楼,多一刻也不敢留。

碍于往来同学太多,时穆也没多说一句话。送完书,他带着老虎潇洒离开,顺便去探望老教授。

姜邵告白的过程被人录下来,同学将视频投稿给微博新闻。

第二天,视频被微博推送,还是头条——豪车帅哥告白Z大女学生,高颜值院长带神犬截和。

微博新闻一经推送,数万条转发。

网友留言:天呢!两位男主角好帅!

果然是颜值时代,时穆凭借这支视频圈了不少粉。他没有微博,一众迷妹便去美森宠物医院的官博下留言。

官博原粉丝四千,一夕狂飙十万。

"最帅院长"话题被推至热门,粉丝从官博里找到时院长照片,又疯狂转载。

网友在热捧时院长同时,又把姜邵拉出来,将两位高颜值帅哥凑成了一对。

看似没司茵什么事儿,有人却在校论坛发了八卦帖。

标题赫然显目:#系花靠神犬博眼球,医院兼职劈腿两位老板#

第六章 你，喜欢我这样的姑娘吗？

晚上司茵洗完澡从浴室出来，看到吴容的微信。

吴容问："司茵你去看校论坛了吗？"

司茵揉着湿发，单手打字："怎么了？"

吴容："千万别去看……我怕你气得砸电脑。"

听吴容这么一说，司茵好奇心被勾起来。她打开电脑，点开那条八卦贴。

有人以知情人身份扒她的底细，说她以孤儿的身份打动时院长，获得特权进入美森医院兼职。又借工作便利，勾搭上院长和医院董事，并通过手段上位，脚踩两条船，结果船翻，然后就有了时院长让狗去抢话筒的事。

故事情节绘声绘色，仿佛真有其事。

司茵合上电脑，闭眼深吸一口气。烂桃花，是非多……看这帖子的口吻，仿佛是她的熟人。

司茵正郁闷，老油发给她一张图片："丫头，你看看这个。你可以去参加比赛，体验一下。"

老油发给她的是Z市国际宠物博览会上的一场家庭宠物犬比赛。

司茵不解："家庭宠物犬比赛？AK它行吗？"

老油说："行啊，怎么不行？AK和你同吃同睡，还不够格当一条家庭犬吗？丫头，我是这么想的，年后才有一场护卫犬竞赛，但是AK又从没有参加过比赛，你先带它参加一些小比赛，让它习惯一下上赛场的感觉，锻炼它比赛的心理素质。你觉得呢？"

司茵点头，打字问他："嗯。那要怎么报名？"

老油："我已经帮你报好名，到时候我带你去。"

这场比赛赛制规定她不熟悉。她其实有点担心拿不到好成绩。这毕竟是她和AK共同参加的第一场比赛，意义重大。

比赛刚好在司茵考试后一周，她有充裕的时间和AK练习。

姜邵告白事件，给司茵造成很大影响。校方领导看见绘声绘色的八卦帖，让司茵的班主任彻查。对校方来说，如果帖子里的内容属实，就属于影响学校声誉的恶劣事件。

为了这件事，时穆亲自到学校与校领导沟通，并解释了与司茵的关系。

虽说时穆已经将整件事解释清楚，但司茵仍然逃不了被全校通报批评，校方给她扣上了一个"诱导社会青年进校扰乱校园秩序"的帽子。

　　时间过得很快,期末考试很快就到了。托时穆的福,司茵一科也没挂。

　　迎来寒假,司茵非但不闲,反而更忙。为了能在比赛里拿到好成绩,司茵和AK训练的强度增加。

　　深夜,时穆在办公室做完手上的事,去关窗准备回家,看见楼下训练场依然亮着灯。

　　小姑娘和AK反复练习,由于没有靶手,她一人充当两个角色,来回跑。

　　上一刻还牵着绳,下一刻便跑向离AK几米的地方捡靶,然后让AK飞扑过来咬住。为了配合AK练习飞扑咬靶,她用尽全力奔跑,反复数次。

　　第六次,由于体力不支,速度过快,整个人重心向前跌,身体所有冲力都集中在了膝盖上,最后重重着地。

　　司茵仿佛听见骨头"咔嚓"响,疼得冷汗直流。

　　她双手撑着地面,掌腹也被磨破,伤口里有细碎石子陷入,加上冬天冷,她所感受到的,是一种刺骨的生疼。

　　司茵跪在地上,好半响都没缓过神。AK凑过去,拿舌头去舔她的脸,急得在原地打圈。

　　司茵终于缓过来,呵出一口白气,笑着对AK说:"我没事儿,别担心。"她想尝试起身,可一双膝盖却似撕裂般疼痛。

　　这么冷的夜晚,她居然出了冷汗。

　　训练场有人过来,AK护主,冲着来人的地方叫,等人走进灯光区域,它看清是谁,又摇着尾巴凑过去。

　　时穆弯下腰摸摸AK脑袋,见司茵还保持跪地的姿势,蹲下身问她:"感觉怎么样?"

　　虽然很疼,但司茵眼神倒是平静,语气也很淡定:"不太妙。"

　　时穆从办公室过来得走八分钟,而这八分钟她都没能站起来,可想她此刻的痛苦。

　　由于司茵膝盖受伤,压根没办法站立,时穆只能将她抱起来。司茵身体腾空,由于姿势变化,膝盖剧痛感强烈。

　　时穆先抱她回办公室,将她放在自己办公桌上,转身去取医疗箱。

　　她穿的是迷彩裤,料子很薄。两只膝盖破了皮,伤口和裤子黏在一起,时穆直

第六章 你,喜欢我这样的姑娘吗?

接将她裤子剪破,让伤口露出来。

司茵坐在办公桌上吊着双腿。时穆打开医疗箱,蹲下身,用碘酒替她消毒。棉球一触碰伤口,司茵就疼得"嘶"一声。

时穆几乎下意识地,用嘴去替她吹。

凉飕飕的风让伤口那阵火辣的疼痛消下去不少。司茵垂眼打量男人,长吁一口气,叫他:"穆叔叔……"

"嗯?"

伤口已经消好毒,时穆剪下一块纱布。

司茵说:"我还疼,你再帮我吹一吹,好吗?"

时穆皱眉,反问她:"很疼吗?"

她的忍痛能力时穆早有见识,没道理这点外伤让她叫疼。难道……不止外伤?

时穆手指摁着她膝盖下方,凑过去,小心翼翼又给她吹了吹。

"好点了吗?"

司茵俯下身,假装去看伤口,实则想凑他更近。男人鼻梁骨挺拔,睫毛浓密,从上往下看,这副五官依旧勾人。如果不是双膝不断传来痛感让她保持清醒,她这会儿已经出神。

司茵摇头:"再吹吹,可能会更好……"

时穆意识到司茵这伤可能有点严重,替她包扎好,直起身,从衣架取下大衣穿上,道:"我送你去医院。"

"等等——"司茵眨眨眼,"这点小伤,不用去医院吧?"

"疼成这样还是小伤?"时穆将她打横抱起来,因为没有空手拿车钥匙,便对AK下指令,"AK,去拿车钥匙。"

AK听懂指令,跳上时穆的办公桌,叼住钥匙跟在两人身后。

时穆抱着司茵跨进电梯。

司茵开口说:"其实也不疼……没必要去医院。"

时穆反应过来:"你在骗我?"

司茵明显感觉到男人气息一沉。她摸摸鼻子,理直气壮道:"怎么能叫骗你呢?本来你给吹吹,伤口就没那么疼了嘛。"

时穆说:"不怕我松手?"

司茵厚脸皮地圈住他的脖子，嬉皮笑脸道："你现在松手，我可能真的会疼死。你舍得吗？"

时穆抱着她回宿舍。路上遇见的医生护士，看见时院长抱着小司茵，可羡慕了，也都想在时院长跟前摔一摔膝盖。

时穆将她抱去床上，又仔细替她检查伤口，说："今晚早点睡，明天我带你去拍片。膝盖伤成这样，这周五的比赛就别去了。好好训练，等年后参加护卫犬竞技赛。"

司茵坐在床上，直视他，问："我可以问你一个问题吗？"

夜深人静，孤男寡女共处一室，最适合撩拨男人。时穆没有应声，担心小姑娘又问出什么刁难性问题。他只说："今晚早点休息，明天一早，我接你去医院。"

他准备走，一根手指却被女孩那只小白手捏住。

小姑娘抬眼，巴巴望他道："不想我问就算了，可是，你忍心让我一个伤者独自留在宿舍吗？我连站立都困难，晚上想上卫生间怎么办？你就这么当监护人，对得起九泉之下的司豪吗？"

小姑娘的意思，是让他在这里……留宿？他看着眼皮下的这个小麻烦。怎么越看越觉着，像……小坏蛋？

他的手指被女孩握在手心，绵软的触感，导致他肾上腺激素飙升，心跳加速，呼吸也明显变得急促。司茵那双眼睛倔强时很倔强，可软弱时也真是能软到人骨子里。

时穆感觉自己陷入了沼泽，如何也爬不出来。

后半夜时穆在沙发上熟睡，感觉到有人舔他的脸。他迷迷糊糊地睁眼，撞上小司茵那双清澈的眼睛。

她俯身下来，柔软的舌在他脸上轻舔，嘴唇停在他耳边，对他喘气。他的心一片狂乱，抵触，却又舍不得那抹温柔。

小司茵的身体是香的、甜的、软的……他着魔似的，将小姑娘拉进怀里，无比贪恋地吮吸她身上的软香。

一抬眼，沙发背后突然出现司豪阴森森的脸，瞬间吓醒。

AK还在舔他的脸，没完没了地舔。他身上被汗浸湿。

时穆往司茵的房间看了眼，小姑娘房门依然紧闭。他松了口气。想起刚才的梦，恨不得拿烙铁抽自己。

时穆，你真是个禽兽。

第七章
老狼狗和小司茵

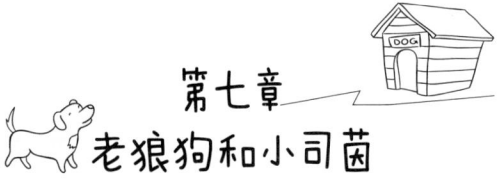

时穆起身去卫生间洗了把冷水脸,冰水的刺激让他清醒。他盯着镜面,深喘气,平静。

他回到客厅也没了睡意,打开手机,点开司茵的微信。

司茵的头像是一幅水彩小狼狗,她朋友圈的画风和其他姑娘不太一样,大多是与AK训练有关。

小姑娘缺一个靶手,也上网去招募过,却因为性别和学生的身份被嘲笑。她的朋友圈除了日常训练,再有的就是心灵鸡汤了。

司豪去世的那个星期,司茵有条鸡汤动态:"会否极泰来吧,一定会。哪怕活得像条狗,也要活下去,你是家里唯一留在世上的希望。最穷不过讨饭,不死终将出头。"

时穆将她的朋友圈一翻到底,到两年前,小姑娘大概还在念高中:"单枪匹马是很酷,可我也羡慕恃宠而骄。"

看见这句话,又联想到小姑娘这些年所经历的事,时穆的心情忽然有点沉重。

他出国那年,司茵还是个开朗活泼的小姑娘。回国后再看见她,觉得她长大了,也变了许多。不再像以前那样的毛躁,也不再像从前那样的叛逆,性格收敛了许多。

时穆起身去阳台抽烟,AK紧跟着他。他靠在阳台上,AK便趴在他脚边。一支烟抽完,他低眼看趴在脚边的狗子,蹲下身,捏住AK的嘴筒子,长叹:"老禽兽。"

AK歪着脑袋看他,一脸蒙。谁是老禽兽?

时穆唇角一弯,笑道:"怎么?你也认为我是个老禽兽?"

AK听不懂,将毛脑袋搁在男人肩上,求抱抱。

作为一条狗,它真诚地希望司茵可以和时穆在一起,这样,它就能和两个喜欢的人过一辈子。

时穆继续揉AK的脑袋,吹着阳台的冷风,想很多事。

他对小姑娘的感情很复杂。他想给小姑娘全世界最好的东西，他也想达成司豪的遗愿，送她进婚姻殿堂，把她交给一个能真正给她幸福的男人。

他于小司茵来说，算不上是最好的。

他们之间相差十岁。这十岁不仅是年龄，也是彼此人生阅历划出的代沟。

小姑娘还年轻，她见过的世界还很小。现在的她，可以肆无忌惮地喜欢他，也可以随时抽身而走。可时穆已经过了肆无忌惮的年龄，在他的世界观里，喜欢等于责任，而责任等于一生。

司茵的路还长，她还有机会认识更好的男人。他不能在小姑娘最好的年龄干涉她，否则，既对不起她，也对不起司豪。

当欲望被理智克制，老狐狸重新披上了伪装的皮。

第二天一早，时穆带司茵去拍片，没伤到骨头，医生嘱咐司茵接下来一个星期少活动。

从医院出来已经中午。时穆将车开出停车场，问她："去吃午饭吗？"

司茵眨着眼睛问："吃烤肉可以吗？"

时穆把车停靠在路边，用手机查了一下附近的烤肉，说："去这家？"

司茵从他手里接过手机，看了几张图片，点头同意道："那就这家吧。"

经过一夜的休息，司茵已经能走路，但下步不敢太重。

下车后她扶着时穆的小臂，一瘸一拐走进餐厅。时穆挑了一个靠窗的榻榻米座位，有软垫，双腿可以下垂，坐着挺舒服。

烤盘被炭火烧得通红，司茵迫不及待地去取夹子，男人却先她一步将夹子取走。

时穆将餐盘里的精品五花肉一块块铺在烤盘上。没一会儿，溅起"吱吱啦啦"的油花。

司茵低头回了条信息，饥肠辘辘地放下手机，去挑肉，出乎意料的是烤盘一块肉也没剩下。

她看向时穆，发现烤肉全在他碗里。居然一块肉也没留给她，不懂什么叫照顾女孩子吗？

小姑娘心情憋闷，在心里骂他是老狐狸，以及没有一点绅士风度！

第七章 老狼狗和小司茵

时穆挑起一筷肉蘸酱,卷进生菜里。

司茵饿得前胸贴后背,可怜兮兮地盯着他碗里的肉,又不好意思伸手去挑。她吞了口唾沫,正思考要肉的措辞,时穆却出乎意料地把手里的生菜包肉递回给她。

司茵一愣:"给我的?"

"不然呢?"

司茵伸手接过,小心翼翼地捧在手里,仔细端详这份来自时穆的生菜包肉,压根舍不得下嘴。

她收回刚才在心里斥责某人没有绅士风度的话。原来老狐狸不是没风度与她抢食物,而是为了替她包肉。

时穆见她将生菜放在嘴边,没下嘴,疑惑道:"不吃生菜?"

她摇头,赶紧低头咬一口道:"是在想从哪儿下嘴。"

菜叶脆嫩,蘸酱的烤肉香从齿间溢出。

"好吃吗?"时穆问着,又给她包了一个,递过去。

司茵嘴里含着食物,满意地点头。

老狐狸包的肉,当然好吃。她仿佛从咸酱里吃出了甜滋滋的蜜糖味儿,齿间散开的小幸福将她整片心脏包裹。

从来没有人给她包过烤肉。

她跟司豪一起吃烤肉,从来是她负责烤肉,而司豪负责大快朵颐。此刻才知道,享受被照顾,原来是这么幸福。

司茵正沉浸在美食的小幸福中,姜邵的声音却像一个响亮的巴掌,将她拉回现实。

姜邵不请自来,自顾自坐下,感慨地说:"小司茵,我们也太有缘了,这都能跟你偶遇呢?"

时穆专心烤肉,冷不丁给他泼冷水道:"我跟你更有缘。"

对于那天的事儿姜邵还耿耿于怀,他懒得搭理时穆,掏掏耳朵,道:"哎哟小司茵,这大冬天的,我怎么听见有苍蝇在耳边叫呢?"

时穆没有说话。

司茵看了眼时穆,又尴尬地问姜邵:"你一个人?"

"不,两个人。"姜邵用拇指朝后一翻,指着身后全副武装、裹着头巾戴墨镜的女孩说,"跟朋友一起。"

司茵看了眼姜邵身后的姑娘,她裹得很严实,仿佛……很冷?

姜邵扭过头看时穆,没好气道:"喂,老时,我正好有事儿跟你商量,你和司茵来我的包间吧,这里人多眼杂,我朋友不太方便。"

时穆手里正包生菜,没拿正眼看他,学着他的口吻:"这大冬天的,怎么有苍蝇呢。"

姜邵一拍桌:"老时!你不是这么记仇吧?我是真有事跟你商量,走,跟我进来。"

司茵起身,扶着时穆胳膊,走路一瘸一拐。

姜邵见状,疑惑道:"小司茵你这是怎么了?被老时给打的吗?"

时穆瞥他一眼。

姜邵缩头,嘟囔道:"不是你经常说打断别人狗腿吗……我这么怀疑没毛病。"

司茵不满道:"所以我的腿,哪里像狗腿?"

进了包间,陆南摘下头巾和墨镜,拿手扇风道:"憋死我了憋死我了,总算能透口气。"她看向时穆,打量道:"你就是时院长?"

时穆扶着司茵坐下,反问:"你是?"

姜邵在一旁笑得花枝乱颤,捧腹道:"哈哈看到没?!还真不止我一个人不认识你。这说明什么?说明你真的不出名,哈哈哈哈。"

司茵望着女人,仔细看,这人眼熟。

反应片刻,惊讶出声:"陆南!你是演《美味爱情公式》的陆南?"

终于有一个是生活在地球的正常人,陆南表示欣慰。她对时穆伸手,说:"你好时院长,我是陆南。听说你挑狗很有经验?是这样的,我想要一条保镖犬,想麻烦时院长帮我挑选,价格由您来定。"

陆南是靠一部网络剧大火的女明星。她一个新人,仅凭一部网络剧、一部电影就成功跻身电视圈一线。人红是非多,她最近被变态跟踪狂盯上,那人似乎不简单,知道她家地址,也知道她参与的每场活动的时间。

前几天她回酒店,被变态粉丝堵在电梯里,还好酒店保安及时制止,否则后果不堪设想。

陆南成名前只是个客栈老板娘,习惯了自由散漫,这种出门带保镖的日子让她感觉压力很大。姜邵建议她养一条凶猛的保镖犬,不仅可以充当保镖时刻保护她

第七章 老狼狗和小司茵

的安全,还能当宠物。

一条好的保镖犬,有钱难买。姜邵对国内不太熟,便想到了老狐狸。

时穆没有直接回答陆南,目光转向咬着饮料吸管的司茵,问道:"司茵,你觉得我们训练基地,有合适的保镖犬介绍给陆小姐吗?"

司茵松开饮料吸管,想了片刻,点头:"有啊。那只叫好红的牛头梗,很有潜力。"

那只叫好红的牛头梗,原主人是一名女富豪。女富豪病逝后,它被女富豪的儿女抛弃,后来被时穆收养。

司茵说:"好红的爆发力不错,我和老油经常帮它复习护卫项目,所以当保镖犬是绝对合格的。"

时穆也表示:"陆小姐如果想养好红,不用给我一分钱,你只需要跟我签一份协议,好好对它即可。下来后我会让司茵教你指令,教你如何与犬培养感情。"

陆南倒了杯酒,举杯道:"那我先谢过。时院长,这杯我敬你。"

时穆拒酒道:"我待会儿开车。"

姜邵自个儿倒了一杯酒,跟陆南碰杯道:"他不跟你干杯,我来!"他手搭在司茵肩上,又道:"陆南,这就是我跟你说的小可爱,就是她无情地拒绝了我的表白,你不是号称把妹高手吗?教我追她呗。"

司茵尴尬。

陆南将手里纸巾捏成一团,朝他丢过去,道:"我要是姑娘,直接把你踹飞去月球好吗?这种事情能当着姑娘的面儿说吗?"

姜邵被砸,"嗷呜"一声,委屈道:"怎么就不行了?"他扭过脸看司茵:"小司茵,我挺喜欢你的,做我女朋友呗?今儿这么多人在这里,给个面子?"

司茵咬着吸管,冷冷拒绝:"不要。"

姜邵趴在桌上,号啕大哭:"没人性啊,都欺负我……"

陆南说:"呵呵,不欺负你欺负谁啊?长着一副欠收拾的脸!给你面子?你以为你是ATM提款机?人家小姑娘没拿烤盘拍你的头,算是心地善良给自己积德。"

姜邵拍桌道:"你怎么说话的?信不信我把咱俩的合照发给娱乐八卦,说咱俩有奸情?"

"你敢!"

"呵呵,我还真的敢!"

姜邵捧脸望着司茵，眼神认真道："小司茵，我没那么容易被打垮，我会不抛弃不放弃，努力贯彻不要脸精神，直到追到你。"

司茵差点被口水呛住，声音细却足够坚定道："我也会坚持不动摇原则。"

陆南终于见识到姜邵追姑娘的手段。这哪儿是追姑娘啊？摆明玩过家家好吗……真是白瞎了这男人一副好皮囊，居然没有一点把妹手段。啧啧啧……

司茵第一次和女明星同桌。为了不给时穆丢脸，全程强压情绪，表现得很淡定。

司茵全程冷淡，让陆南怀疑人生。所以她是真的不红吗？

周五的国际宠物博览会，司茵带着AK去凑热闹。

国贸中心集聚了上千宠物爱好者，博览会凭票入场，门票在老油手里，司茵只能牵着AK在外厅等迟到的老油。

为了赛制公平，今天的宠物犬冠军赛的赛制和项目没有公布。

司茵不知道今天的比赛项目，索性在场外和AK复习平时的训练科目。

坐立、天鹅头随行、飞背、倒车。天鹅头随行——AK仰着脖子，直视司茵，与她随行，这套动作完成度非常漂亮且稳定。

复习完一套动作，司茵发现四周站了一圈人，掌声四起。还有人拿手机拍照。

大概又过了十五分钟，老油开着一辆电动小汽车，姗姗来迟。

他背着买菜的双肩包，跑进国贸中心，找到司茵气喘吁吁解释道："我送孙子去学校，来晚了，比赛是不是已经开始了？"

司茵看了眼背双肩包的老顽童，点头道："嗯，已经开始五分钟了。"

"别担心别担心，举办方是熟人，迟到十分钟也没什么。"老油取票过安检，带着司茵进入国贸中心。

博览会展厅众多，比赛厅处于最中心位置。

进入比赛后台，他们领了一张号码牌，静候入场。

这场家庭宠物犬冠军赛赞助商实力雄厚，奖金高达3万元。现场来参加比赛的犬种，大多是博美、萨摩耶、泰迪、金毛一类，马犬AK倒成了一股泥石流的存在。

抱博美的女人打量一眼AK，问司茵："哟，这是狼狗吧？"

牵泰迪的老太太也凑过来，道："这是个黑背吧？这黑背咋这么瘦？平时没给

第七章 老狼狗和小司茵

喂好吧？"

AK黑狗脸冷漠——老娘是马犬！

老油插嘴道："什么黑背狼狗？没见识了吧？这是马犬！"

一个穿西装的台湾男人走过来，在司茵面前站定，微笑道："小姐，这条犬，我出四十万，卖吗？"

司茵在场外时，男人便一直盯着，而后又跟着他们进入比赛现场。

司茵一愣。四十万不是小数目，居然有人花四十万买AK？她承认，这个数字很诱人。

她拽牵引绳，一脸抱歉道："我的犬不卖。"

台湾男人盯着AK，摇头感慨道："这么好一条犬，被当成家庭宠物犬，甚至来参加这种比赛，你不觉得很屈才吗？小姐，你这是在糟蹋一块璞玉。"

司茵望着国字脸的台湾男人，皱眉说："是璞玉也好，石头也好，都是我的，跟先生您没有任何关系。"

老油也瞪一眼男人，没好气儿道："说了不卖就不卖，你这人说话怎么这么酸呢？"

台湾男人笑道："纯感慨而已，小姐不必生气。我们打个赌吧，你赢了，我给你四十万。你输了，把这条犬让给我。如何？"

老油上下打量这个男人，好奇道："什么赌？"

司茵拽了拽老油的衣袖。她一脸严肃，对男人道："就算你出四百万，我也不会参与这个赌注。"

台湾男人说："小姑娘，你不后悔？你如果不卖给我，你今天很有可能会倒贴四十万。"

司茵打量眼前这个男人，这人的面相让她很不舒服。她皱眉，明显不耐烦道："先生抱歉，我不会卖犬，我拿它当家人，而不是宠物。"

"小姑娘，话不要说太满。"台湾男人笑着递给她一张名片，"如果你决定卖，打电话给我。"

司茵礼貌性地接了名片，牵着AK离开。她走了几步，将名片扔进垃圾桶。

台湾男人看在眼里，收了脸上笑容。助理问他："老板，怎么做？"

台湾男人叫莫东，是台湾最大的训犬基地经营者。中国唯一能与Rocket匹敌的

阿甘就在他的麾下，阿甘也是台湾第一训犬师。

莫东已经盯了Rocket三年。

"这是阿曼调制的新药，你拿去试试。"莫东递给助理一只绿色小药瓶，问，"Rocket来了吗？"

"到了。"助理点头，俯在他耳边说："他是作为这场比赛的评委，也是赞助商之一。听说，刚才那个姑娘跟他也有关系。"

"今天这事儿闹大一点。"莫东眼睛眯成一条缝，"我想要看看，面对疯犬，Rocket会怎么处理。"

司茵和老油找了个休息位坐下。老油递给她一瓶水，问："丫头，你知道今天的评委是谁吗？"

"嗯？"

老油眉眼一弯嘿嘿笑道："我们亲爱的院长大人。"

老头跟姜邵在一起待太久，连说话语气都随了他。

"时穆？"司茵疑惑，"他怎么会当评委？"

老油说："时院长是赞助商之一啊。"

时穆劝她不要来参加比赛，她却执意要来，居然有点小心虚。她担心下来后，被时穆敲脑袋。

裁判宣布选手带犬入场。

小个头司茵和体格庞大的烈犬成了鲜明对比，成为现场焦点。

由于展厅场地有限，现场仅两百个座位，其余参展观众只能立于安全线外观看。

主持人上台，扫了一眼下面的参赛选手，调侃说："大家可以看见，这次来参加的狗狗都非常可爱呢。哇哦，居然有马犬参赛！接下来我要告诉这位参赛选手，比赛第一轮，你很有可能被淘汰哦。因为我们比赛环节的第一个项目是——"

主持人刻意卖了个关子，表情搞怪，道："是卖萌！"

现场掌声四起，笑声一片。

司茵低眼看AK，心道一声玩儿完。

AK主练科目是护卫，在医院也是出了名的高冷。"卖萌"这玩意儿，它好像还真的不会。

第七章 老狼狗和小司茵

在评委席上,时穆望着司茵方向,若有所思转着笔。

这是家庭宠物犬冠军赛,AK这种烈性犬,一向不被家庭宠物圈认可。

现场参赛的犬要么脑袋扎蝴蝶结,要么穿小花衣,司茵那条彪悍马犬,确实与现场画风格格不入。

时穆右手边的评委讽刺说:"家庭宠物犬比赛,怎么有人带烈性犬?真的不是在逗我们玩儿吗?时院长,您见过小姑娘拿马犬当宠物犬吗?这也太搞笑了。"

时穆眼角含笑,回答他:"吉院长,您这犬种歧视非常明显。如果客户知道您带有这种歧视。你猜,他们还会不会把宠物送进你的医院?"

吉院长碰了钉子,笑得很尴尬道:"开个玩笑,开个玩笑……"

比赛共计三轮,分别是:卖萌、二十米跨栏、走独木桥。每轮十分,共计三十分,得分最高者为今天的冠军。

为了公平公正,比赛方会给每人发一只化妆箱,主人凭此给宠物化妆。打扮结束后,主人带犬走伸展台,在走T台的过程中带宠物即兴表演卖萌。

AK属于短毛狗,毛发扎不起小辫,长得又凶神恶煞,戴发箍蝴蝶结装萌也太勉强了吧?

司茵可以说非常绝望。她从化妆箱里翻出粉色碎花布料,适当裁剪,用针线简单缝合,成了一条小裙,给AK套上。又给它做了一只蝴蝶结发箍。

AK全程歪着脑袋,任由司茵倒腾,崩溃绝望的表情摆在一张冷漠的狗脸上。这一身小公主打扮依然遮不住它霸气侧漏宛如女将军般的杀伐气息。

化妆过程中,工作人员来给狗狗们送水。

司茵从工作人员手里接过一碗水,正打算给AK喝,便听一旁金毛主人抱怨道:"这么点儿水哪够喝?也太抠门了吧?"

AK看了眼口渴难耐的金毛,于心不忍,用鼻尖将狗碗顶过去,给金毛喝。

哟呵,AK这家伙,居然会孔融让梨?

金毛主人一脸感激,对司茵表示感谢道:"谢谢啊,我家阿黄每天饮水量很大。"

司茵见AK主动,笑着说:"没关系。我们家AK喝得少。"

化妆时间到,参赛选手带狗入场。

金毛主人排在司茵前面。司茵给金毛主人加油,AK也双腿站立,给金毛弟弟

打气。

司茵哭笑不得。AK一向高冷，连老虎都爱答不理，居然对一只金毛这么有好感？看来这家伙不喜欢霸气款，而是喜欢性格温和的。

刚上伸展台，金毛弟弟突然抽搐，挣脱绳索，下一刻眼神变得凶狠，露出一口獠牙。

金毛主人从没见过自家狗子这样，不敢上前。她尝试向前走一步，金毛却冲着她狂吠，金毛主人从来没见过自家狗子这样，吓得往后一退。

保安将金毛主人送下伸展台，拿警示棍围剿金毛。

金毛性格大变，朝保安扑过去，含住保安的衣服撕扯，凶恶宛如丧尸。温顺的金毛突然发狂，所有人始料未及。

不知是谁喊了一句"狂犬病发作"，现场顿时炸锅，观众开始无秩序地往外逃。

其他展厅的观众见有人往外奔跑，跟着也开始跑。

容纳数千人的国贸中心陷入混乱。

时穆离开评委席，爬上伸展台，嘴里发出声音，吸引疯犬注意。

发狂的金毛松开保安，又朝时穆扑去，一口含住他的手。时穆反应迅速，举起警示棍重敲，金毛吃痛撒口。

金毛受了刺激，龇出一口獠牙，面相可憎，再次朝时穆扑过去。

司茵心头一颤，几乎没有犹豫，冲上去抱住时穆，用娇小的身躯替男人抵挡恶犬攻击。

眼看金毛要咬住司茵，AK也不再犹豫，一个猛扑，含住金毛脖颈，咬住它连着两个翻滚。

司茵心有余悸抬头，看见男人已经满手血。

司茵眼泪瞬间飙出，捧着他的手，对着他的伤口吹。

时穆一脸冷静，看着情绪几乎崩溃的小姑娘说："没事。"

司茵声音分贝突然放大，冷着脸冲他吼："我有事！"

时穆一时无言。

小姑娘这是……发飙了？

国贸中心的安保人员将金毛制服，带走，主人也遭受牵连。

第七章 老狼狗和小司茵

救护车来得很快,司茵陪时穆一起上车,抓紧男人的胳膊不肯撒手,时穆轻咳一声:"司茵,没事了,不严重,松开吧?"

"不松。"司茵红着眼圈,一脸凶横地看他,眉头紧着语气也严肃,"严不严重你自己心里没点数吗?时穆,你不是小孩,你不知道刚才有多危险吗?"

护士过来,拍拍她的肩,"小姐,麻烦你松开这位先生,我们先给这位先生做一个消毒处理。"

司茵将时穆的胳膊抬起来,费力举着,自愿充当支架。护士开始替时穆清理伤口。

只听小姑娘以训斥小孩的口吻道:"如果那是一条和AK一样攻击力迅猛、训练有素的护卫犬,你认为,你这条胳膊还能保住?你愿意做个英雄,我不反对,可你能不能有点自知之明?你身边没有老虎,凭你赤手空拳,你能跟一条疯狗搏斗?"

护士替他清理伤口,刺痛阵阵。

面对小姑娘的一连串质问,他紧着的眉头突然舒展开,道:"现在不是没事?"

司茵快被他的风轻云淡气死。

"时穆,我真的很讨厌你这种人。"司茵语气稍一停顿,眼睛里又有泪光,声音也有些许颤抖,"司豪是,你也是,难道你们就从来没想过,会有人替你们担心吗?"

泪水在眼眶里打着转,又要往外涌。时穆仔细想,认识她这么久,见她哭的次数不超过五次。

他的心一软,轻声哄着她道:"我相信你和AK。"

司茵愣怔。

时穆又补充说:"我相信你们的实力。有你们作为保障,我怕什么?"

他的伤口血污被清理,露出一片模糊的血肉。

护士咂嘴道:"啧,伤得真不轻。"

不必护士说,司茵自个儿用眼睛也看了个明白。刚才那条金毛眼睛里传递而出的信息,是想置人于死地,回想刚才,司茵仍心有余悸。

为了以防感染,医生建议住院观察。

活动主办方给时穆打来电话,对于金毛发狂的事下了结果通知。

时穆挂断电话,司茵递给他一只削好的苹果,问:"怎么了?金毛怎么样?"

"那边需要你去一趟,协助调查。金毛主人一口咬定是你给的水有问题,她

说,是你有意陷害。"时穆思考一阵,动身准备下床,"走吧,我陪你过去。"

金毛毕竟是扰乱公共秩序,影响恶劣,严惩也不意外。警方那边出了结果,打算将它安乐死。金毛主人将所有责任推给司茵那碗水,觉着是司茵在水里做了手脚。

毕竟要去的是警察局,时穆不放心她一个人。他单手掀开被褥,准备下床,膝盖却被司茵摁住。她紧着眉看他,口吻严肃道:"你留在医院,我自个儿去。"

"你知道那边现在什么情况?"时穆语气比她更严肃,"这件事非同小可,听我的。"

他的眼神语气,无一不具有威严。司茵气焰顿时被他压下,仿佛将耳朵往下耷拉的小狼狗。

男人的气场太强大,她只能乖巧点头道:"好。"

她为了保护时穆的手,一路抬着他的胳膊,像小太监搀扶老佛爷似的。

电梯口,他们和病患护士一起等电梯上来。

司茵的腿伤没有完全好,在国贸中心为了保护时穆全力冲刺,双膝又开始隐疼。司茵等得有点无趣,调侃说:"咱俩还真是天生一对。我腿残,你手残。"

时穆打算将胳膊抽回,却被她抱得更紧。

她蹙着一双小细眉,语气两分泼皮两分严厉,道:"你想干什么呀?"

时穆心虚地看了眼周围等电梯的人,低声说:"影响不太好。"

司茵"嗤"一声,没好气儿地小声嘟囔:"时穆,做人不能太双标啊。我受伤,就许你抱我,你受伤却不许我抱你胳膊?凭什么呀?凭我力气小,不能对你公主抱?"

姑娘声音分贝略大,两人瞬间成为焦点。

"……"时穆脸有点绿,猛地一阵咳嗽,打断司茵继续语出惊人。

对这丫头,他真是没有一点办法。

老油带着AK开车过来接他们。等两人上车,老油摸着方向盘喷喷感慨道:"时院长,你这车真不错,您请司机吗?免费的那种。"

时穆是个车控,车不止一辆,老油总垂涎他的车。

AK坐在副驾驶,狗脸卡在副驾驶的空隙处,以一种被挤压的搞怪神态看着他们。

司茵用手指戳戳它的鼻孔,笑道:"放心吧小女侠,你穆叔叔没事,我也没事。"

第七章 老狼狗和小司茵

"呜……"AK嘴被卡住,只能用喉咙发音。

它斜眼去看时穆,小眼神里满是担忧。时穆被它看得心软,也伸手过去,捏捏它的嘴筒子,说:"没事,放心。"然后收回手,开始听老油说现场的处理状况,司茵也盯着老油后脑勺,蹙着小眉头听得仔细。

被卡住的AK那表情好像在说:你们好歹看看我。

国贸中心的混乱影响很大,警方介入调查。

金毛没有疾病史,主人指控的是司茵送的水有问题,警方按流程请她来接受调查。到了警局,司茵和时穆被分开带去做笔录。

做完笔录,司茵得知金毛会被安乐死,于心不忍。警察送她和时穆往外走,她一路沉默,半路上忽然驻足,道:"等等——"

她好像想到什么。

警察和时穆同时将目光锁在她脸上。

司茵说:"我也怀疑,是我递给金毛的那碗水有问题。"

"嗯?"时穆疑惑看她,有些不解。

司茵看向警察,将今天在国贸中心遇见台湾男人高价买狗的事儿,几乎一字不落说了一遍。

她想到一个可能:"他的那句'你今天可能会倒贴四十万'我觉得特别奇怪,现在一想,倒很像威胁。"

如果真如她猜测与台湾男人有关,也就意味着是她害了金毛。那碗水本应该是AK喝。

司茵的心怦怦跳,祈求般地望着警察:"如果真是这样,便说明金毛是被陷害的,而不是故意发疯伤人,它也是受害者。你们能不能,放过它?"

警察一脸抱歉道:"你也说了,是可能,假设是不成立的。"

司茵心头一紧。

时穆拍拍司茵的肩,代替她与警察沟通道:"如果我们能证实金毛是被陷害,可以暂时放过它?"

警察看一眼他受伤的手,笑道:"当然。"

时穆提出给金毛做个体检。

在警察护送下,金毛被送进医院。

大约晚上九点,结果出来,做检验的医生将报告结果交给时穆,道:"时院长,这条金毛的确是因为药物刺激脑神经才会发狂。不过,这种药物我没见过。"

时穆将检验结果看完,陷入沉默。

"到底是什么药?"金毛主人见他迟迟不说话,指着司茵愤怒地质问,"是不是你?给我们家阿黄下了毒?你这女人心肠怎么那么歹毒?!"

司茵正想辩解,被时穆打断。

他将检验报告递给警察,解释道:"金毛是服用了一种禁药。这种药,可以直接刺激犬只的脑神经,侵吞犬只理智,在比利时的黑市有售卖。前几年有不少竞技犬被其侵害,没想到,有人拿这种药在国贸中心闹事。"

警察收好检验结果,一脸正义道:"这件事你们放心,我们一定会彻查,绝不会冤枉任何一条生命。"

金毛主人松了口气,握住警察的手道:"谢谢你,警察同志。"

警察客气道:"你应该谢谢时院长,可是他帮你证明了狗子的清白。"

忙完金毛的事,已经凌晨一点,司茵送时穆下楼打车。

在等车间隙,司茵疑惑:"AK真的值四十万吗?"

"无价。"

时穆站在路边,目光看向远处。男人被昏黄的路灯笼罩,清俊的五官带着一点与人间烟火不符的高冷。他不笑的时候,给人的疏离感相当强烈。

"如果我没猜错,想买AK的是起东的人。他们的老板野心勃勃,想垄断中国冠军竞技犬。"时穆看着她,警告说,"下次再遇见他们,能敷衍则敷衍,不要与其硬碰。这些人在台湾目无法纪,猖狂惯了,你要小心。"

司茵谨记,今天的事儿已经是个教训。

出租车在路边停下,司茵替他拉开车门。时穆矮身进入车内,报完目的地,又扭头去看抱着车门迟迟不肯撒手的小姑娘。

他嘱咐道:"回去早点休息。"

司茵抱了会儿车门,也跟着钻进去,在时穆身旁坐下。

她"砰"的一声拉上车门,道:"师傅,开车。"

时穆扭过脸,目光冷厉如霜,道:"你上来干什么?"

第七章 老狼狗和小司茵

"陪你回家。"司茵也是一脸冷漠,坦然道,"今晚,我看着你睡。"

出租车已经驶上高架桥。

司茵的言论让时穆一怔,作为成年男人自然又将她的话想得深了些。可小姑娘这一脸淡定与坦然,又不像有其他意思。

他深吸一口气,拧着眉头,道:"师傅。找地方掉头,往回开。"

司茵也学他,拧眉头道:"师傅,不许往回开,按原定的目的地开。"

"到底听谁的啊?"司机师傅摇头无奈,通过后视镜打量二人,叹一声,"我说先生,你就听女朋友的吧,脾气别这么倔,小心回去跪搓衣板哦。"

司茵脸颊烧起一阵滚烫,红得难以掩饰。

对于陌生人的不知情,时穆绅士地纠正:"我是她叔叔。"

等红绿灯间隙,司机扭身看他们,调侃说:"哈哈哈哈,先生您这玩笑开的,男朋友就男朋友,还什么叔叔啊?您这年龄当人叔叔,我岂不是得当爷爷啦?吵架就吵架,有什么不好意思的?女朋友是要靠哄的,您这样可不行啊。你瞧,女朋友脸都给你气红了。"

司茵用双手捂住烧红的脸,呼出一口气,克制心跳和呼吸,道:"大哥您说得对,他这年龄如果能当叔叔,我也得当人阿姨了。您别听他的,继续往前开。"

小姑娘声音温柔轻细,听得人浑身舒坦。司机眉眼一弯应道:"好嘞!"

时穆侧脸去看司茵,目光凌厉如霜,她却视若无睹,哼着小曲儿扭头看向窗外。

望着小姑娘耍泼皮的模样,时穆的脾气也只能表露在脸上,压根发泄不出。

他收回目光,神色凝重,也看向窗外。车载音乐正放一首老歌,动情激昂处司机跟着嚎起来,车内沉默的尴尬被打破。

时穆的胳膊肘被小姑娘拿手指戳了戳,小姑娘问道:"生气了?"

他扭回头对上那双清亮的眼睛,心暖,目光却冷。

他没回应,就当是生气了。

时穆住的地方是郊区别墅,因为饲养宠物,院子很大,原本有泳池的地方被填平,铺上了草皮,成了一个小型的训练场。

院中几盏路灯,将庭园照亮,一眼望去,宛如小型足球场。

时穆带着条小尾巴进屋,没有备用女士拖鞋,便给她拿了一双男士款拖鞋。

司茵穿35码的鞋,脚上却趿拉着这双42码男拖,只能抓着时穆胳膊,吃力小心

地往里走。

时穆将她扶去客厅，示意她在沙发上坐一坐，转身去厨房替她接了一杯水。

司茵伸手接过水杯，搁置一旁，抬起他的胳膊，一脸爱护道："你怎么能干这种重活？你的手受伤多严重你心里没点数啊？很晚了，我扶你上楼休息。"

时穆想抗拒小姑娘上楼，可又不受控地默许。一路沉默，心思很沉重。

司茵仿佛看穿他的想法，上楼时扶着他胳膊说："我知道你心里吐槽我厚脸皮，我这叫以彼之道，还施彼身。准许你厚脸皮做我监护人照顾我，就不许我厚脸皮做你临时监护人照顾你？"

"不是什么伤，不要小题大做。"时穆终于开口，却又不敢看她的眼睛。

越独处，他越心虚，越不能克制某种情绪的迸发。他也是普通男人，褪下狐狸皮，甚至比普通男人更像禽兽。

小姑娘越来越会强词夺理，他不是没词还击，而是体内的禽兽故意克制他还击，以沉默引导她更进一层。

司茵将时穆摁在床上，明令他不许动，又片刻不歇地跑去浴室拧了湿毛巾给他擦脸。

司茵完全将他的脸当成桌子，一手摁在他额头上，一手捏着毛巾在他脸上擦，粗糙的动作让时穆怀疑自己真的是张桌子。

"我自己来。"时穆往后一缩，头一歪，握住她手里的湿毛巾。

司茵小手将他脑袋掰正，把毛巾攥紧，没给他的意思，道："你这单手大侠，确定能自己来？"

她绵软掌心有一种烫心的温度，时穆不敢再动，脖子僵直，任由她胡乱捯饬。

司茵用手将男人眉心皱成的川字舒展开，用毛巾擦得很仔细。

宽额、眉心、鼻梁、嘴唇和下颌，甚至连耳朵也不放过。

"司茵。"时穆抓住她的手腕。

司茵正替他擦眼皮。他闭着眼吐出一口气，将憋了一晚的话用温和的措辞说出来："你是个小姑娘，在男人家里过夜，不合适。"

"哦。"司茵将他的手摁下去，捏起他的下巴抬起来，继续替他擦，一脸无所谓，"大男人在女孩沙发上睡一宿这就很合适吗？穆叔叔，我希望你能对我公平点儿，毛主席他老人家说什么来着？一定要贯彻男女平等思想。"

好一个男女平等。她这是无形中给他下了多少套?

司茵打了盆热水,端过来给他泡脚。她蹲下身,卷起袖子要去替他脱鞋,手刚碰到男人的拖鞋,男人迅速将脚挪开。

他显然很抗拒,目光沉冷道:"这个我自己来。"

时穆用单手脱了鞋袜,双脚泡进热水里享受。又从床头取了一本杂志,搁在腿上翻阅。

司茵上了个卫生间再回来,他已经靠坐在床上翻书。

男人下身盖着真丝被,被温和的床头灯笼着,浑身溢着居家男性的英俊温柔。

时穆单手翻书,没有抬眸道:"隔壁房间衣柜里有新的被褥床单,基础洗漱用品也有,早点休息。"

司茵担心他晚上睡熟后不老实,压到受伤的胳膊,她也取过一本书,在他床沿坐下。

乳胶床垫软而舒适,她刚一坐下,千丝万缕的困意就被这股舒适拉上头顶。她翻开书打了个哈欠,说:"今晚我就在这儿看着你睡。万一你晚上去卫生间,单手怎么解皮带?"

时穆脸上终于不再淡定,眼神震惊道:"你要替我解皮带?"

"我可以闭着眼,不会占你便宜。"司茵翻了两页书,低头嘟囔道,"我是姑娘,你还怕我占你便宜吗?时穆,你这思想可不好。以前司豪受伤,我也是这样守着他。你现在是我的监护人,你必须接受我的好意,OK?"

她堵得时穆没话说。

时穆胸口涨着一股不知名的情绪,压抑着无处宣泄。他不再与司茵搭话,低头看书。其实压根无心看书,而是在努力克制复杂的情绪。

司茵想感受下他床垫有多软,刚趴下,脸颊一贴床单,困意顿时淹没了她所有思绪,一秒入睡。

时穆回过神去看司茵,发现她已经趴在一边睡熟。

她是怎么倒下的?时穆居然毫无所觉。

司茵双腿搁在床下,时穆单手也不能去抱她,只能将被子让给她一半,给她盖住上半身。

由于操作不慎,将她一张脸盖住。时穆又将被子往下扯,她那张精致的小脸露

出来，被黑色真丝衬得极致白嫩。

看着她的睡颜，时穆愣住。他的目光被女孩恬静的五官吸住，视线如何也移不开。

她的小嘴微微张，呼吸又匀又轻。为了不打扰司茵，他特意将床头灯光调暗。气氛突然变得浪漫，暧昧的气息也愈来愈重。

累了一天，司茵很疲惫。她的脸贴着床垫，睡得很踏实。她梦见司豪和时穆带她钓鱼，在梦里她捧着脸看两个大男人，唇角也弯得甜滋滋。

时穆也躺下，朝她凑近，在只有两拳距离时停住，安静地打量她。

她睫毛很长，那只小耳垂饱满细嫩，还带着一点点诱人的红晕。

他就这样看着，仿佛看出了甜腻的味道，想尝一口，体验那滋味是否如想象中甜美。

时穆的体内有只小恶魔，怂恿他伸手，最终促成了他去抚摸司茵小耳垂的举动。

他用指腹轻轻摩挲，手感前所未有，不断刺激他狼血沸腾。他又不可抑制地去摸她的脸颊，指尖那阵细腻的触感烧旺他每一个狼性细胞。

指尖触感类似于蛋白，却更撩人。

最撩人的，大概是她的嘴唇吧？小巧又红润，像最精致的工艺品。男人在这一刻全线崩塌，凑过去，吻住了她的唇。

很轻，几乎只是轻轻地贴着。他怕吵醒她，甚至不敢呼吸。

司茵进入熟睡状态，往被窝里最温暖的地带拱，将身体缩成一团，膝盖顶住了一块坚硬的物体。

时穆眉头一皱，浑身肌肉绷紧，这副身体，几乎炸裂。

第八章
好红犬

他立刻坐起身替司茵盖好被子,下床去了隔壁客卧。

时穆在身体"爆炸"之前进了浴室,利用单手解开皮带,简单冲了一个冷水澡。

冬天冷水的刺激让他彻底清醒。他湿着头发回到客卧,潦草地铺了一张床单,躺下就睡。

再醒来已经早上十点。时穆下楼便闻见海鲜馄饨飘香,顿时饥肠辘辘。他看着厨房里那个小身影,心窝跟着一暖。

他真是嫉妒司豪有个这样的妹妹。

司茵将馄饨端上桌,一抬眼看见他,问:"你昨晚去哪儿了?"

"隔壁客卧。"时穆走过去,拉开餐椅坐下,低头吃馄饨。

他有点心不在焉,低估了馄饨的温度,一股滚烫从喉咙滑入胸腔,痛彻心扉。

司茵见状忙搁下手中餐具,去拍他后背,给他顺气儿,说:"你慢点吃啊。对了,今天我约了陆南,不能留在这里照顾你。但我已经给姜邵打了电话,让他过来。"

时穆差点又被呛住:"你叫了谁?"

"姜邵啊。"司茵解释说,"他听说你受了伤,自告奋勇来照顾你,他那么热情,我不忍拒绝。"

说曹操,立刻就到。姜邵一进餐厅,看见时穆手上缠的绷带,大笑三声道:"老禽兽,你没事儿吧?"

时穆黑着脸,有事没事,不会用眼睛看?

他低头喝汤,没搭话。

等司茵去了厨房,姜邵拉开餐椅挨着他坐下。他比画出一个"手枪"手势,抵着他的胳肢窝,问道:"老禽兽,坦白从宽,你昨晚有没有对小司茵做什么?"

老狐狸淡淡瞥他一眼,语调冰冷:"你的思想可以再禽兽一点。"

"哦。"姜邵松一口气,搂过他的肩,"好兄弟。虽然你长得像禽兽,但心还是很纯洁的,我信你!"

时穆岔开话题,对他说:"我们被起东的人给盯上了,你小心点。"

"起东?莫东那牲口?"姜邵抓了一把后脑勺,"不对啊,Rocket从没露过脸,他是怎么找到我们的?"

"微博上的视频。"

"视频?什么视频?"姜邵仔细一想,一巴掌拍在后脑勺上,"你是说我向小司茵告白那支视频,他们的人认出了老虎?"

"嗯。"时穆放下餐具,用餐巾擦擦嘴,"莫东的人看上了AK,打算用四十万购买,被小司茵给拒了。国贸中心的事,我怀疑是他们做的手脚。"

"什么?"姜邵皱眉,神色难得凝重起来,"这群牲口,在大陆敢搞这些事?怎么没把他们抓起来毙了?"

"他们敢做,一定会做得干净。"时穆往厨房看了眼,盯着司茵的背影,对姜邵说,"莫东恐怕不会善罢甘休,最近我们都留意着点儿小司茵。"

"需要找两个保镖吗?"姜邵想了一下,又改口,"这里不是台湾,他们应该不敢做出格的事。有AK在小司茵身边,她的安全暂时应该没什么问题。莫东既然找到了你,就应该知道你有什么背景。那孙子,他敢动你吗?"

时穆低头喝了一口鲜汤道:"你忘记在比利时的那场比赛了吗?他们做事不择手段,小心为上。"

姜邵抱着双臂嘴一噘,没好气儿道:"这群牲口占了台湾的市场,又想吃了大陆这片肥肉?也不撒泡尿自己照照,有没有那个本事?!老时,我不怕他,我就是怕他玩儿阴的。"

时穆点头,开始思虑对策,觉着不能坐以待毙。

司茵和陆南约的时间是下午一点。

陆小姐全副武装抵达医院,有狗仔跟到了医院后楼的训练场,司茵放了两条黑背出去,狗仔被两条烈犬吓得知难而退。

司茵提醒陆南道:"陆小姐,有黑背夫妻俩在外面守着,他们不敢进来,你放心吧。"

第八章 好红犬

陆南摘掉墨镜扯下围巾,总算松了口气,开始打量训练场。

训练场内有很多训狗设施,草坪足够大,狗狗们在里面欢闹追逐。陆南惊喜道:"天啦,这里是宠物乐园吧?这么多狗,晚上得一个个送它们回笼吗?"

"不用,它们会自己回笼。"司茵带着陆南进入犬舍。

好红听见司茵的脚步声,摇着尾巴去门口迎接。

它以为司茵过来送狗粮,却没想到她带来一个陌生女人。它尾巴僵硬,一脸警惕地望着陆南。

牛头梗也属于烈性犬,但长相招人喜欢。陆南没养过狗,但第一眼看见好红就立刻喜欢上了,她蹲下身,按照司茵教的方法去摸它的犬肩。

好红也很快放松警惕,拿舌头在陆南手背舔了舔。一人一狗一见钟情,相互喜欢,陆南立刻说:"司茵,我很喜欢它。"

司茵将牵引绳递给陆南道:"那从今天开始,你就是好红的主人了。"她弯下腰,去摸好红狗头,道:"从今天起,你就有新主人啦,从此吃香喝辣。"

好红知道要离开,不舍得司茵和老油。但它也羡慕AK,可以有一个一心一意对它的主人。

好红喜欢陆南,因为陆南和去世的奶奶用同一款香水。奶奶已经去世两年,它以为已经忘了奶奶的味道,可直到遇见陆南,它才明白,原来它一直都没忘记爱过的人。

陆南花了三个小时学会了司茵教给她的所有指令。

陆南带好红离开医院。坐上车的好红将嘴筒子搭在车窗上,望着逐渐远去的医院,思绪万千。

陆南拿下巴在狗头上蹭了蹭,声音温柔道:"好红,以后跟我混,我会把你喂得白白胖胖。"

经纪人调侃道:"这狗的名字旺你。只是这狗看起来很忧郁,真的可以当保镖吗?"

"我相信姜邵,他推荐的,一定没错。"陆南一脸爱惜地摸着好红,感慨地说,"这狗挺可怜的。"

"嗯?"经纪人不解。

陆南说:"你还记得两年前Z市第一女首富蒋楠去世,子女争家产的新闻吗?当

时媒体报道,蒋楠要把家产给这条狗继承,听说还立了遗嘱。后来蒋楠的子女上诉,才争回了遗产继承权。"

经纪人点头道:"记得,这事儿未免太搞笑了。老人家宁愿把遗产给狗继承,也不给子女,可见子女的不孝。"

陆南叹息一声,说:"蒋女士葬礼后,这条狗一直守在墓地,奄奄一息时,被蒋女士12岁的孙子送去了医院。蒋家没人愿养这条狗,后来被时院长留下。我今天能领养它,也是缘分。"

好红呆呆地望着窗外。

蓝天上,有一团棉花云被吹散,变成了奶奶的轮廓。

它是个暴脾气的狗子,却对奶奶很温柔。

因为,奶奶是世界上最温柔的奶奶……

送走好红,司茵牵着AK回宿舍,隔壁的护士姐姐帮她取了快递。

她将快递抱回屋,纳闷地去看快递单,上面没有署名。她不记得在网上买过东西,难道是老狐狸送的?

拆开快递盒,里面有一沓她的照片、一封信,还有一只手机。

这沓偷拍照片共有三十张。司茵皱眉拆开那封信,内容寥寥,只有几句话,写信人让她拿快递里的手机,回个电话过去。

整个过程搞得像《间谍风云》。司茵先打开手机的录音功能,然后才拨过去。

电话接通,听筒里传来台湾男人的声音。

"司茵小姐,你好啊。"莫东笑了一声,莫名瘆人,"你考虑得怎么样?有没有打算将AK卖给我?我跟你保证,这条犬在我的手上,比在你的手上更有价值。"

司茵觉得挺好笑,道:"你大费周折给我送照片,又送手机,就是为了跟我说这个?先生,您幼儿园毕业了吗?我可以很负责地告诉你,就算你出四百万,我也不会卖。"

"行,那我就出四百万。"莫东语气很轻松,仿佛四百万于他来说只是拔一根牛毛。

司茵低头看了眼AK,调侃道:"老板您真的很大方。AK能跟着您吃香喝辣,是它的福分。您要是诚心买,我就诚心卖。如果老板您肯出九千万,我就忍痛割爱。"

AK对着她叫了两声,表示不满。

莫东语气一沉道:"司茵小姐,您的犬不值这个价。哪怕是Rocket的冠军犬,身价也只有两千万。"

"在我心中,AK就这个价。"司茵不打算再跟男人周旋,准备挂电话。

莫东发出警告道:"司茵小姐,你知道跟我作对什么后果吗?"

司茵扫了眼他寄来的偷拍照,冷哼一声道:"有本事你放狗咬我,没本事就给我滚蛋!"

挂断电话,司茵将快递里的东西拍下来,发至群里,将事情经过简单地描述了一遍。

群里瞬间"炸锅"。

老油:"所以他这是干吗?真打算放狗咬我们?我老头什么都不怕,就是不怕这些黑社会。也不去打听打听,老头儿当保安前是做什么的。"

姜邵:"牛牛牛,抱紧老油粗大腿,被人偷拍我好怕怕,求罩!"

时穆问:"他在电话里跟你说了什么?"

司茵将音频发到群里。

姜邵老油听了之后,差点笑成"羊癫疯"。

姜邵:"哈哈哈哈哈哈哈哈哈!小司茵怼得好!"

老油:"丫头别怕,这种人也只会吓唬小姑娘。"

时穆沉默片刻,提醒说:"大家不要掉以轻心。小司茵,最近你无论去任何地方,都记得带上AK。"

想起莫东的话,司茵倒有些担心时穆:"老狐狸,他刚才提了Rocket,我怕他可能会对你不利。姜邵身边有老虎,你身边只有一只猫,你更要小心才是。"

姜邵:"小司茵你别担心他,他还有只鹦鹉呢。谁敢拿老禽兽怎么样?倒是你,一个女孩子一定要注意安全哦"

她收到了威胁快递,老油怎么也不放心她一个独居。他提议说:"要不这样吧,也快过年了,小司茵你搬来我家一起过年。"

姜邵附和:"对。多一个人多一个照应,你先去老油家里住着。"

司茵怎么能叨扰老油一家?她正准备拒绝老油的好意,时穆却说:"老油家里人多嘴杂,不太方便。小司茵可以带着AK搬来我家,这样我也放心些。"

姜邵:"不是吧……老禽兽你?!我才不放心!小司茵,你来住我家吧,我家不

仅房间大,床也大!睡我俩和两条狗完全没问题。"

司茵无语。

琢磨来琢磨去,搬去时穆家里的确更方便。她同意时穆的建议:"那我搬去和穆叔叔住一段时间,等过完年,台湾男人忘记这茬,我再搬回医院。"

就这么愉快地定下,第二天上午老油和姜邵帮着司茵和AK搬了家。

为了迎接小司茵的到来,时穆找个有阳光的午后,邀请姜邵和老油来家里烧烤。

姜邵最近和陆南走得很近,也带着她来凑热闹。

时穆将烧烤架摆在后院草坪上,炭火烧得很旺,将食材烤得油滋滋。

大脸猫趴在圆桌上晒太阳,绿毛鹦鹉在院子里四处飞,最后停在AK脑袋上。老油和姜邵带着老虎去一边训练,司茵和陆南负责给时穆打下手。

好红趴在陆南脚边,寸步不离。

时穆将手里两串鸡翅翻面,涂抹上蜂蜜,撒上调料,火一烘烤爆出香味。这股香味馋得AK凑上前,它拿嘴筒子顶了顶时穆,下巴贴着他的腿,仰头巴巴地望他。

司茵过来将它赶走,递给时穆一把串好的五花肉,道:"真香,好饿……"

小姑娘弯腰下去闻烤鸡翅,起身时头顶与时穆下颌相撞。她的发丝腻着一股甜香,萦绕在他鼻尖,久久不散。

司茵低头仔细串食材,他却仔细盯着她的侧颜。男人的目光从她的眉眼渐往下移,停在她嘴唇上。看痴了神,鸡翅烤焦也浑然不觉。

还是司茵闻着煳味儿,拿胳膊肘在他腹部戳了一下,道:"穆叔叔,糊了。"

他立刻收神,将烤翅翻面儿。司茵去帮陆南串蔬菜。

陆南往时穆的方向看了眼,低声问她:"小司茵,时院长该不会是喜欢你吧?"

"嗯?"司茵反应片刻,摇头,"他喜欢我?不可能。"

陆南将串好的土豆片搁进餐盘,道:"你要相信我的直觉。他刚才看你的眼神,忒花痴了。"

"花痴?"司茵抬眼去看她,质疑道,"你眼花吧?是我花痴他吧?"

"你喜欢他?他知道吗?"陆南问。

司茵点头道:"知道。"

陆南道:"既然知道你喜欢他,又让你搬过来,他什么意思?摆明是想找机会吃了你。男人啊,表面看着多君子,里面就有多禽兽。"

司茵摇摇脑袋，不同意她的说法，道："他对我绝对君子，如果不是因为哥哥，他估计也懒得管我。我其实不奢望他会回应我的喜欢，保持现状我就很知足了。"

"傻啊你。"陆南开始给她指点迷津，"你现在跟他同住一个屋檐，有很多机会撩他。姐们儿，长得帅又事业有成的好男人可不多，你可要抓住机会啊。错过了他可就是别人的了。你能接受喜欢的男人娶其他女人吗？"

说到这里，司茵忽然有点心酸。她不敢去想时穆娶别的女人，可她又能怎么样呢？只是老狐狸对她过于君子，她似乎找不到机会下手。

陆南望着远处的姜邵，嘴角弯得甜滋滋，道："你等着，让姐们儿给你示范下追男人的正确姿势。我打算用一个月的时间，拿下那哥们儿。"

司茵顺着陆南目光去看，落在姜邵身上。

司茵了然，给她打气道："你加油。"

时穆将烤好的食物整齐码在烤盘里，端上桌。

冬天午后阳光明媚，几人坐在草坪上，围着一张小圆桌撸烧烤，再搭配一杯啤酒，这日子瞬间就有了意思。

老油往嘴里扔一颗花生米，问时穆："院长，今年过节你打算给放几天啊？"

时穆从烤盘里捡出那只最肥美的鸡翅，放在司茵餐盘里，道："还没想好。"

老油一脸痛苦道："时院长，今年我可要跟家人去海岛玩，您可千万别把假期缩短啊。"

"海岛？"时穆想起小姑娘初中那会儿写过一篇《我想去海边》的作文，他扭过脸问司茵，"你想去吗？"

正在啃鸡翅的司茵一愣，眨着眼睛望着他："啊？"

时穆解释道："你想去海岛过年吗？我带你去。"

司茵瞪大眼睛，看着他道："啊？真的啊？"

长这么大，司茵没去过海边。脑补那边的蓝天白云，司茵激动得心都要飞出去。她忙点头，表示想去。

时穆道："那好，今年我带你们去海岛。"

"你们？"司茵疑惑，还有谁？

时穆扯了一张纸巾，给她擦油腻腻的嘴，说："还有我家老爷子。如果条件允许，把AK也带上。"

姜邵看见时穆给司茵擦嘴，恨得牙痒痒。

老禽兽到底是怎么给自己做的心理建设？这么亲密暧昧的举动，居然能做得这么坦然？

司茵对时穆的爷爷早有耳闻。她初中那会儿就听司豪说过，时穆的爷爷是个老将军。司豪小学那会儿，跑去时穆家里写作业，还得被搜身检查。

时爷爷虽然已经退休，但军人的那种刚毅威严的气场肯定还在。

要见真正的家长了，司茵瑟瑟发抖。

晚上司茵送陆南回家，两个姑娘想说点悄悄话，没让时穆跟着。

她们在小区门口等司机开车过来，又聊了会儿。

好红和AK突然冲着一个方向叫，声音很不友好。然而那个方向只有一个花木丛，黑黢黢一片，什么也看不见。

司机把车开了过来。司茵握住陆南的手腕，嘱咐说："你回家小心点。"

"放心，司机是我的保镖。还有好红在，没事儿的。"话虽这么说，可陆南总觉背后凉飕飕。

上了车，陆南与司茵挥手作别。

在离别墅区两百米的地方，有两条路。一条是下山回城的路，一条是往山上的路。

从上车起好红的状态就不太对劲儿，它恶狠狠瞪着司机。陆南想起经纪人换了一个保镖，觉着是好红认生也就没多想。司机把车往山上开，她才意识到有些不对劲儿。

她去看司机，发现对方也正用那双阴狠的眼睛通过后视镜看她，四目相对，吓得她头皮一麻。

陆南抱紧好红，叫了一声："停车！"

司机将车靠路边停下，他下车绕过车头拉开后座车门，用阴冷的眼神瞪着她道："陆小姐，下车吧。"

陆南往后缩。好红龇牙，对男人发出警告。

男人从兜里摸出一把手枪，对准她，道："下车。"

看着那支黑洞洞的枪口，陆南将好红抱紧，怕它冲动扑上去，被对方一枪击毙。

好红没有收到主人进攻的指令，暂时将情绪压制。

第八章 好红犬

男人伸手去拽陆南,她下意识地挣扎,却被打了一个耳光。

主人被攻击,好红终于不再克制,找准时机一口咬住男人的手腕。与此同时,"砰"的一声枪响,打破山道寂静。

男人手腕被狗咬住,挣扎间,手里枪械走火,打在车门上。

陆南吓得尖叫一声,双腿发软。好红与歹徒搏斗,双眼充血变得猩红。

它的犬牙几乎深陷对方骨头,让歹徒吃痛,手枪落地。陆南鼓足勇气捡过枪,冲着对方扣动扳机,但没有子弹打出。

这把手枪,只有一颗子弹。

她推开车门,将手枪扔进灌木丛,拼命往回跑。她又担心对方开车追来,索性跑进树林,往黑暗深处奔逃。

陆南已经到达一种极度恐慌的崩溃状态。她拼命地往密林深处跑。脸颊、脖颈、手背无一不被荆棘刺破,疼得麻木。

面颊上眼泪与汗水混合,被冬天的风一吹,很快变成薄冰,停在脸上,冰冷刺疼。

也不知跑了多久,她的体力透支,蹲进一个密集的草丛里休息。

四周漆黑,什么也看不见。她捂着嘴不敢大口喘气,眼泪止不住地流淌。也正是四周的一片漆黑,让她觉得安心。

陆南抱着双腿坐在草丛里,下巴搁在膝盖上。

困顿之际,耳边突然传来"哈咻哈咻"的喘息声。她还没反应过来,那一团茸毛的动物便冲进草丛,钻进她怀里。

她感觉到毛孩舔她的脸,松一口气,问道:"是好红吗?"

"嗷呜……"

是好红的声音。

陆南心定,靠感觉在好红的狗头上蹭了蹭。她起身说:"好红,这里不能留,我们继续往前走。"

"汪。"好红回应。

借着稀薄的月光,陆南小心翼翼往前走,终于走出树林,来到一处开阔的河边。

河面波光粼粼,附近视野开阔。

没有灯光,没有手机,压根辨不清方向。她找了块宽平的岩石坐下,抱着好红休息。

夜里很冷,她被冻得瑟瑟发抖,身上又有多处伤口,疼得撕心。

"不走了。"陆南哭得很绝望,"我好累,好疼。"

好红舔了舔她的脸,安慰她。

好在有这个毛孩陪着她。如果让她独自一人在这山间停留,等她彻底平静下来,真的会崩溃。

陆南的体能已经到达极限,她缩在石头上,昏睡过去。

好红警惕地动了动耳朵,观望四周。它怕陆南冻着,趴在她身上,用身体替姑娘取暖。

好红压根不敢闭眼,绷着每一根神经守护她。

时穆所住的别墅区,白日黑夜都有保安站岗。

司茵和陆南出去那会儿恰好换岗,门口岗位有半个小时的空白。

可能是第六感,司茵不太放心,站在正门外的路中,目送陆南的车离开。

她看见那辆车拐进另一条路口,觉得奇怪。她牵着AK去保安室,问了一嘴:"大哥,另外一条,也是回城的路吗?"

保安说:"哦,回城的路只有一条,另外一条是上山的路。"

"上山?"司茵觉得诡异。

她牵着AK回到路中间,盯着远处的路口又看了一会儿。AK一直盯着草丛龇牙,仿佛里面有什么。

站岗的保安出来,司茵牵着AK跑过去,道:"小哥哥,那边好像有什么东西,可以陪我过去看看吗?"

站岗小哥对娇小可爱姑娘的要求没有回绝。他带着司茵走过去,剥开草丛,里面居然躺着一个昏迷的男人。

站岗小哥立刻将人扶起来,掐人中,男人很快苏醒。

男人头被重击,缓了一会儿,才惊道:"快!报警!"

警察很快赶到,分成两组救人。一组去山上追踪,一组留在现场调取监控。

陆南原先的司机兼保镖突然病假,今天这位第一天上班,警惕性不高。他把车停在外面等陆南,在七点十五分左右,有个男人来敲车窗。

司机下车,给男人借火,一起靠在车上抽烟,中途却被男人算计,敲晕丢进草丛。

从视频监控可以看见,带走陆南的男人,反应极其迅速,下手也狠辣。陆南的

司机身手不错,可这个歹徒的反应能力与身手,都远超这个司机。

在监控室里,陆南的经纪人冲着物业管理人员破口大骂:"人就在你们小区外面出事,你们的安保人员居然毫无察觉!你们是怎么做事的?这么一个高档小区,安保就这么差?"

司茵拉住经纪人,小声说:"您先别急,警察已经去找,您——"

她话没说完,被打断。经纪人冲她吼:"我能不急吗!一个大明星落在绑匪手里,你知道会有什么后果?他们要多少钱我都能给,可对方明显就不是冲钱来!他敢在这里把人劫走,明显已经疯了。我真的不敢想,一个疯子变态狂,会做出怎样的事。"

司茵被吼得一缩脖子,她抱歉道:"对不起,如果我早点察觉……"

时穆将司茵往身后一拉,低声道:"跟你没关系。"

"现在说对不起有什么用!"经纪人崩溃地揉乱头发,喃喃道,"都怪我都怪我,我应该多派几个保镖跟着她,就不应该相信一条狗能保护她安全的鬼话!"

时穆皱眉问经纪人:"你的意思,是早知道她有安全隐患?"

经纪人点头道:"有个变态粉丝已经跟踪她很久,我们也报过警,但警方那边迟迟没有结果。陆南一向不喜欢身边有保镖,今天她过来,我想着她跟你们一起,应该不会出什么事,没想到……"

负责这起案件的警察走过来,告诉他们:"他们的车停在路边,里面有打斗开枪的痕迹。车旁有血迹,不远处的灌木丛里有一把没子弹的手枪。我们已经开始全面排查,请你们暂时放心。"

经纪人吓得脸色煞白道:"手……手枪?"

姜邵一听手枪,额间青筋突突暴跳。他攥紧老虎的牵引绳,冲动地往外走,到门口却被老油叫住:"姜董,你干吗去?"

姜邵咬着牙,尽量克制不去想可能发生的后果,道:"她是我叫来的,她失踪我最应该负责。我带老虎去找她。"

时穆拉住姜邵道:"有警察在,你别冲动。"

姜邵甩开他的手道:"是我嘲笑她出门五六个保镖大题小做。如果不是我,她不会出事!老时,我这人是不是特烦?人家女明星出门带保镖不是很正常吗?我嘲笑她干吗?"他抽了自己一个耳刮,又道:"如果她真出什么事,就算把我下油锅

炸成肉干,也不能赎罪!"

时穆沉默片刻,松开他,道:"我陪你去。"

司茵也牵着AK上前,道:"我和AK也去。AK是搜救犬,寻找陆南的气味比老虎在行。"

老油也道:"你们都去,我老油不能在家等啊。我和小油也去,你们放心,小油虽然只有三条腿,但我保证,不会拖你们后腿。"

时穆去和警察沟通,警方安排人带他们一起上山。

他们在歹徒弃车的地方下车。

司茵松开AK牵引绳,拍拍它的脊背,贴着它耳朵说:"AK,今天靠你了,一定要找到陆南。"

AK工作欲望强烈,"汪汪"两声,信心十足。

所有人跟着三条犬在密林里展开了搜索。

五点半,开始刮风,加上刚下过露水,陆南遗留的气味越来越不明显,追踪的难度加大。

七点半左右。天边亮起一抹鱼肚白。

河边水流涓涓,风里夹带着湿气。陆南双脚被冻得麻木,身上却暖烘烘。好红趴在她身上,正吐着舌头舔她。见她醒来,在她脸上舔了舔。

陆南摸了摸它的狗头,艰难地站起身,打量四周,看见河边有一条路。

在石头上睡了几个小时,她浑身酸疼。稍微一动,骨头似要散架。她艰难地跳下石头,刚走没几步,对面的树林走出一个男人。陆南头皮一紧,脊背冒冷汗,转身便跑,却一个不慎摔倒。

男人走过来,什么开场白也没有,举起手中铁棍,重重落在陆南身上。

陆南疼得缩成一团,喉咙里发不出任何声音。

好红飞扑过去,却被男人一个铁棍甩开。这一棍正中好红头部,敲得它七荤八素,暂晕过去。

歹徒表情狰狞,瞪大眼睛看女孩道:"陆南,你的保镖不是很牛吗?怎么那么不堪一击?"

陆南疼得浑身颤抖,靠仅剩的意志力问他:"你……是谁……"

歹徒勾唇一笑,道:"还记得一年前,被你嘲笑的那个保镖吗?"

第八章

骨头仿佛正一点点碎掉,疼痛刺激她清醒。她恍然道:"是……你!恐吓信是你寄的?跟踪我的也是你?"

"没错。"歹徒蹲下身,用铁棍一下又一下敲击姑娘的腿,"跟了你这么久,难得找到机会。"

他每一次重击,陆南便疼得大叫一声。男人利用铁棍轻戳她的太阳穴道:"想知道脑袋炸掉是什么感觉吗?"

她捂着脑袋,泣不成声。

男人所有力度集中,攥紧铁棍,举起来,就要落下时,身后昏迷的狗子突然跳起来,再次含住男人的手,用尽全力将他扑倒。

好红咬住男人的肩颈,双眼充血,猩红凶恶。

它齿间是红色,是滚烫又恶心的鲜血。嘴下的男人终于不再挣扎,它放松警惕,慢慢松嘴。

它刚松口,装死的男人突然睁眼,随手抓住一块石头,猛地砸向它。

一下又一下,疯狂地重击好红的头部。

陆南躺在地上,无能为力,张嘴,口型是"不"。她内心的呼啸声几乎冲破胸腔,滚烫的眼泪模糊双眼,身体所有的疼痛都不及心脏处的钝痛。

她和好红相处时间不长,可她真的很喜欢它。

它很听话,是一只很温柔的狗子。

男人一脚将无力反抗的好红踢开,像踢开一只泄气的皮球。

他又拾起铁棍,朝陆南走过去。歹徒手中的铁棍再次扬起,突然又蹿出一只身姿矫健的马犬,咬住他的脖颈。

AK不给对方任何反抗机会,咬口重且深,眼神猩红,如战场屠夫。

司茵等人带着警察赶到。

司茵喝了一声:"AK!回来!"

收到主人的命令,AK才收回所有怒气,松了口。可它已经咬断了男人的脖子,男人的脖子不断冒血,翻着白眼抽搐。

陆南恍恍惚惚,被人抱起来。

她听见姜邵叫她的名字,听见司茵叫她的名字,听见好红的叫声……

好红头骨碎裂,倒在一堆乱石中,望着远处,目光逐渐涣散。

山间雾浓,有一抹红色冉冉而升,越积越浓,变成了一个咸蛋黄。一阵风将雾吹散,那个蛋黄红得刺眼,很漂亮。

这样的风景,它以前常陪奶奶看。

奶奶是个很喜欢自然风景的老姑娘,她没有安全感,所以养了它。

山间的白雾聚成一团,变成了奶奶的容颜。老姑娘满头银发,褶皱满脸,笑容却美丽得刺眼。

奶奶说:"你就叫好红吧,你看,日出的太阳多红?"

它爱奶奶,也爱她身上的味道。

AK为了司豪,可以守护司茵,守护这方土地的每一个人。

好红的心没那么大,不想去守护其他人,只想为了奶奶的味道,去守护这个姑娘。

它好累、好累。闭上眼的那一刻,它仿佛闻到一抹浓香,是真正属于奶奶的味道。

它终于明白,小油为什么喜欢老油,AK为什么深爱司豪。

狗子的心很小,小到一生只够爱一人。

宠物医院大厅被媒体记者围得水泄不通。

司茵和老油被记者堵在门口,记者一波又一波涌上来,纷乱的话筒不断往他们脸上杵。

为了避免AK和小油被踩,司茵和老油将狗子抱起来,扛在肩上。

一个瘦弱的老头,扛着一条健壮的成年黑背。

一个瘦小的女孩,扛着一条精干、体格却足够大的马犬。

AK和小油分别趴在司茵和老油肩上,居高临下地看四周密密麻麻的人,记者们不断拿话筒杵它们狗脸。

两狗对视一眼,满眼无奈,全程狗脸冷漠。

它们不会说话,拿话筒杵它们干吗?!AK不敢对记者们凶,怕吓到人被司茵揍,索性扬起头,学哈士奇"呜呜呜"地嚎起来。

小油也委屈,作为一只黑背,长得凶神恶煞,也不能随便对人叫。索性也学AK,仰着头"呜呜呜"嚎起来。两条狗的号叫声此起彼伏,宛如合唱。

第八章 好红犬

司茵呵斥一声:"闭嘴。"

两条狗同时闭嘴,将嘴筒子搁在主人头顶,一脸委屈。

记者采访司茵和老油:"听说是你们带犬从歹徒手里救下陆南,二位是否可以曝光一下营救行动的细节?据可靠消息,是你们的狗咬死了歹徒,这个消息可靠吗?属实吗?"

AK咬断了歹徒的脖颈,警察扣押歹徒下山时,失血过多而死。

歹徒曾应聘过陆南的保镖,但因为有精神病史,被陆南拒绝。陆南已经忘了当时对他说过什么,总之是些不太中听的话,刺激到他,才有了之后被绑的事。

司茵笑道:"抱歉,不能。"

老油笑得满脸褶子,道:"记者们,你们要拍照呢赶紧拍,想知道细节就去采访带队的警察,别跟我们较劲儿啊。我和丫头还得去医院看病狗,没工夫陪你们搁这儿耗费时间。求求你们放我们走,行吗?"

记者见他们要走,拉住老油问:"这位小姐是您孙女儿吗?你们是怎样训练出这么优秀的神犬呢?"

老油袖子被扯住,一脸不耐烦,避重就轻道:"对对对,我孙女。可以让我们走了不?"

司茵趁着老油被拉住的工夫,抱着AK使劲儿往人群外面拱,终于开辟出一条道。等上了楼,老油总算松一口气,说:"这群记者太疯狂了,这辈子没被这么堵过。"

可不是,太疯狂了。司茵也很无奈。

新闻是直播,西郊一所老小区的昏暗出租房内,一个男人吃着罐头,直勾勾盯着电视新闻,目光阴沉。

他看着老油那张脸,下意识地将罐头捏下一个凹陷。

有人敲门,他警惕地走到门口,消瘦的脸紧贴着铁门,嗓音嘶哑:"谁?"

门外传来年轻人的声音:"给你打过电话,莫东先生想给你看点东西。"

医院手术室外,陆南坐在轮椅上静等消息。姜邵靠在墙上,心情也很沉重。

老虎无精打采地趴在姜邵脚边,看见AK从电梯出来,立刻摇着尾巴跑过去,兴奋地与其打成一团。AK没有与它胡闹,无论老虎怎样挑逗,依然是冷静姿态。

AK在陆南跟前停下,用爪子去拍她的膝盖,以示安慰。这一爪子让陆南想起好

红,她压制了一下午的情绪,忽然就崩了,眼泪止不住地往外滚。

好红头骨碎裂,只剩一口气。昨天回到市里,浑身抽搐,由于伤势严重,不能马上进行手术,只能吊点滴消炎。

今天一早,时穆同院内其他医生开紧急会议,制订手术方案。

此刻,时穆正在里面替好红做手术。

他们在外面大概又等了一小时,时穆从手术室出来。

陆南推着轮椅过去,问他:"好红怎么样了?"

时穆摘掉口罩,摇头道:"我替它取出了脑内碎片,但是昨天下山过于颠簸,导致好红伤势加重。还有,它的求生意志很薄弱,我……尽力了。"

最怕的就是医生说"尽力了"。陆南捂着嘴,痛哭出声。

大家心情都很沉重,谁也说不出安慰陆南的话。时穆拍拍她的肩,道:"进去见它最后一面吧。"

陆南擦了擦眼泪,抬眼问时穆:"它还能活多久?"

"依它现在的情况,挺不过今晚。"时穆表示抱歉。

陆南没有进去,抓着姜邵的手腕说:"帮我一个忙。"

姜邵:"嗯?你说,上刀山下火海也给你办到。"

陆南说:"送我去蒋家,我想去蒋家取一张蒋楠女士的遗照,让好红看着蒋女士的遗照度过最后几个小时。"

"蒋奶奶的遗照?"姜邵疑惑,不知什么状况。

时穆将好红与蒋家的关系解释一遍。姜邵不可思议道:"原来好红是蒋奶奶养的那条牛头梗?陆南你放心,我跟蒋家沾点亲。蒋奶奶是我表弟奶奶,我打个电话,让他送张照片过来。"

司茵想起什么,插嘴问:"你说的这个表弟,是严科?"

"对,严科。"姜邵说着去掏电话。

司茵皱眉,她没想到同样养狗的严科会舍得遗弃奶奶的爱犬。

一个小时后,严科赶到,带着奶奶遗照气喘吁吁地冲进宠物病房。他看见司茵"哇"了一声:"小矮子你也在啊!"

姜邵一脚踹在他膝盖上,夺过他手里的东西,道:"没大没小,叫谁小矮子呢?"

严科莫名被踹,揉着膝盖委屈得不行:"哥你干吗啊,又欺负我。小矮子是同

学之间的爱称,又没有鄙视的意思,小矮子这称呼多可爱啊。"

他话音刚落,身后有人在他脑袋上敲了一下:"小流氓,我觉得你这称呼一点也不可爱。"

严科揉着脑袋转身,看见时穆,浑身肌肉绷紧,吓得一哆嗦:"时……时穆!"他下意识地看四周,没看见那只绿毛鹦鹉才松了口气。

AK仿佛也听懂他叫司茵小矮子,冲着他叫了两声。

"汪汪!"声音中气十足。

老虎也来助威。小油见老大和老大的公狗都冲着严科吠,也来帮忙。病房顿时被一片犬吠淹没。

悲催的严科被三条狗围攻,吓得往后连退几步,贴着墙,哭着求助:"司茵你救我!我以后再也不叫你小矮子。"

时穆走到三条犬前面,看看贴在墙上的严科,淡淡问:"那你是什么呢?"

严科欲哭无泪,道:"我是小流氓!小流氓!"

时穆这才作罢,指挥三条狗去门口蹲着。

陆南将蒋女士的照片放在好红视线正前方,然后去轻声叫它:"好红,好红?"

好红听见有人呼唤,痛苦地睁眼。它看见视线前方的奶奶,双眼顿时一亮。它喉咙里发出"咕隆咕隆"的声音,身体喘息的起伏也明显变大。

严科看着此时的好红,眼圈也微红,道:"奶奶养了它大概有一年,它也很重情义,奶奶走后,一直守在奶奶墓前,差点没命。"

陆南狠狠瞪了严科一眼。

司茵也朝他投去鄙视的目光,冷冷道:"严科,我没想到你是这种人。"

严科一脸蒙道:"我是哪种人啊?"

司茵冷哼一声:"我以为你很爱狗,没想到,你会和你的家人一样绝情。"

严科抱着头道:"我冤枉!"

见表弟被两位美女围攻,姜邵帮忙说话:"小司茵,真不能怪他。他奶奶有三个儿子,三个女儿,家族庞大,而且这条狗和他们一大家人抢家产,那些长辈如何处置狗,他这个小辈还真不能做主。"

"是啊。"严科噘嘴说,"当年还是我悄悄让弟弟送狗来医院的呢。如果不是我,我弟那小屁孩能把狗安全送到这里?你们今天能看见它?做梦呢吧。你不夸我

就算了,还说我绝情!我委屈死了。"

陆南趴在病床前,看着好红哭得脑仁疼。

晚上十点,好红身体的痛苦渐渐消失,感到一阵解脱。它仿佛回到了出生的那一刻,视线混沌。

一阵光明乍现后,它看见了奶奶。此时的奶奶,不再是日出云雾间的幻觉,是最真实的奶奶。

奶奶抱它在怀里。它能真切地感受她的体温,它捡回了失去很久的踏实感。

——再见了AK,再见了小油,再见了,陆南……

好红被葬在奶奶墓旁。

大概对它来说,这是最好的归宿。

第九章
老狐狸，我喜欢你

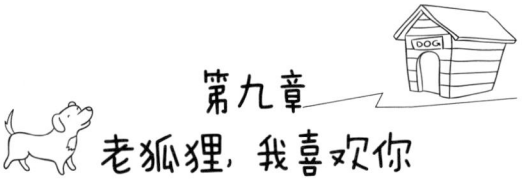

临近春节，陆南因为受伤，所有通告往后推，连春节联欢会也给拒了。

时穆替爷爷和司茵定了去海岛的行程。陆南是孤儿，打算跟着他们去凑个热闹，也定了飞海岛的机票。

姜邵干脆也不在家里过年了，跟着定了机票去陪陆南。出了那件事，他心怀愧疚，觉得对不起陆南，于是自告奋勇地给陆南当保镖。

司茵没出过远门，也没坐过飞机，登机后有点紧张。

前座的姜邵站起来，趴在椅靠背上问时穆："老时，你爷爷的飞机已经落地了吧？你跟他讲过小司茵的事儿吗？"

司茵好不容易克服第一次坐飞机的恐惧，听姜邵这么一说，心都提到嗓子眼。

"嗯。"时穆翻看杂志，"你不在家过年，跟我们跑什么？"

"我给南南当保镖，没假期的。"姜邵冲着陆南笑嘻嘻道，"南南，你说是吧？"

陆南哼一声道："我可没同意你当我的保镖，别自作多情。"

姜邵露出两颗小虎牙，笑得灿烂："别这么无情啊。我身手不错，长得又帅，还带着老虎。给你当保镖你多有面子？对吧？"

"对你个头啊。"陆南戴上耳机，不再理他。

两个半小时后，飞机抵达海岛国际机场。

Z市还是冬天，零下几度，得穿羽绒服。一下飞机温差巨大，众人不约而同地感受到一阵热浪。

所有人下飞机第一件事，是拖着行李箱去卫生间换衣服。

来海岛的前一天，时穆陪司茵买了很多适合在海滩上拍照穿的漂亮衣服。

她换了一条花色复杂的吊带短裙，露出一双玉白纤细的手臂和足够性感的小

锁骨，少女时尚感强烈。

时穆也换上了沙滩裤。

见惯了他西装革履一本正经，见他这么穿，大家还都有点不习惯。

从卫生间出来，陆南从行李箱里取出两条七彩辫，递给司茵一条，道："喏，这个扎头发里，待会儿去沙滩拍照上镜感更好。"

司茵从她手里接过七彩辫，对着镜子比画了半晌，也没能扎上。她是短发，确实不好倒腾。

陆南自己弄也不太方便，招手叫来姜邵。

姜邵是个神经大条，替陆南扎七彩辫，差点拽掉她的头皮，疼得女孩嗷嗷叫。

陆南抬脚踩在他脚背上，怒道："你要杀人灭口啊！"

姜邵无辜死了，说："人家没有给女孩扎过辫子嘛……"

司茵看着姜邵给陆南扎七彩辫，学步骤。她学得正仔细，手里的七彩辫却被时穆取走。男人摁住她的肩，带她转过身去，让她正对镜子。

时穆立在她身后，不知从哪儿变出一把小梳子，开始替她梳头，动作温柔。他双手并用替她整理发型，由于没有空手再去拿发梳，索性咬在嘴里。

司茵从镜子里直勾勾地盯着时穆，浑身皮肉紧绷，不敢动。

时穆的手指刮过她的头皮，阵阵酥痒，直入心间。男人用薄嘴含着那把发梳，很寻常的动作，却撩得她溃不成军。

她脑子里，忽然崩出陆南的话：喜欢他，就说啊。

看见时穆那么温柔地给小姑娘梳头，陆南嫉妒又羡慕，对姜邵恨铁不成钢，一脚踩在他脚背上，道："你看看人家怎么给姑娘梳头的？"

姜邵疼得嗷嗷叫，委屈道："他那是经常给狗梳，练出来的……"

司茵正浸在男人的温柔里，姜邵却将她的粉红泡泡全部击碎。

"你们知道老时平时怎么解压的吗？"姜邵一脸得意，嘿嘿笑，"你们都不知道吧？老时毕竟是整个公司的中枢大脑，平时压力特别大。老时解压的方式，就是替那些长毛犬梳毛。他给长毛犬编辫子的好手艺，可是全医院闻名。可惜老虎是个短毛狗，否则你们所看见的一定是扎小辫的老虎。"

时穆嘴里含着发梳，不能说话，瞥他的眼神冰得令人窒息。

司茵也被败了兴致，不再拿自己当个小姑娘，当自己真的是一条小狼狗。一只

第九章 老狐狸，我喜欢你

耳朵向后压褶如无耳海豹一样，乖乖巧巧享受梳头的小狼狗。

他们接了AK和老虎，从VIP通道出去迅速上车，以免被陆南的粉丝堵在机场。

到酒店已经下午六点，两个姑娘提出同睡一间房。

姜邵"嗤"一声，对两位姑娘表示鄙夷："两个大姑娘和一条狗住一间房，不会觉得很奇怪吗？"

陆南瞥他一眼道："两个姑娘说悄悄话，你懂吗？你也可以带着老虎去跟时院长开一间房，不用嫉妒地这么赤裸裸。"

姜邵想了一下带老虎和时穆共睡一床的情景，打了个寒战，吞口唾沫道："可怕……睡到半夜，我会被一人一狗踹下床吧？"

回房间放好行李，陆南拉着司茵去海滩拍照。

AK和司茵头一次来海边。

夕阳的余晖洒落海面，像璀璨的铂金片，金光闪闪。司茵光脚踩在沙滩上，一波浪冲过来，淹没脚背，海水里的余温舒适宜人。

AK小心翼翼地跟过去，一波浪冲过来，拍在它的双前爪上，吓得往后退了一步。

它以为海浪是什么怪物，龇牙，冲着浪花吠。

浪花褪去，它去追，自娱自乐。司茵也站在海边，仍由浪花拍打她的小腿，展开双臂，迎面吹风，眺望海平线上的夕阳。

又是新的一年，似乎压抑一整年的负面情绪，都被这一抹温暖的海风吹散。

时穆和姜邵也从酒店出来，打算吹会儿风，看看日落。

海滩边，司茵一头短发被吹得飞扬，裙角飘逸。侧颜映在夕阳余晖里，仿佛被镀了一层淡淡的光泽，像个小仙女。

姜邵正举着单反偷拍陆南小仙女，才拍没几张，某人用两根手指坦然地将相机勾走。时穆花了几秒时间研究，也偷拍了两张腻在夕阳里的小司茵。

姜邵气得抬脚，想去踩他脚背泄恨。时穆盯着相机屏幕，却完美闪避。

"老时！抢人相机，你还是人不是！"姜邵愤愤不平。

时穆挑眉，"咦"了一声："这玩意儿，难道不是我买的？"

姜邵道："哼哼！我拿出来的！"

时穆淡淡扫了他一眼，道："什么时候改属相为猪了？"

姜邵好想打死这个男人。

夕阳沉下，海天变成一片深蓝。

今天是大年三十，酒店已经替他们备好年夜饭。

为了热闹，时穆叫来姜邵和陆南，一起与他们团年。上菜到一半，木家的老爷子拄着拐杖，推门进来，身后跟着一名警卫，包间霎时安静。

木老来到桌前，大家一同起身。

老爷子对大家摆手，神色威严，道："大家不用客气，坐、坐，今天坐在这里，就都是一家人。"

几个年轻人又纷纷坐下。

木老已经九十五岁，身体依然硬朗，精神矍铄。

时穆回房取了一瓶好酒，交给服务员开瓶。他立在木老身后，扶着老人双肩，贴着他耳朵说了几句话，将老爷子哄得"哈哈"笑。

团年饭开始。

时穆举起酒杯，指着老爷子给大家介绍："这位，大家也都知道，木老爷，我爷爷。"他抬手从左手边，依次指过去，又跟木老介绍："爷爷，这是司茵、姜邵、陆南。"

木老点头，打量着司茵，言语和气："丫头，以后我们木家就是你的娘家，谁欺负你跟我们说，不要把爷爷当外人，好吗？"

话虽如此，可对方毕竟是个威严正派的老年人，司茵的心脏依然"怦怦"狂跳。她紧张得面颊发红，点头并向老人问好："爷爷好。"

"乖，以后有什么困难，打爷爷电话。时穆若在生活费上克扣你的，也告诉爷爷，知道吗？"木老真的拿司茵当成了自家领养的姑娘。

木老在司茵心里的反差，让她心窝发暖。

姜邵在饭桌上也不客气，嬉皮笑脸，一口一个爷爷，真跟亲孙子似的。晚餐进行到一半，大家聊得起兴，打开电视，一起看春晚。

今年央视春晚邀请了邹廷深、木眠夫妇。电视上这位影后木眠，是时穆的亲妹妹，木老的亲孙女。时穆和木眠，姓氏一个随妈妈，一个随爸爸。

时穆随妈妈姓。

木眠忙工作,没办法回来与他们团年。

电视屏幕里,"深眠夫妇"牵手唱了一首《阖家团圆》,性格刚毅的木老居然听得双眼冒泪光。

去年这个时候,司茵还同司豪一起看春晚,听《阖家团圆》。

而现在,去年那个陪她看春晚的人,已经去了很远的地方,留下她一人。AK感觉到司茵沉重的心情,它走过去,将嘴筒子搭在她大腿上,蹭蹭,一双亮晶晶的狗眼望着她,仿佛在说:你还有我啊,小司茵。

司茵摸摸它的狗头。她一抬眼,又与时穆的视线对上,瞬间像撞进一汪深潭里,平静得令人难以摸透。

时穆往她碗里夹菜,说:"多吃一点,今晚还得守岁。"

他对她的态度,总是拿捏得恰到好处。像长辈对小辈,像叔叔对小侄女。

然而这些都不是司茵想要的。她想要他对她存一丝坏心思,哪怕一点,一点点,就心满意足。

春晚开始放笑点尴尬的小品,大家失去了兴致。

姜邵负责活跃气氛,一脸崇拜问木老:"爷爷,您能不能讲讲,您以前当将军的威风?"

提起以前,老人家浑浊的目光突然发亮。他咳嗽两声,开始讲年轻时的战绩。

作为如今为数不多的开国将军,老人家讲得无非是之前那段艰苦的日子。他举起一只枯瘦的手,说:"我一共三次重伤。手被打穿,子弹穿过左腿,腹部至今还残留一块弹片。你们今日的安稳生活,是多少英豪的血与身躯换来的,你们这些年轻人,一定要珍惜啊。"

老爷子讲完,姜邵带头"啪啪啪"鼓掌,对老爷子的崇拜又上一层。木老年纪大了,不比年轻人精力旺,让警卫扶了自个儿回去休息。

老爷子一走,姜邵提议喝酒唱歌。

大家也都没反对。包间里有KTV室,却不比KTV有氛围。他们统共四个人,酒喝不起来,只能唱歌。

司茵点了一首《我要我们在一起》。

她看着时穆的方向唱:"你说、你说我们要不要在一起,柔情的日子里,生活的不费力气,傻傻看你,只要和你在一起……"

所有情绪刻进歌里,唱得投入。

她的情绪将AK感染,狗子在司茵面前站起来,"汪汪汪"地叫。

司茵把话筒递到AK嘴边,这狗子果然很配合,开始"呜呜嗷嗷"一阵乱嚎,一"曲"作罢,它还给大家表演恭喜。

大家忙着点歌,压根没人理它,AK失落地往司茵怀里拱。她搁下话筒,抱着它揉,安抚它受伤的小心灵。

时穆也拿起话筒,唱了一首《我们不能在一起》。

他认真盯着屏幕,专注投入:"我没有你想象的那么特殊,我无法改变谁的幸福。"

姜邵咬着酒杯边沿,拿胳膊肘去撞陆南,小声说:"欸,你看他们两个,像不像唱双簧?"

"不像双簧。"陆南抱着鸡尾酒,微微抿,"像对台戏。"

姜邵眼珠子轱辘一转,想到坏点子:"要不,我们当一把媒人?"

"嗯?"陆南看傻子一样看他,"你不是说要坚持追人家吗?怎么?突然想通,改行当红娘?"

姜邵素来脸皮厚,不要脸也不是第一回:"以前没做你的保镖,所以有那个精力。现在不一样了,我哪有那个精力?老一辈的人说得好,做人不能三心二意,你说是吧?"

"呵呵。"陆南斜睨他一眼,"你嘴这么油,至今还单身,不科学啊。"

"是吗?陆小姐是同情我吗?"姜邵搁下酒杯,捧着脸,冲她眨眼,"南南,您看我这么可爱,包养了呗?我给你倒贴钱。"

陆南表面冷淡,内心却似骄阳,故意吊他胃口:"看你表现。"

一句"看你表现"让姜邵欣喜不已,他又多喝了两杯酒。

十二点守岁结束,大家各自回房。

司茵带AK去楼下草坪方便,再上来时房间门虚掩着。她准备进去,手还没碰上门把,听见里面传来姜邵的流氓音。

"哎呀,南南你要相信我,脱了裤子我一定猛!给你七次不嫌多!"

司茵当下愣在门口,与AK两脸蒙,默默地拉上了门。她穿着睡衣,出来时甚至

没带手机和钱包。

于是……她要怎么办?总不能现在去敲门,打扰两人好事吧?司茵和AK在门口等了十分钟,一人一狗,相当悲剧。

她又蹲了半个小时,里面的人还不见出来,便捏着AK的嘴筒子,皱眉问:"睡个觉而已,需要这么久吗?"

AK将嘴筒子从她手里的禁锢抽出来,脸撇过去——没听见刚才姜大傻说什么吗?

AK见她孤苦可怜,起身跑进电梯,准备带她去时爸爸房间"睡觉"。

司茵追着AK进电梯,它接下来的行为让她叹为观止。

它居然……跳起来一爪子拍在6楼按键上。电梯很快到6楼,AK冲出去,在603号门口停住。

门铃固定在墙上,开关大小。AK纵身一跃,用鼻尖顶了一下。

里面铃声响成一串。

司茵心道一声完了,里面的主人一定会出来打死她好吗……她正想道歉措辞,门却从里面打开。

男人疑惑的声音从她头顶飘下来:"司茵?"时穆又上下扫视她,问道:"怎么穿成这样?"

司茵穿着小吊带睡衣、短裤,她的胸很丰盈,时穆的角度可以清楚看见小姑娘的沟壑。

她眨眨眼,下意识地将吊带往上一扯,简短陈述:"姜邵和陆南有事儿……要做,我不方便回去。"

这话说得她莫名羞耻,她的两只耳尖立刻红透。

时穆秒懂,打开门侧身,说:"进来坐一会儿,待会儿送你回去。"

"啊?"司茵脸更烫。

孤男寡女,共处一室,让她不由得想多了一点。兴许这样的夜晚,加上海岛的氛围,能和他发生点什么?

她点着头,小步走进去,AK摇着尾巴进了客厅。玄关灯光很暗,小姑娘定定站在原地。

等时穆关上门见她还愣在原地,用手去扶了一下她的肩,将她往里带,问道:

"怎么还站着?进去吧。"

男人的手在她肩上搭了一下,致使她浑身滚烫,血液沸腾。她骨子里镌刻着一股热血,随时会被引爆。

她是个姑娘,却如男人胆大。

司茵僵愣转身,面对着时穆,抬头用渴求的眼神望他。

时穆意识到什么,心道一声不好。他没来得及开口,小姑娘已经用手捧住他的脸,跳起来,在他嘴上亲了一下。

这一下,让时穆始料未及。

她够主动了吗?司茵觉得自己今儿牛爆了。她正扬扬得意,客厅里传来老人的咳嗽声。

"哗啦"恍如一盆冷水,从头顶泼下。

司茵一转身,看见挂着拐杖,立在玄关尽头的木老。老爷子怎么在这里?他……都看见了?

司茵愣在当场,心翻如浪。有句粗狂的话憋在胸腔,不知当讲不讲……

司茵埋下头,很低。下巴尖抵着锁骨,攥着睡裙,指尖几乎将柔软的布料揉碎。

一向淡定的时穆也不知该如何处置当下情况。AK摇着尾巴过来,拿尾巴甩了甩老爷子的膝盖。

老年人脸上看不出过多表情,他挂着拐杖走向门口。经过司茵时,姑娘低着头主动侧身,给他让道。

木老在时穆面前停下,拐杖重重一杵地,嗓音很低:"时穆,你跟我出来。"

老人家顺手从衣柜里扯下一块浴巾,转身递给司茵。她颤颤巍巍从老爷子手里接过浴巾裹上,更羞愧了。

她压根不敢抬眼去看老爷子,窘迫得无地自容,想挖个坑把自己埋起来。

等时穆和木老出了房间,司茵"啊啊啊啊"一阵狂嚎,捂着脸走进客厅,往沙发上一躺,很有冲动从六楼跳下去。

这辈子从未体会过这种尴尬。她以后……还能直视木爷爷吗?

恐怕……不能了。AK不懂她的尴尬,走过来拿头顶了顶她的膝盖,以示安慰。

她躺在沙发上看AK,狗子歪着头与她对视,很萌。可即便狗子对她卖萌,也平

息不了她内心狂风呼啸般的尴尬。

木爷爷会觉得她是个坏女孩吗?

会的,一定会。想到此,她想抹脖子的心更加强烈。

时穆送老爷子回房后,木老在沙发上坐下,双手搭在拐杖龙头上,神色肃穆,声音也沉:"跪下。"

时穆不敢违抗,双膝跪地。

老爷子用拐杖一点跟前的地面,道:"跪过来。"

时穆移动,去木老跟前跪下。

"爷爷从小教你的,为人,最重要的是什么,你还记得吗?"木老问他。

时穆点头,神色凝重,回答说:"情义。"

"小司茵今年多少岁?"

"19岁。"

木老抬起拐杖,重重落下,打在他背上,疼得他闷哼一声。

木老已经这个年龄,遇到什么事,心态尽量平和,不易动怒。但该给小辈吃的棍子,还是得让他吃下去。

他语气平稳:"她年龄小,不懂事,你还不懂吗?她这个年龄,思想叛逆,分不清感情,难道你也分不清吗?你作为她的监护人,又是如何引导的?你非但没有正确引导,反而任其发展,还去教坏人家小姑娘。你对得起死去的兄弟?"

时穆的心思被木老戳破,无地自容,心情更加沉重。

明知不可为,却执意要为。明知小姑娘对他有意思,却又控制不住,以沉默去引导她肆意妄为。他不是个合格的监护人,也对不起司豪。

木老一棍又落下,道:"她还年轻,要走的路还长,你可以充当引导她走向正道的角色,但万不能去默许她这种不正确的情感走向。你可还记得,你的小凌叔叔?"

他点头,表示记得。这位小凌叔叔,不顾家人反对,娶了一个小他十二岁的女孩。女孩以为叔叔是真爱,可婚后经历渐多,逐渐成熟的她发现自己见过的世界还很少,还年轻,不该被男人束缚捆绑。

女孩闹离婚,这位叔叔因为爱得深,至死不愿意,自杀了结了生命。十岁的年龄

跨度不算大,可问题就在于司茵还是学生。她见过的世界太小,也压根不知道,比他更合适、更好的男人还有很多。

得到过,又失去,那种感觉太痛苦。

他们木家上两代男人,仿佛都把情看得比命重。有了前车之鉴,时穆对司茵的感情才一再压制。就连木老也认为司茵是小孩脾性,而她今日的举动,是因为分不清感情所致。

时穆是个男人,阅历又比司茵丰富,他应该比司茵顾虑更多,这样才算对她负责。

他考虑的事情太多太多,倒不如司茵的一腔孤勇。

老爷子虽然年龄已高,但下手依然够力道,即便他身板结实,受了这几棍也很吃力。时穆浑身肌肉绷紧,疼得冒冷汗。

木老问他:"知错了吗?"

他点头说:"知道了。"

木老语重心长道:"我活到这个岁数,其实不该去干涉你们年轻人的感情。但你要知道的是,活在这个世上,唯情义不可破。作为木家的子孙,你万不可做有悖情义的事。"

时穆道:"孙儿知道了。"

木老这才满意点头,道:"嗯,回去休息吧。你跟那丫头好好聊聊,摆正自己的位置,待会儿送她回去。"

"嗯。"

从老爷子房间出来,时穆没有直接回房,去了楼下抽烟。

他回去时,司茵已经蜷缩在沙发上睡熟。

AK见他进来,准备叫醒司茵。他食指放在唇边,冲狗子做了一个"嘘"的动作。时穆去房间取了一床薄被,给司茵盖上。拿着手机和姜邵房间的备用卡,出了门。

姜邵这畜生,彻夜未归。今晚他和小司茵的所有尴尬,都来自这个罪魁祸首。

第二天一早,时穆带老虎下楼散步,碰见司茵。

小姑娘看见他,转身就走,随后又带着AK折回,来到他跟前埋着头小声问:"昨晚,爷爷跟你说什么了?"

"跟我谈点事,没什么。"为了不给她压力,时穆说,"老爷子没看见。"

第九章 老狐狸，我喜欢你

"啊？没看见？"司茵觉得不可思议，跟着又松了一口气。

时穆神色凝重，对她说："司茵，昨晚那件事，我当没发生过，再也不许有第二次。你要清楚，我是你的监护人，你不该对我有别的感情。"

"为什么不该？"男人语气虽然没有苛责的意思，但她听在心里却很难受。

时穆说："你不是我喜欢的类型。"

司茵满眼坚定，摇头说："没关系，我会努力做一个你喜欢的姑娘。"

时穆问她："你是小狼犬，我是狐狸，两种不同的动物怎么可能在一起呢？司茵，不许再有下次。这是我第一次，也是最后一次警告。"

"如果我不听呢？"司茵红着眼问。

时穆语气平稳道："我对你的忍耐度虽然很大，但始终有个度，不是无限的，我希望你不要再触碰我的底线，好吗？"

好吗？不好。司茵眼眶里热泪氤氲，随时都要滚出来。

酒店的早餐是自助取餐，各色菜品都有。司茵捡了餐，挨着陆南坐下，心事都写在脸上。

陆南问她："昨晚你去哪儿睡的？"

司茵没有回答，看得出她心情不太好。

"你这样子，八成是没吃到狐狸肉吧？"陆南见她没回应，叹气，看向坐在落地窗前的时穆，"时院长这么正人君子？性取向不会有问题吧？"

司茵被一口粥呛住，替男人辩白："他昨晚不在。"

"哦——"陆南将尾音拖得老长，"那也挺正人君子，不像某人，拿做媒婆当幌子，搁我这儿不要脸，当了一晚的禽兽。"

所以……她是被"套路"了？司茵狂汗。由于昨晚的事，司茵压根不敢正面与老爷子接触。虽说木老没看见，但她依然做贼心虚。

即便是冬天，海岛的温度也在25度左右。脚踩在沙滩上，金沙是温的，海水也是温的。

AK和老虎去追浪花。姜邵提议在海里打排球，四个人相对而站。

司茵和陆南一组，姜邵与时穆一组。

由于小腿没在海水里，阻力变大，比起沙滩排球难度更大。陆南扭过头对司茵

说:"小司茵,我们加油,争取打得两个男人怀疑人生!"

司茵在海里松动筋骨热身,道:"单人排球,我没输过。"

"海口夸下,你可别输啊。"陆南用手腕垫了垫排球,抛向空中用力打出去。

姜邵稳稳接住,反打回去,排球直冲司茵而去。

本以为司茵个儿小好欺负,没想到这小矮个即便在水里也活动自如,跳起来轻松接住排球,猛地朝时穆拍去。这一重拍,夹带着她所有的怒气。

这记球过于重,导致时穆失守。

姜邵气得腮帮鼓成胖胖鱼,道:"老时!你故意放水是吧?!"

"你跟我认识这么久,难道不知道我不会排球?"时穆扫他一眼,"我以为你有这个心理准备。"

姜邵还真没这个心理准备,抬脚想踹他,道:"去捡球!输了你今晚请吃法餐。"

时穆转身去捡球,越往里走,水越深。水淹到胸部,他总算抓到那只浮在海面的排球。他往回走时,有尖锐的东西扎进脚心,疼得他小腿一抽。

男人整副身体,不可抑制地朝后栽倒。

司茵正和陆南说话。姜邵也双手叉腰,对着陆南放电。谁也没注意到时穆坠海。最先注意到时穆不对劲儿的,是AK。

它正和老虎玩儿捡球,看见时穆扑腾,瞬间丢了嘴里的球,朝时穆游过去。老虎也飞奔过去,一路"汪汪"叫,吸引人注意。

海面已经看不见时穆的人头,司茵反应过来,朝时穆捡球的方向飞奔而去。

一波浪冲来,时穆被冲至深海区。

姜邵意识到事态严重,大叫一声:"老时不会游泳!"

司茵一颗心都要从嗓子眼里蹦出来,没有多想,一头扎进深海里,在水下寻找时穆的身影。她的视线模糊不清,辨不清方向,又将头露出海面,对AK和老虎下指令:"AK!老虎!Seek!"

收到指令,两条犬开始对溺水者进行追踪。司茵又扎进海里,跟着AK和老虎一路加速往前游,终于看见时穆。

她开始往下潜水,抱住男人的身体,带着他往上浮。由于缺氧,司茵体力不支,向下坠了一小截。

第九章 老狐狸,我喜欢你

AK和老虎也一头扎进海里,潜水过来,将两人往上顶。司茵终于浮出水面,大喘一口气,带着时穆往回游。

老虎毕竟不是专业搜救犬,潜水能力比AK差,呛了几口海水,差点溺死。AK咬住他的后颈,带着它努力往上游,浮出了水面。

司茵带着时穆,AK叼着老虎。

因为陆南的身份不便去公共海滩,姜邵便租了这片私人海滩。所以这周围没有其他人,连工作人员也被清走。陆南去找工作人员求救,姜邵下水帮忙,将男人和公狗拖回了沙滩。

时穆已经昏迷,姜邵去按压时穆的肚子,让男人吐出喝进肚子里的海水。

老虎四脚朝天躺在沙滩上。AK有样学样,在老虎肚皮上踩了踩,让老虎吐出多余的海水。老虎"哼哼唧唧"跟AK撒娇。AK去舔了舔它身上的湿毛,疼崽子似的爱护。

"不行啊,得人工呼吸。"姜邵皱眉,捏住时穆的鼻子,俯身,"下……下不去嘴。"

司茵将他推开,开始给时穆做人工呼吸和心肺复苏。

她能感觉到自己双手在颤,水顺着脸颊往下流淌,连她自己也不清楚,到底是眼泪还是海水。她默默祈祷:不要有事,不要有事……

她心里乱成一团,却依然有条不紊地给他做人工呼吸和心肺复苏。

"咳……"时穆醒转,呕出一口海水。

他睁开眼看司茵,手撑着沙滩,坐起来。姜邵搭手去扶。

司茵抱住他,很快又松开,捧住他的脸,开始亲他,咬他的唇,使劲儿咬。

男人疼得闷哼。

司茵咬了他一会儿,才恋恋不舍松开,揉着红肿的眼睛说:"时穆,你刚才真的吓到我了。"

"没事了。"时穆想去揉她的头安慰,却又无力抬手。他又咳了两声。嗓子火辣辣地疼,身体很不舒服。

小姑娘又圈住他的脖颈,下巴搁在他肩上,用几乎撒娇的口吻说:"时穆,我喜欢你。"

她顿了一下,又说:"刚才拖你上岸时,我在想,如果你没了,我会真的活不

下去。"

司茵嘴唇几乎贴着男人的脸,道:"时穆,我不要你做我监护人,你做我男朋友好不好?我想正大光明地亲你,想正大光明地说喜欢你,想正大光明地看你睡觉。"

姜邵目瞪口呆。

等等……角色不对吧?英雄救美的戏码,不是这么演的啊。

姜邵惊呆。小司茵简直是"老司机"!看不出来小司茵小小年纪,飙起车来毫不含糊。

司茵捧着男人的脸,僵持半晌问:"时穆,我想知道你到底怎么想?"

"咳……"时穆肺部呛疼,低头一阵咳嗽。司茵用手轻拍他的背,替他顺气。

陆南带着救援人员赶过来,丝毫不敢耽搁,将时穆抬走。

姜邵向前跨一步,与她并肩而站。他望着时穆被抬走的方向,啧啧感概道:"老时不是这么绝情吧?居然敢忘恩负义拒绝你?童话故事里的以身相许果然都是骗人的。"

司茵表白遭遇这种沉默拒绝,大受打击,挫败感很强烈。

她对时穆说出那番话,几乎耗干了浑身所有勇气。可对方呢?甚至没有回应。挫败感和愤怒在心头交织,心脏绞疼难耐。

她立在原地,指尖有点麻,略微发颤。

她抿着唇,将话说得很没底气:"没有,他没回应,我还有希望,不是吗?"

姜邵将胳膊压在她肩上,一脸同情道:"小司茵,有自信是好的,但人不能盲目自信。我建议你去问清楚,他到底怎么想。如果老狐狸真对你没那心思,就算了,哥们儿给你介绍一个比他好十倍二十倍的。你觉得怎么样?"

她一扭肩,将姜邵的胳膊抖下去。司茵回瞪他一眼,凶横横的语气道:"在我这里,没有比老狐狸更好的人。"

"哟!"姜邵斜眼看她,调侃,"以后结了婚,你敢把这话说给老公听吗?我姜邵狠话搁这儿,如果你真敢,我头砍了给老虎和AK当球玩儿。"

司茵懒得搭理他,去追救援车往医院赶。

四十分钟后,海岛军区医院302病房。

时穆躺在病床上输液。司茵一直等到老爷子回了酒店才蹭进病房,她一进来,陆南和姜邵识趣儿地出去守门,给两人留下独处空间。

司茵挨着床沿坐下,低头去扯时穆的衣服,撒娇的语气:"老狐狸。"

"司茵,我的回答依然和早上一样,不会因为今天的事有任何改变。"时穆语气严肃,目光也凌厉,"司茵,你救了我,我很感激,我会努力做好一个监护人。你还是个小姑娘,不该搁我这儿浪费时间,你该好好享受现有的青春。"

司茵与他相对而坐,心里打着战,压根不敢抬头。

一听男人这么说,她体内的火药顿时被点燃,大着胆子与他犟嘴:"时穆,你说话能不能不要代替我的立场?我们之间的年龄跨度是有点距离,但如今社会,这也不算什么稀奇事儿吧?十岁的年龄差很过分吗?还有,我喜欢你,不是浪费青春。如果青春年华连好好喜欢一个人的勇气都没有,那才是真的浪费青春!"

她收回攥他衣服的手,对他已经很失望。

女孩就是这么奇怪。她可以因为生活小细节,喜欢你到奋不顾身。也可以因为你的一句话,彻底失望,亲手把对你的喜欢撕碎。

司茵很心痛,红着眼,却依然条理清晰地陈述:"老狐狸,我喜欢你,从初中就开始喜欢你,这点我不否认。我的少女心奉献给了你,我的一腔孤勇也是因为你。你可以拒绝我的喜欢,但你不能揣测我的行为有无意义。如果连喜欢你这件事都不算有意义,那我还真不知道在人生长河里,还有什么事才算有意义。"

"司茵,你还小。"时穆抬眼看她,语气软了几分,"我不能陪着你胡闹。"

司茵咬着唇,嗓音喑哑:"时穆,你是认真的吗?我已经是成年人,你觉得我还小吗?那在你眼里怎样才算一个成年人?"

时穆语气很平静道:"司茵,我说过,我对你的容忍不是没限度,因为司豪,这个度才稍微大了些。我希望你能调整好情绪,正视这段不正确的感情走向。"

司茵愤怒得浑身颤抖,道:"你是因为司豪的关系,才肯对我容忍?"

她的语气不受控,语调高昂,眼泪忽然滚落。

时穆不敢再抬眼看小姑娘,她哭的样子让人心疼。可他始终过不去心里的坎儿,始终觉得对她心软,答应她的要求才是害了她。

现实不是童话。她年轻漂亮,又聪明,值得更好的男人。

司茵抬起手背,狠狠擦了一把眼泪,终于不再与他辩论,转身离开了病房。

看着小姑娘离去的背影,时穆积压的情绪一瞬迸发,胸口闷疼得令他窒息。

他忽然,有点后悔了。

他耳边又响起小姑娘那句话——我喜欢你,不是浪费青春。如果连喜欢你这件事都不算有意义,那我还真不知道在人生长河里,还有什么事才算有意义。

老狐狸的心软得一塌糊涂。双眼像进了灰,有点模糊。

有时候过于理智,才是最大的痛苦。

晚上九点,时穆回到酒店,没一会儿姜邵将他房门敲得"砰砰"响。

他拉开门,门外的姜邵扶在门框上,气喘吁吁道:"老时,司茵带着AK回Z市了。"

时穆神色一敛,没有说话。

姜邵大着胆子,替司茵在他膝盖踹了一脚,道:"老狐狸,我都看不起你!小司茵已经那么勇敢跟你表白了,你居然拒绝?你是几个意思?不喜欢干吗对她的占有欲望那么强烈?你是不是有病?"

"我对她占有欲很强?"

"呵呵,别不承认,老禽兽。"

姜邵靠在门框上,斜眼鄙视他道:"我真不知道你脑子里想什么,人家小姑娘都不嫌你老,你还嫌她小吗?老时,你脑袋里到底装的是水还是草?居然这么不解风情?"

时穆由他说,进房间收拾行李。

老虎去帮忙,替时穆将鞋子、大衣叼进行李箱。

姜邵跟进去,靠在卧室门框上看时穆收拾行李,说:"哟哟,我就知道你舍不得小司茵。她一走,你就跟着走了啊?"

时穆将衣物叠整齐,嗓音很淡:"她一个人回Z市,我能放心?你别忘了,莫东对AK还虎视眈眈。"

"借口,人家莫东老禽兽也要回家过年的好吗,哪儿有空陪我们耗?"姜邵抱着胳膊,调侃说,"老时,你就是口嫌体正直,嘴上说着不要,身体却很诚实嘛。依我说,做人轻松点,今朝有酒今朝醉,你总顾虑那么多,活得多累?你看我跟陆南,

第九章 老狐狸，我喜欢你

在一起就在一起了，哪讲究那么多条条框框。"

时穆单手拎着行李箱下了电梯，另一只手握着电话，定了回程机票。

另一边，司茵的飞机已经落地。

在Z市与她相熟的人都和家人过年去了。司茵没有回时穆的别墅，而是带着AK去了医院宿舍。

医院过年放三天。今天是初一，除了保安，没有其他工作人员。

司茵拎着行李箱，带着AK回到宿舍。巡逻的保安看见她，疑惑："小司茵，你怎么回来了？不跟家人过年啊？"

"哦，已经跟家里人团过年了。年后我和AK有场比赛，我们得抓紧练习。年轻人嘛，哪儿有那么多假期。"

保安小哥过来替她拿行李，主动帮她搬回宿舍。

临走时，保安小哥拜托她帮个忙："对了司茵，咱们犬舍不是有只三条腿小泰迪吗？肖护士休假前，说它心情不太好，要我帮忙照顾，每天早晚带它出去遛遛。我明天休假，接班的同志也不一定能照顾好，你顺便帮忙照顾几天，可以吗？"

"悠悠？当然可以。"

悠悠是被孟茜遗弃的残疾犬，是她祈求时穆留在医院的小泰迪。

司茵说："它现在在哪儿？我待会儿出去遛AK，顺便带着它一起。"

保安小哥说："保安室。"

司茵点头："好，待会儿我带AK下楼，顺便去接它。"

"好嘞。谢谢你了司茵。"

"不谢。"

保安小哥走后，司茵去洗了个澡，迅速换了一身迷彩运动套装带AK下楼。

她经过保安室，去接泰迪悠悠。

悠悠看见司茵，迈着三条小短腿飞快地奔过来，在她脚边跳高高，要司茵抱抱。

司茵抱起小可怜，拿下巴尖儿蹭蹭它的头顶，道："小可爱，最近过得怎么样？"

小泰迪兴奋地去舔司茵手背，表示很开心。

AK仰着脑袋看司茵，吃醋，很吃醋，"汪！汪汪——"

司茵垂眼看AK，将小不点悠悠放在它背上。小泰迪小心翼翼地趴在AK背上，体格彪悍的AK像背了一个小书包。

司茵被这副情景逗得乐不可支，果然心情再糟糕，看看这些狗子也能很开心。

司茵给AK套上牵引绳，带着它和悠悠去外面散步。

由于过年，平时热闹的街道人少得可怜。大概这个点儿，人们都忙着走亲戚。她带着两条狗走了一段路，总觉得身后有人跟踪，不太舒服。

她回头去看，看见不远处的路灯下有一个男人，站在垃圾桶旁点烟，火星忽明忽暗，夹带着一丝诡异。

司茵等红绿灯，那男人赶上来，与她并肩。

她小心侧过头，打量男人。

这个男人身高大约在一米九，身材壮实，脸却如刀削一般清瘦，它的右脸有一道很明显的伤疤。

男人冷淡的眼神瞥过来，与她对视。

司茵吓得一哆嗦。这人的眼神像块冰，寒气逼得人透心凉。即使光线很暗，也抑制不住男人身上的戾气。

红灯灭，绿灯亮。司茵赶紧牵着AK过斑马线，悠悠却没跟上来。

这个路口斑马线长，她转身想回去接悠悠时，又变成了红灯。

马路对面。悠悠单腿站立，向刀疤男做恭喜的动作——恭喜发财。

悠悠只有三条腿，站立时只用一条腿，这个动作于它来说，难度很高。维持了几秒，小身体又很快栽下去。

男人为之一怔，蹲下身，近距离打量小不点儿。

马路对面的司茵一颗心揪着，快吓死。她觉得男人要伸手过去掐死悠悠。不怪她有这种想法，那男人眼神里露出的都是腾腾杀气，仿佛天生的刽子手。

男人的手伸过去，掌心朝下，停留在半空。他的手很大，仿佛一只手就能将小不点悠悠托在掌心。

悠悠在他的掌心下，只觉得男人的手像芭蕉叶那么大，像小主人常玩的芭蕉叶。

悠悠跳起来，去舔男人向下的手心。

第九章 老狐狸，我喜欢你

小狗的舌头有点糙，但男人常年在监狱做苦活儿，手更糙。

他的掌心被小狗舔得痒酥酥，有点不太舒服。见小狗舔得欢，怕败坏它的兴致，也没将手收回。他故意冷着脸，皱眉，凶巴巴："走开，小蠢狗。"

悠悠愣了一下，仰着脑袋望他。

男人被小狗可怜的眼神看得心坎发软，大手裹住它的小脑袋，轻轻揉，"你叫什么名字？"

男人凶巴巴的那一声吼，连斑马线对面的司茵都听见了。

她怕悠悠有个好歹，吓得直接闯红灯，牵着AK跑过去，将悠悠一把抱起来，护在怀里。

AK护在司茵跟前，龇牙望着男人，随时要发起攻击。

男人收了脸上笑容，皱眉，冷冰冰看她："小姑娘。这么晚在外面走，不怕出事吗？"

晃眼间，司茵看见他腰后别着一支皮囊。直觉告诉她，应该是匕首之类的……利刃。

第十章 冷面杀手和甜心悠悠

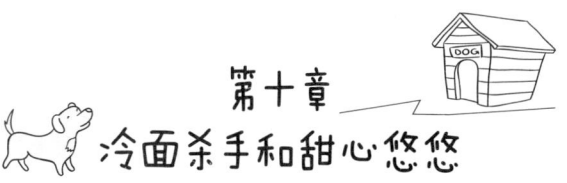

司茵神经一绷,抱着悠悠往后一退。

AK立刻弓起背,尾巴高竖宛如铁棍,冲着男人龇牙咧嘴,宛如最凶猛的恶兽。

男人丝毫不为所动,只是垂眼,轻扫了AK一眼,看笑话似的将唇角一勾。他调侃道:"小姑娘,你以为我是被吓大的?"

大过年的深夜,对方身上又带着一把利刃,不像是好人。司茵正胡思乱想,男人已经过马路离开。

她望着男人离去的背影松了口气,也不敢在外多做停留,带着两条狗几乎跑回医院。

回到宿舍,司茵点开微信,想跟群里三个人说一下刚才的事儿。看见时穆的头像时犹豫,最终只给老油一人发了消息。

老油给她回了个电话,问平安:"丫头,那人长什么样?有没有报警?你现在安全了吗?"

司茵握着电话去厨房倒了杯开水,喝口水压惊,道:"嗯,安全了。没有报警,闹出误会也不好。"

老油松一口气,嘱咐说:"安全就好,记得将门反锁,晚上让AK睡门口守着,知道吗?"

"嗯,知道了。"

老油疑惑道:"你怎么一个人在医院?不是跟时院长一起回家过年了吗?"

对老油她也没什么好隐瞒,把今天在海岛发生的事简单叙述了一遍。

老油听了也是一腔窝火,说:"小司茵,听我的,他时穆算个什么东西?等过完年,老油给你介绍一个特警哥哥,肌肉胜过彭于晏。"

"老油你还知道彭于晏呢。"司茵握着手机叹气,"那你给介绍的特警哥哥会

第十章 冷面杀手和甜心悠悠

嫌弃我小吗?"

"反正没时穆那小子浑蛋。"

司茵笑得眉眼一弯道:"那好啊,等我们参加完比赛,老油你给我介绍特警哥哥。肌肉多过彭于晏那种。"

老油电话里笑道:"好丫头,这样的心态就对了,别在一棵树上吊死。"

"嗯。"

挂断电话,司茵去训犬论坛逛赛事贴。

中国护卫犬比赛将在3月23日于首都举行,比赛已经开始提前预热,参赛犬的照片已经被贴上网,下面已经有人开始下赌注。

这次的比赛,犬只年龄必须在15个月以下,超过15个月不能参与。这次大家最看好的是一条叫暴龙的马犬,13个月,带暴龙参赛的是起东俱乐部的训犬师。

除了这条叫暴龙的犬,其他参与的犬几乎都没有参与过此类比赛。

这场比赛冠军奖金百万,而私下赌注已经超过五百万。这次比赛的大多训犬师已经被起东俱乐部操控,而司茵和AK是个绝对的威胁,如果司茵和AK夺冠,他们损失将超过五百万。

司茵和AK为了这场比赛,准备已经足够充分。作为一名训犬师,她依然没有招募到合适的靶手。

司茵和往常一样,上贴吧,招募靶手。

这一次她在"可以向国际知名训犬师学习"的条件后,加了一则"年薪四万,比赛奖金分红面谈"。

有了年薪和比赛奖金分红,果然有很多人来咨询。

来咨询的有不学无术的小混混,甚至有一些分不清马犬与德牧的爱狗人士。

司茵筛选"简历"到凌晨。大约一点钟,有一个叫"老刀"的男人加她微信。司茵通过,对方发来一条信息:"面试。"

隔着屏幕都能感觉到对方的强势。

司茵发了一个微笑表情:"你好。要求你看了吗?要求懂犬哦。"

老刀:"没问题。"

司茵分别发了一张马犬与德牧的照片给他,让他辨认这两条犬分别是什么品种。

老刀几乎没有犹豫:"马犬、德牧。"

司茵又出了一些关于犬的简单题目,对方对答如流。

老刀:"我训过一条罗威纳。"

司茵问:"有视频吗?"

老刀:"没有。十年前的狗,老死了。"

司茵握着手机思虑几秒,然后问:"这样吧,明天早上你来美森医院找我,我们当面谈,OK?"

"好。"

司茵把电话发过去:"这是我电话,你存一下。"

她折腾到半夜,终于有个貌似靠谱的找上门,果然有钱无所不能。

她动用了司豪留下的钱,作为创业启动资金。

她打算在今年建立训犬基地。没毕业前,这个基地主要为AK服务,靠AK拿比赛的奖金支撑开支。毕业后,她会开始发展接外训犬,所以靶手必须在今年内找到。

另一边,老旧的出租房内,白墙斑驳,上面贴着老油和司茵的照片。老刀关掉手机,顺手从床头摸了一只飞镖,直直投过去,戳中老油眉心。又摸出一只飞镖,正中司茵眼珠。

多漂亮的一双眼珠子,挖了真是可惜。

老刀面部微动,脸上的刀疤由直变曲,很狰狞。这道疤刻在他的面部,非但不丑,反有一种英武的男人味儿。

深更半夜,他又接了一个电话。

那边的人问他:"怎么样?搞定了吗?"

"差一点。"他点燃一支烟,半眯着眼,坐在床头吸。

电话里的人说:"必须在3月23日之前搞定,不能让那条犬参加比赛。我不管你用什么方法,都尽快把这事儿给我们搞定。你放心,我们答应给你钱,一分不会少。"

老刀吐出一口烟,道:"挖小姑娘眼珠,有点狠。"

男人说:"你别忘了她是谁的孙女儿,老油的孙女。你要报仇,从他亲人身上下手最痛快。你忘了这十年你是怎么过来的?你原本被保送首都大学,应该拥有不一

第十章 冷面杀手和甜心悠悠

样的人生,却被那个老头一手断送。你就不想毁了他的幸福?"

老刀眉眼一沉道:"挖小姑娘眼珠,送给时穆。呵,你们这是为我报仇,还是利用我达到自己的目的?"

男人说:"你能报仇,也能拿到我们的钱,有什么问题?"

老刀掐灭烟头,"事后,五百万,一分不能少。"

"OK,没问题。"

凌晨五点,时穆的飞机落地,回到医院。

时穆经过保安室,保安小哥叫住他:"时院长,你怎么回来了?"

"有点工作,提前回来。"时穆脸色不太好,门口的寒风一吹,咳嗽一阵,他拖着行李箱往里走几步,又退回来,问保安,"司茵回来了吗?"

"回了。"保安小哥不知道他为什么问这个。

时穆抬腕看了眼时间,快五点半,司茵每天早晨六点半会准时下楼遛狗。

他将行李箱推进保安室,道:"行李先放一下,我出去买点早餐。"

保安小哥帮时穆放行李,正想提醒他今天外面没有早餐摊,话还没出口,男人已经消失得没影儿。

时穆开车在附近街道转了一圈,没有一家早餐店开门。他又开去广场附近的一家麦当劳,买了两份早餐,仔细打包好,带了回去。

四十分钟后,时穆带着两份粥回到医院。

下车前,他想起过年还没给小姑娘发红包,从车里找了两个红包,数了几张红票子塞进去,封好。

他将两份早餐和红包一起交给保安,并嘱咐说:"新年快乐,你和司茵各自一份儿。"

保安小哥感动得无以复加,道:"时院长,大清早的怎么好意思让您给买早餐?还有这红包……过年之前不都发了红包吗?怎么又发?您看您,搞得我特别不好意思。"

嘴上说着不好意思,却将红包塞进了兜里。

时穆喉咙有点不太舒服,咳嗽一阵,笑道:"今天换班后早点回家过年。"

"好嘞。时院长也新年快乐!我祝愿你在新的一年心想事成!"保安小哥冲他

拱了拱手。

时穆先去宠物寄养区，将大脸猫和鹦鹉接回办公室。

回到办公室，洗完澡疲惫感一冲而上，带着一头湿漉漉的头发便上了床，几秒入睡。

大脸猫也跳上床，钻进他被窝里蜷成一团，时不时拿猫尾巴扫他的脸。

时穆做了一个梦。梦见几年前的一个午后，他为小姑娘辅导作业却趴在桌上睡着。

屋内电风扇"呼呼"地吹，窗外梧桐树叶"沙沙"响。睡得迷糊，小姑娘拿马尾尖扫他的脸。她鼓着腮帮，对着他的眼睫毛轻轻吹气。

那年小姑娘大概14岁，时穆24岁。她还是个没长大的姑娘，他已经是个成人。

司豪这个妹妹，他是真心喜欢的。喜欢她的朝气蓬勃，喜欢她的古灵精怪，也喜欢她胆大妄为、为所欲为。

可她始终是个小孩，他又敢有什么想法？那会儿，他是真的将小姑娘当成妹妹。

梦醒，已经是下午两点。他掀开被子下床，去拉开窗帘，一片阳光倾泻而入，很刺眼。

时穆习惯性地往训练场看。他看见司茵和一个男人站在训练场上。

司茵没想到来面试靶手的老刀，居然是昨晚在路上遇见的刀疤男。

悠悠看见老刀，迈着三条小短腿兴奋地跑过去，去爬男人的腿，求抱抱。

老刀皱眉，一脚将小不点踢开，道："走开。"

男人下脚很轻。

悠悠爬起来，又欢快地跑过去，与男人亲近。它喜欢男人那双芭蕉叶一样有安全感的手。

司茵打量男人，一脸不可置信道："是你？你来面试靶手？"

老刀问："怎么？很惊讶？"

司茵虽然害怕，但表面很平静。她摇头，又问："你带简历了吗？"

老刀从臀部口袋里将卷成纸筒的简历抽出来，递给她。

司茵看男人简历，全程铁青脸。

第十章 冷面杀手和甜心悠悠

姓名：罗边

年龄：27岁

学业：初、高中就读于Z市第一中学，年年全校第一。16岁获得首都大学保送资格。

从业经历：16岁—27岁，就职于Z市青山监狱。

职业：犯人。

司茵吓得手抖，却强装镇定，将简历递给他："抱歉先生，我不能录取你。"

男人接回简历，揉成一团，眉目敛着，问："怎么？还有歧视？"

大概是因为男人脸上这道疤，他一皱眉，眼神变得凶狠，屠夫的神态也不过如此。

司茵找了借口："我只收专科或以上学历，所以……"

"呵。"男人冷眼看她，一句多余的话也没说。

这声"呵"，让司茵背后蹿起一阵凉意。她下意识后退一步，与对方保持距离，她担心男人随时掏出匕首捅了她。

老刀从医院出来，发现身后跟着一条小尾巴。

这条小尾巴一直跟他到马路边。他停下，冲小不点跺脚："滚。"

悠悠原地一愣，用一双湿汪汪的眼睛看他。

它仿佛听懂男人那声"滚"，转身往回走，三步一回头。它躲进花丛里，通过植物缝隙目送男人过马路。等男人拐弯走进一条小巷，它才迈着小步子悠悠地走出来，闻着男人气息寻过去。

悠悠只有三条腿，一路走得磕磕绊绊。

终于，在一处牛肉面摊找到男人，三条腿瞬间像踩了风火轮，迅速跑过去。

老刀挑起一筷牛肉面，正要送进嘴里，脚下有只毛茸茸的东西不断拱他。

他低头，发现又是那只三条腿。他一脚又将小毛团踢出去，一巴掌拍在桌面上，吼道："老子让你滚，听不懂人话吗？"

悠悠像球一样滚出去。

它颤颤巍巍地站起来，停在远处，眼神可怜又小心。

男人这一拍桌，连老板也吓一跳。

老板擦擦手过来，看见三条腿的泰迪，吁了一声："小哥，你要是嫌弃这狗三条

腿,送我养,我喜欢狗。"

"随你。"老刀一口面也没吃,掏出钱拍桌上,起身便走。

他走出一百米回头看,那只小泰迪没跟上来。居然有点失落?

面摊老板刚把小泰迪抱起来,一双孔武有力的手将泰迪从他怀里夺走。

老刀抱过小泰迪,什么话也没说,转身就走,留给老板一个冷酷的背影。

悠悠身体瘦小,仿佛不如男人小臂粗。

它喜欢安全感,也喜欢男人那双芭蕉叶般大小的手。

送走刀疤男,司茵捡起手靶,带着AK训练到下午六点。

收工时,却没看见悠悠。训练场一马平川,一目了然,四周围着铁丝网,门被锁着,悠悠怎么会突然消失?

她和AK仔细排查训练场,发现角落一隅有处缺口,悠悠八成从这里跑了。

司茵带着AK,沿悠悠留下的气味追踪,找到牛肉面摊,从面摊老板嘴里得知,悠悠被脸上有刀疤的男人带走。

司茵了然,给老刀发微信,祈求对方把悠悠送回来。

老刀回复,半路将狗丢在了中大街,没有带走。

之后他便将司茵删除。

司茵沿着中大街找,到晚上九点才不得已接受悠悠丢失的事实。

回医院,她经过保安室,新换班的保安叫住她:"司茵,你等等。"

保安将时穆买的早餐和红包一并递给她,道:"这是早上小季换班前让我给你的,结果一忙我就给我忘了。早餐估计吃不了了,红包你收着。"

司茵接过红包,纳闷:"早餐?红包?季大哥买的?"

"他让我给你的,应该就是吧。"保安说。

她拆开红包——好家伙,出手真大方,居然有六百。

司茵心窝一暖,同时心情又很沉重。连交情不深的保安小哥都记着给她发红包,时穆呢?作为监护人,居然没有一点儿表示。

司茵收好红包,给已经休假的保安小哥发微信:"早餐和红包,万分感谢。"

保安小哥发来微笑表情:"不用谢,举手之劳。"

买早餐可以算举手之劳,可是发红包也算举手之劳?真是财大气粗的保安小哥。

第十章 冷面杀手和甜心悠悠

司茵心怀感激,给红包拍照,发朋友圈:"孤寡老人收到红包,祝大家新年快乐!同事倍儿贴心,某些人呢?呵呵!(微笑)"

保安小哥评论:"当然还是同事好!在咱们时院长的关照下,我们医院所有同事都很团结的。嘻嘻。新年快乐!(捂嘴笑)"

司茵指的"同事"是保安小哥。

而保安指的"同事"是英俊帅气又大方的时院长。

朋友圈发出没一会儿,司茵连收三个大包。

陆南发来一个666的红包:"司茵宝贝儿,么么哒,新年快乐,你还有我,怎么会是孤寡老人呢?"

姜邵发来一个666的红包:"司茵宝贝儿,么么哒,新年快乐,你还有我和陆南,怎么会是孤寡老人呢?"

老油发来一个888的红包,并带来一个"哭泣"表情:"丫头,你称自己'老人',那我是什么?宝宝想哭。"

司茵发过去一个"摸狗头"的表情,调侃道:"老油,你是宝宝,我是什么?受精卵吗?"

老油:"好好说话。"

司茵吐舌头:"谢谢师父红包,比心比心。"

所有人都给她发了红包,唯独时穆没有表示。

过分,真过分。

司茵将红包截图发至朋友圈,并附文字:"感谢大家爱我,手动比心。"

同学、朋友点赞。

吴容发来一个66的小红包:"我亲爱的司茵,新年快乐!你跟叔叔去海岛了呀?幸福,叔叔五星好评。"

司茵心里苦,连同学都给发红包,所以穆叔叔,您监护人的爱呢?

时穆刷这条朋友圈,隔着屏幕也感觉到小姑娘的怒气,知道她误会了早上那个红包。

于是又被逼无奈去给小姑娘发私包。

他特意去对比其他人的红包金额,最大一只是老油的888,他总不能比老油低,否则小姑娘的怒气值难以平息。

1314之类的数额也不合适。多少合适呢?

时穆想起小姑娘常在群里发"23333",也就发了一个"23333"过去。

过年期间,微信开启新年红包通道,二十万上限。

司茵怒气冲冲点开红包,一数金额,差点被口水呛住。

时穆果然是监护人爸爸,发起红包不手软啊。

她对他的怒气,好像少了一点点。

春节放假归来,时院长开员工大会,对去年最佳员工进行奖励,对于去年频繁出错的员工点名批评。

司茵第一个被口头批评,她是医院唯一一个弄丢犬只的员工。

悠悠走丢后,医院印发了许多寻狗启事,也去电台寻找失踪犬下落。有人认为没必要为了一只残废的泰迪大费周折,时穆却坚持寻找失犬。

时穆对医院每条犬都很爱惜,哪怕那条是被弃养的残疾犬。

就凭这点,司茵对时穆压根讨厌不起来。

司茵自个儿想得很通透。她连失去亲人都可以勇敢走出来,告白失败又算个什么东西?

3月2日Z大开学,司茵报到。时穆开车送她,车停在校门口,时穆下车替她开门,一直送她到门口。司茵停下,转身对他说:"谢谢,不用送了。"

这半个月来,小姑娘对他的态度都很礼貌。

时穆低声说:"我等你。点完名,一起去吃饭。"

司茵"哦"一声,拒绝道:"不用了。我中午约了老油。"

时穆声音很轻:"那就一起。"

司茵瞪大眼睛看他,道:"那怎么可以?老油给我介绍对象,你作为监护人怎么能一起?会吓到别人的。"

"介绍对象?"时穆神色微沉,"你才大二。"

"是啊,大二可以谈恋爱了呀。对方是警察学院的学生,我看过他的照片,长得不错,颜值直逼彭于晏,我觉得挺好的。"司茵眉眼弯成月牙,春风得意,"我长大了,想谈恋爱了。"

时穆像吞了一只苍蝇,嘴里苦涩,半晌才说出嘱咐的话:"小心点。"

第十章 冷面杀手和甜心悠悠

"你放心呗,老油介绍,OK的。"司茵将背包酷酷地甩上肩,几分潇洒。

目送小姑娘走进校园,时穆心情变得很微妙。内心的阴暗狐狸蹿出来,怂恿他去干禽兽的事。

纠结,挣扎,两种相对极端的小人儿在脑海中吵架。

开车回去路上,时穆心不在焉,双耳发嗡。

红灯突然刹车,发生追尾。

对方下车,指着他鼻尖骂:"开车不带眼睛啊!你开豪车了不起了是吧?"

时穆冷淡地看了眼窗外咒骂的男人。

男人被他看得很不爽,一怔后,继续骂:"瞪什么瞪!你追了我的车!赔钱!"

时穆下车,重重将门合上,俯视面前这位只有一米七的男人。

男人见他开豪车,打算讹一笔,满嘴跑火车:"你说话啊?撞傻了?就你这傻头傻脑的愣头青,开豪车又怎样?没智商泡得上妞儿吗!"

一句话彻底惹恼时穆,他皱眉扯上男人衣领,摁在车上,一拳挥过去。

四周堵车,司机们怨声四起,冲他们摁喇叭。

被打的男人捂着脸,还想撩起袖子跟他干架,对方居然丢下车转身走了。

男人愣愣地盯着时穆离去的背影,一直目送他到马路对面,才隔着几辆车冲他吼:"喂!你不要车了?!"

有钱真任性啊,车都不要了?

时穆心情烦闷,拐进一家商场,去买了杯冰咖啡。再出来冷静不少,打了通电话,让助理去处置停在路上的车。

电话挂断,时穆又打电话给老油。

老油受宠若惊,乐呵呵道:"时院长,中午好啊。怎么有空给我打电话?"

"你在哪儿?"他语气一顿,"司茵在你旁边吗?"

老油点头:"我跟小司茵,还有我侄儿在麦当劳吃东西。怎么了?"

带小姑娘去吃麦当劳?呵呵。时穆声音沉重道:"具体地址。"

"我们在三元广场的麦当劳。"老油被他严肃的语气唬住,忙追问,"怎么了时院长?是不是医院出了什么事儿?还是AK出了什么事儿?时院长你别吓我啊。"

时穆挂断电话,打车赶往三元广场。

老油的侄子尤哲浩身高一米八,身体壮实,颜值不错,还真长得有点像彭

于晏。

笑起来和姜邵一样有酒窝,挺甜。尤哲浩就读于Z市警校,成绩优异,毕了业就是当特警的料,前途无量。

尤哲浩买了三支冰激凌,最大最粉的一支给司茵,其次大的给老油,留了最小的一支给自己。

司茵舔一口冰激凌问:"为什么你那支那么小?"

"我最近增肌,这些高热量的玩意儿能少吃当然尽量少吃。"端餐盘回去路上,尤哲浩问她,"听说你是Z大在校学生,还是训犬师?看不出来,你长得这么漂亮,还是个小学霸。"

Z大仅次于首都大学,录取分数线不低,普通学生望而却步,能进去的都是学霸。

司茵举着樱花冰激凌笑得眉眼一弯,也恭维道:"你也不错啊,听老油说,你还没毕业就已经参与多宗大案,也算是学霸。"

"牵强了,牵强了。"

两人回到餐位,老油接到时穆电话,晃着电话对二人说:"你们俩先聊,我去接个电话。"

等老油离开,尤哲浩笑着调侃道:"他老人家还挺懂事儿,知道给我们预留私人空间呢?"

司茵也笑道:"他就是一个老机灵,有什么能是他不懂的?"

老油出去接电话,一脸紧张问:"时院长,刚才话说得好好的,你怎么给挂断了?到底出什么事儿了?您倒是说啊,您别吓我,我这一把年纪可经不起吓。"

他一脸焦灼,站在电梯口接电话,抬眼就看见身高腿长的时穆。

时院长脸色沉重。老油冲过去,抓住他的小臂紧张道:"到底怎么了?"

"司茵呢?"

"在里面,有我侄子陪着她,安全你放心。"老油小声问,"是起东的人搞了什么阴招?AK出事儿了?"

时穆将小臂从老油手里抽出,径直走进麦当劳。

餐厅人多且杂,队伍排到门口。

他凭借身高优势,站在门口扫视一圈,看见最角落里的司茵和老油侄子。

第十章 冷面杀手和甜心悠悠

他去人少的冰激凌通道排队,随便点了几个冰激凌,托盘装满,端着餐盘往司茵方向去。

老油终于知道他要干吗,将他拉住道:"时院长你干吗呢?"

时穆说:"吃冰激凌。"

老油道:"您这么风风火火地给我打电话,就是为了吃一盘冰激凌?"

"有问题?"

"没、没问题。"老油竖起大拇指。

时穆被老油拉去另一张桌坐下。老油警告他:"时院长,我侄子人品好、前途好,人帅又年轻,你干吗不满意?"

时穆将餐盘往桌子重重一搁,眉紧蹙,冰着脸道:"我有不满意?"

老油从他餐盘里拿了一个冰激凌,道:"那你干吗凶巴巴?"

时穆从他手里夺回冰激凌,道:"我有凶?"

他语气里溢出的酸味儿简直辣眼睛。

"呵呵,那就是打翻了醋坛,想跟我老头干架呗。"老油又从他餐盘抢了一个冰激凌,这回以迅雷之势用舌头舔了舔,"你要敢去打扰两个年轻人,我就坐地上哭给你看!大叫你打老人!"

时穆有点想将这一盘的冰激凌扣这老顽童头上。

"我来这里目的单纯,"时穆慢条斯理吃着冰激凌,"吃冰激凌,仅此而已。"

老油舔着冰激凌,斜眼看他,说:"嚯嚯,是哦,单纯吃个冰激凌这么火急火燎?时院长,我给你讲个故事呗。"

"嗯?"时穆放下冰激凌,端正坐直,认真看着对面的老人。

时穆外面套了件黑色毛呢大衣,里面搭西装马甲、白衬衣,时尚质感很强,精英男人气场与麦当劳格格不入。

他和老油坐在一根柱子后,不显眼。

老顽童吃一口冰激凌,十分满意地咂嘴,讲道:"有一只狐狸,捡了一只小白兔。可小白兔体格小,枯瘦如柴,也没什么肉。他干脆将小白兔养在身边,等它肥美。日子渐长,小白兔已经够肥美,狐狸却对小白兔生了感情,不忍下嘴。可狐狸身边也有狐狸,其他狐狸总看见那只小肥兔,那个馋啊。有一天狐狸出门觅食,再回家,却不见了小肥兔,家里只剩了一张兔皮,小肥兔已经被其他狐狸给吃了。你知

道这个故事,讲述了一个什么道理吗?"

时穆神色微敛,问:"狐狸不该养小白兔在身边?"

"时院长,听故事听重点啊!"老油敲桌,一脸恨铁不成钢,"您好歹也是个商人,怎么会有这种大公无私的想法?这只狐狸,应该早点将小肥兔吃进嘴里,也不枉他辛辛苦苦养了这么长这么久啊!"

时穆沉默。

"狐狸养了小肥兔这么久,他对小肥兔感情深,难道小肥兔对它就没感情了吗?它死前感慨:如果是被喜欢的狐狸吃掉,该有多好?"老油深吸一口气,又道,"无论是做人还是做狐狸,都不能太圣母,否则很容易给自己造成不可弥补的遗憾。怎么样时院长?我这个故事萌不萌?可爱不可爱?有爱不有爱?"

"挺血腥……"时穆回答。

老油双手捧着一张满是褶子的老脸,直视他,道:"时院长,我侄子是真不错。家里条件也不错,小司茵真嫁了他,你可以放一百个心。我侄儿不是狐狸,他也是只兔子。"

时穆单手放在桌面上,修长的手指不间断敲击桌面,若有所思。

他是老油故事里的狐狸吗?他看向司茵和尤哲浩的方向,两人已经起身,走向门口。

尤哲浩替司茵背双肩包,不知道的,真以为他是小司茵的男朋友。

时穆的眼神不可抑制地一沉,好不容易调整好的情绪,又变得乱七八糟。

小姑娘有个好对象,难道不是一件值得开心的事吗?他手搁在心脏处,心律有些不正常,心里很闷,很烦躁。

老油换单手撑着下巴,目不转睛观察时穆的变化。

呵,这老小子,一会儿皱眉,一会儿摸心脏,被人戳了心的纠结模样。他越是这样,老油越得意。活该!

时穆起身,整理大衣,问道:"他们接下来去哪儿?"

"你干吗?"老油仰着头望他。

时穆慢条斯理系上大衣纽扣,道:"作为司茵的监护人,我有权利暗中观察你的侄子人品是否合格。"

"他们去看电影,我们两个老年人,也跟着去?"老油也起身,擦擦手,做出请

第十章 冷面杀手和甜心悠悠

的手势,"您先请,时院长。"

时穆一脸郑重,纠正:"你是老年人,我不是。"

老油:"……"

所以到底是谁经常在小司茵跟前说自己老来着?呵呵。

电影院里,时穆和老油坐在角落,等候电影开场。两人的目光穿过人群,准确无误地落在司茵身上。

司茵和尤哲浩年龄相仿,聊得不错,两人不知聊到什么,司茵先一愣,继而捂着嘴,笑得前仰后翻。

尤哲浩嘴唇微勾,满眼宠溺。

老油的手被时穆握得很紧,他哭丧着脸道:"哎哟,我的时院长,你能松松手不?我这条老胳膊都快被你给捏断了。"

时穆松手,顺手抓过老油手中的可乐。

他咬住吸管,皱眉猛吸几口,透心的凉将负面情绪暂时压制。

精英男人抱着变形金刚可乐杯,反差巨大。老油表示惊讶:"时院长,您还喝可乐呢?您早说我去给你买啊。不过这个变形金刚可乐杯,您喝了千万别扔,留给我,我带回去给孙子。"

时穆垂眼,这才注意到,他手里抓的,是一只变形金刚造型的可乐杯,造型浮夸且幼稚。

他心烦,将可乐塞回老油手里,道:"你喝。"

老油一脸嫌弃,嘀咕:"我才不要和你间接接吻。"

时穆撇过头,冷眼看他。

老油一哆嗦,这眼神,是要杀人啊!他嬉皮笑脸,道:"开、开个玩笑。嘻嘻。"

电影结束后,老油手舞足蹈跟时穆讨论剧情。时穆未搭理,仔细回忆刚才的电影情节。

刚才他们看的那场电影,是……什么来着?老油气蔫儿,敢情在里面坐了近两个小时,时院长压根没看?能尊重电影吗?!真过分!

时穆和老油目送小姑娘与尤哲浩进了电梯。

电梯门合上那一瞬,老油看见角落站了一个熟悉的身影。

老油脸色煞白,当场愣在原地。

"怎么?"时穆见他脸色不对劲儿,疑问。

老油摇头道:"哦,可能看错了。"

上了出租,老油不太放心,给尤哲浩打了个电话。

电话接通,尤哲浩问他:"大伯,怎么了?"

"送司茵回去了吗?"老油问。

尤哲浩说道:"那当然。大伯您放心,我跟小司茵非常投机。"

老油语气担忧:"回去路上,有没有被人跟踪?"

提及这儿,尤哲浩点头:"还真有。不过,等我发现,那人立刻转身往回走,我没看见长什么样。"

老油心头一颤,心道一声糟糕。

挂断电话,老油赶紧又给时穆打了一通电话,说明情况。

刀疤男人叫罗边,是老油在十年前抓的一个犯人。

那会儿,罗边还是个学生,在校成绩优异,本来被保送首都大学,却因为重伤他人,锒铛入狱。

当时抓罗边的就是老油。他至今仍记得,孩子的老师、同学下跪替罗边求情的轰动情景。

但犯法就是犯法,做错了事就该付出应有的代价。

罗边入狱前,阴狠狠地瞪着他,并发出威胁:"我替天行道,做错了什么?别让我出狱,否则我会让你们也尝尝失去家人的滋味!"

孩子的怨恨他至今仍不敢忘。

罗边跟踪司茵,八成是将司茵当成了他孙女。

听完前因后果,时穆握着手机,安抚道:"你最近上下班都小心点,如果下班太晚,就留在员工宿舍。至于司茵,我会亲自接送她上下学。"

"嗯,时院长,那就麻烦你多照顾小司茵了,这事儿因我而起,我会尽快找到罗边,跟他说明情况。"

挂断电话,时穆习惯性地点开朋友圈。

小姑娘发了一条动态,晒了一只Dior新款包,并附文字:"谢谢尤小哥,包很喜欢。"

这只包价格不便宜,司茵肯收,说明两人的关系明显有所提升。

第十一章
吃醋的老狐狸

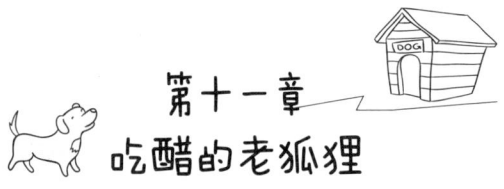

周二那天,时穆在召集院内医生开会。

开会期间,时院长将上周犯错的医生一个个点名,连带秦副院长也挨了一通骂。散会后大家一脸蒙:时院长吃炸药啦?

时穆经过二楼,遇见一只博美主人指着肖护士,正凶横地斥责"医院乱收费"。往常遇见这种情况,时院长秉承笑脸以对,用逻辑呛得对方无法反驳。

可今天,肖护士老远都能感觉到时院长的杀气腾腾。

时院长走过来,对博美主人说话很不客气:"女士,污蔑我们医院乱收费,我可以告你诽谤。"

博美主人被时院长浑身的气场摄得直哆嗦,抱着博美赶紧走。

惹不起,惹不起。

等时穆离开,护士肖玲拉住路过的秦副院长,问道:"时院长今儿怎么了?不太对劲儿啊。"

刚被时穆骂过的秦副院长,一脸冷漠:"呵呵。老男人,更年期提前了呗。"

肖玲无语。

时穆掐着时间点去接司茵,他和往常一样将车停在后校门。司茵抱着双肩包上车,双耳塞着耳机,没有与他说话。

她扣上安全带,从背包里取出一本书,埋头认真看。

从上车起,压根就没看时穆一眼。她越是这种冷淡态度,时穆心里越不是滋味。

司茵看了会儿书,再抬眼看窗外,摘了耳机扭过头问:"这里不是回医院的路,去哪儿?"

"回家里。"时穆语气略一顿,解释道,"最近有人盯着你,尽量谨慎。比赛在即,不能出岔子。"

司茵挑眉:"喔,可是我今晚约了老油训练。"

时穆瞥眼瞬间,正好看见小姑娘挑眉,看出一丝不情愿。

他扬起唇角,故作平和道:"AK我已经送回家。我今晚有空,可以做你的靶手。"

司茵好似没看见他那抹微笑,面无表情低下头,继续看书。

时穆想起前几天,小姑娘在朋友圈发了一张网上广为流传的金句图片。

图片上的金句是:我喜欢你时,可以义无反顾。你不珍惜时,我将转身,宁死不回头。

虽是网络金句,却看得时穆莫名……扎心。

等红绿灯时时穆扭过脸,打量她的侧颜。司茵侧头看窗外,他又心虚地将目光收回。

回到家后时穆将车开进车库。汽车停稳,司茵解开安全带准备下车,却被时穆叫住。

"等等。我给你买了点东西,在后座。"

"哦。"司茵语气平平,似乎一点也不好奇是什么东西。

司茵拉开后车门,拎出里面几只大大小小的包装袋,她扫了眼上面的logo,有点呼吸困难。

YSL、Dior、CHANEL……

司茵将东西拎回屋,搁在餐桌上,一只只拆开,道:"穆叔叔,你给我买这些做什么?"

时穆脱掉大衣,挂去衣架上。

男人脱掉外套,里面是西装马甲配白衬衣,不仅显身材,且绅士。即便最近不想理他,可司茵却不得不承认,她最喜欢的就是男人将各种西装穿出时尚的质感。她最喜欢时穆一派斯文,又有精英气质的禁欲气息。

时穆去吧台取酒杯,背对着她发出疑问:"不喜欢?"

司茵虽然是个学生,但也同为女生,对这种奢侈品没有抵抗力。这回换她沉默。

时穆给自己倒了一杯威士忌,语重心长道:"司茵,女孩喜欢奢侈品,无可厚

第十一章 吃醋的老狐狸

非。别人能送你好的,我就能给你更好的,你以后想要什么,跟我说。在没有正式跟其他异性确定关系之前,他们送你的贵重物品,我希望你能退回,以你现在的身份,收下实在不合适,会显得你很虚荣,甚至廉价。"

司豪也同她说过类似的话,道理她都懂。

尤哲浩送的那只Dior包,她觉得贵重,没收。尤哲浩送包,她拍照发朋友圈,只是为了应付老油。

时穆晃了晃水晶玻璃杯,酒水在酒杯里荡起涟漪。

他抿一口酒,继续说:"司茵,我会给你最好的,不会让你做个灰姑娘,在我这里,你只能做个公主。你这个年龄容易被诱惑,我希望你在和男孩相处时,不被物质所迷惑。我也希望你的虚荣,只对我表现。"

司茵看了眼他送的奢侈品,觉得他说话很矛盾。

她就要被物质所迷惑了好吗……

司茵不明白,他说这话什么意思。

作为监护人,这些言论是否有点过头?哪怕是司豪,也不会这样宠着她,由着她。

司豪要知道她喜欢奢侈品,会打死她好吗……

她没有询问时穆话里的深层意思,担心自作多情,就当他是站在监护人立场好了。

司茵将包拿回房,小心翼翼地摆进衣柜。

这些包虽然不适合她上学背,但每天放在衣柜,只是观看也能让人心情愉悦。女人嘛,对美丽精致的东西素来没有抵抗力。

AK趴在床边,看她将包包放进衣柜。等她进了浴室,它立刻起身用爪子刨开衣柜门,纵身一跃,咬住一只Dior链条包,叼去床上,开始啃咬。直到啃了个稀巴烂,又去衣柜叼了另外两只包,继续糟蹋。

司茵哼着小曲儿,用浴巾搓着头发从浴室出来,望着床上一片狼藉,怔住。

AK感觉到司茵的腾腾杀气,忙丢掉嘴里的包,吐着舌头,歪着脑袋一脸无辜看司茵。她颤抖着走到床边,心肝脾肺肾俱跟着一颤。

"啊——"

时穆听见声音,敲门进来,看见司茵穿着浴袍立在床前,气得浑身战栗。

她将手中已残废的包往床上狠狠一掷,指着AK呵斥:"你给我过来!"

AK叛逆心起，拒绝服从指令，夹着尾巴往角落里缩。

司茵去抓它，狗子迅速钻进床下，从另侧出来，往时穆身后躲。

司茵怒不可遏，抄起床头一本杂志，卷成筒状要去揍狗。

AK吓得尾巴一夹，拿前双爪抱住时穆的腿，求时爸爸庇护。司茵扬起书筒要揍狗，手腕却被时穆抓住。

男人声音很沉："不能下手。"

"我现在只想吃狗肉火锅！"她气得龇牙，指着床上那堆惨不忍睹的包，"你看看它，糟蹋成什么样！这些东西折合下来也有十万，它就这么毁了价值十万的东西！"

"东西毁了可以再买，犬的性格被毁，就很难再引导回去。"时穆声音很轻，安慰她，"明天再买给你，别动怒。"

司茵被气得浑身颤。

时穆垂下手，动了动手指，示意AK赶紧离开。AK看懂时穆的手势，松开他的腿，灰溜溜跑去隔壁。

——时爸爸最棒！

司茵深吸一口气，抬眼，脸上挂着一点委屈，道："说话算数？"

"嗯。"小姑娘腮帮鼓鼓，语气有撒娇的意味儿。他心一软，居然有点喜欢上给她买东西？

司茵迅速收回本性，恢复冷漠脸，咳嗽一声清了清嗓音："不用了，有那钱不知能干多少事。"

等时穆离开，她心烦意乱。

司茵从抽屉里取了一盒女士香烟，拿去阳台上。她往秋千上一坐，抽出一支点燃，吊着双腿开始晃动。秋千晃了不足三下，"咔嚓"一声，绳索断裂，摔得她头昏眼花。

司茵再次发出尖叫。这次的叫声，有点凄厉。

时穆听见隔壁阳台传来的动静，推开窗户问她："怎么了？"

"腰……腰！我的腰断了！"司茵满脸痛苦。

她的房间门被反锁，躺地上不能起身去开门。时穆迅速去楼下取钥匙。

小姑娘摔得狠，疼得眼泪汪汪。时穆将她抱去床上，替她检查，见没有外伤，也没骨折，才彻底放心。

第十一章 吃醋的老狐狸

他回阳台去检查秋千,发现绳索有被狗牙磨过的痕迹。时穆轻叹,这个AK……真是欠收拾。

时穆看见地上有一支燃着的香烟,弯腰拾起来,将烟头杵灭,丢进垃圾桶。回到卧室,他神色严肃问司茵:"什么时候学会抽烟的?"

司茵侧躺在床上,眨巴着眼睛看他,没有回答。

"那个男孩教的?"时穆语气微顿,声音很轻,"司茵,我对你很失望。"

司茵就这么打量他,觉得老禽兽戏挺多。她反问:"穆叔叔,难道不是你教的吗?"

时穆当场愣在原地,眉头狠皱。

"我瞧着你抽烟挺有味儿,就买来尝尝喽。"司茵见他抽过几次,觉着男人抽烟姿势有点撩,没忍住,便开始尝试。

她想学他,将烟抽得又帅又酷。最初几次呛得肺疼,过了那个阶段,便舒服许多。

司茵尾音加了一个"喽",语气里尽是叛逆。

时穆眉头一紧,脑仁炸疼,抬手捏了一把眉心。

偏偏小姑娘继续说:"穆叔叔,我腰不疼了,你可以出去了吗?"她举起手机晃了晃,又道:"我要跟尤哲浩视频,你在这里不太方便。"

时穆走向衣柜,从里面取了一件大衣,给她盖在身上,道:"衣服穿上,这样跟男孩视频,不成体统。"

"哎呀,我们年轻人,不需要体统。"司茵将大衣往旁一掀,下巴一抬,眉眼弯弯,"穆叔叔你快出去,别妨碍小姑娘谈恋爱。"

从司茵房间出来,时穆心肝脾肺肾俱疼,有一种搬起石头砸了自己脚的错觉。

他回到房间替AK进行检查身体,果如他所猜测,AK的确处于发情期。这对于司茵来说,不是个好消息。

离比赛没剩几天,母犬发情,情绪会变得极其不稳定,服从力会大幅降低。在犬竞技的赛场上,发情母犬在赛场失误的概率是90%。

离护卫犬赛越来越近,司茵和AK的训练也越来越重。

司茵每天上完课,会带着AK坚持训练四个小时以上。可AK处于发情期,训练状态很差,和老虎在一起时,态度不再冷漠,会不断引诱老虎。

最让老虎崩溃的是,AK在不断引诱它的同时,却又拒绝交配,间接导致老虎情

绪失控。

大家都盼望AK能拿个冠军,可人算不如天算,他们压根没想到AK会在这时候发情。

3月22日那天,司茵带着AK飞往首都参加比赛。

这次比赛,原定计划是由姜邵老油两人陪同。可最近姜邵和陆南出游被拍不敢露面,临时将保镖换成了尤哲浩。毕竟老油一把老骨头,很难保证司茵的安全。

下飞机后,司茵在尤哲浩的陪同下,去逛了会儿商场。甚至在尤哲浩的建议下,买了点彩妆。司茵夸赞尤哲浩有审美。

尤哲浩笑道:"那可不,我可不是直男。"

司茵也笑:"对,忘记你不是了。"

夜里,司茵和AK坐在房间阳台吹风。房间朝向不错,楼高,甚至能看见远处的灯火。

她抽出一支烟抿进嘴里,AK那双狗爪子搭在她小臂上,歪着脑袋看她。

司茵斜眼看它:"怎么?不喜欢烟味儿?那就回屋里待着。"

"汪!"AK冲她凶,警告她不能抽烟。

司茵不搭理它,继续点烟,火舌刚触碰香烟,AK一嘴凑过去,将她嘴里的香烟叼走,含进自个儿嘴里。

"哟,学会抢烟了?老禽兽教你的?"司茵乐不可支,伸手要去拿它嘴里的烟。

AK往后退一步,咬着烟,一副宁死不屈的样子。

"得,大佬,我给您点烟?"司茵打燃火机,火苗"嗖"地蹿起来。

AK咬着烟跑进洗手间,将香烟丢进马桶,又转身回房,从司茵的行李箱里翻出一张铜版纸,叼去给司茵。

司茵从它嘴里接过,打开后,看见上面的那排红色大字——抽烟有害健康,我正戒烟,共勉。

白纸右下角画了一只系着头巾、比着"加油"姿势的狐狸。

司茵勾了勾嘴唇,酒窝时深时浅。

老狐狸不愧是老狐狸,不愧是中国第一训犬师,他训犬的水平她还真是望尘莫及。

司茵日常发动态气老狐狸。

她将彩妆全部摊放床上,一盒女士香烟摆放正中,找准角度,拍了一张照片发

第十一章 吃醋的老狐狸

朋友圈。

——来首都最重要的是什么?买买买,齐活儿。

时穆看见动态,甚至想不起小姑娘是从什么时候开始学的化妆。这些彩妆俱是国际大牌,包装黑色调居多,照片拍出来质感很强。

一众黑色调彩妆里,那包白色女士外烟尤其吸人注意。

尤哲浩在下面评论:"小司茵,这烟抽起来怎么样?喜欢的话,下次还给你买。"

司茵回复:"不错,挺喜欢。"

时穆看见评论心烦意乱。

这小浑蛋,居然给小姑娘买烟?

在护卫犬赛当天,为了保证绝对公平,所有犬只和训犬师都集中在一间房接受检查。

工作人员替AK检查完,惊讶道:"你这只母狗居然发情了!你拿到的上场序号是几号?"

话音刚落,屋内其他训犬师的目光集中在她身上。

司茵攥着牵引绳,回答:"22号。"

房间内哗然一片,立刻有训犬师反对:"小姑娘,你是来参赛还是来捣乱?母犬发情为什么没有早点报备?如果影响我们的犬参赛,你知道后果多严重?"

司茵是今天参赛的唯一女训犬师,本就不被看好,出了这茬彻底引起众怒。

司茵辩解说:"我们早在一个星期前已经报备。"

工作人员疑惑:"什么时候的事?我们这里从没接到任何报备。小姐,你的行为已经严重影响比赛秩序,为了不影响其他公犬,你最后一个出场。"

司茵点头道:"好。"

有人讽刺司茵:"小妹妹,大哥奉劝你一句,发情的母犬带回去交配,别拉来赛场遛。"

"母犬发情也敢带来赛场?"另一人讽刺说,"小姑娘,你哪儿来的自信?"

司茵皱眉道:"母犬发情怎么了?就算它发情,也依然能跟你们争夺冠军。"

台湾训犬师刘峰开口讥讽道:"它要是能拿冠军,我直播吃赛场的土。"

"这就是暴龙吧?"司茵看了眼他牵的犬,反唇相讥,"下注压暴龙赢的观众

很多,但它未必能赢。"

刘峰大笑道:"小姑娘,别不知天高地厚啊。我知道你的犬有点来头,值点钱,但你也不去打听打听,犬赛竞技史上有哪只发情母犬拿过冠军。"

司茵挑眉,语气很平静道:"即使拿不到第一,我们也绝不会垫底。"

比赛预备中,司茵压力很大。这场比赛声势浩大,全国竞犬爱好者都聚集于此,体育场满座,无一空席,宛如足球竞技赛场。

比赛开始前,官方只公布了犬只照片,并未公布训犬师照片。现场观众看见这些训犬师,议论纷纷。

"怎么回事儿?这场比赛吹得这么大,参赛的训犬师怎么都是些新面孔?不过这些犬只的素质都还不错,挺有潜力。"

"参赛的有起东俱乐部的训犬师,听说这场比赛里还有Rocket的徒弟。对了,这次还有个姑娘,据说是个大学生。"

"哎哟,这姑娘不是来自取其辱的吧?她的赛犬恐怕会在场上失格吧?"

犬只在赛场上如果有作弊行为,或者重大失误,都会被判失格,而且所有项目累积的分数都将被清零。

听着四周激烈的讨论声,尤哲浩一脸担忧,扯扯老油袖子,道:"大伯,如果AK真的赛场失格,会怎么样?"

"那小姑娘只能哭喽。"老油感慨,"小司茵的AK毕竟在网络有点名气,押她赢的人大有人在。如果单单是表现不佳倒没什么,如果是赛场失格,那下来后肯定是会引起众怒的。为了不让小司茵待会儿出场被人丢垃圾,我们现在就祈祷AK发挥稳定吧。"

尤哲浩替司茵捏一把汗,继续看向赛场。

起东的暴龙果然勇猛,以几乎完美的发挥拿到高分,最后出场的司茵压力巨大。

老油看得直皱眉道:"完了完了,前面犬只表现都不错,小司茵心理压力承受得住吗?这对她来说,简直双重压力啊。"

前面的比赛太精彩,到了司茵这儿观众们兴致缺缺,打算离座走人。

几个项目里,对于司茵来说,难度最大的是"攀墙衔取"。司茵与AK以基本位置面向板墙,距离约五步,司茵从基本位置把650g的哑铃抛到板墙另一边,AK必须安静自然地坐在她旁边,在她发出"跳"的指令后,快速直接地跃过板墙。

第十一章 吃醋的老狐狸

AK攀过板墙后,司茵再次发出"衔取"口令,AK将哑铃衔回,跃回板墙,回到司茵身边。

AK必须准确地靠回司茵身边,也必须冷静平稳地咬紧哑铃,直到司茵喊"放"的指令,将哑铃准确无误地放回司茵右手中。

整个过程,如果AK缓慢跑出、攀出,以及不正确、不平稳地衔取,会被扣分。

如果它中途丢下哑铃,或将哑铃搁在地上,没有放回司茵手里,也会被判扣分。

AK处于发情期,稳定性很差,仅仅是冷静平稳地衔取哑铃这一点,难度已经足够大。

比赛犬只十分信赖指导手,指导手传递出的情绪,对它的情绪影响也很大。所以作为指导手的司茵,必须也保持情绪稳定,不能紧张,甚至不能有负面情绪。

裁判正替AK检查身上装备。司茵纹丝不动,立在原地,打量四周观众席。仿佛有人知道司茵紧张,甚至掐准了时间,给她来了一个火上浇油。

观众席传来一片"嘘"的鄙视声。

有人吹口哨,有人大喊:"小姑娘,下台去吧!别丢人了!"

司茵一扫观众席,看见有人甚至拉起白底黑字的横幅——母犬发情进赛场,扰乱秩序滚下场!

她不是容易情绪崩溃的人,但在这上千人的赛场上,这些负面的"唏嘘",带给她很大的影响,情绪几乎崩掉。

她紧紧攥拳,手心里全是汗。她努力压制,不让情绪爆发。

深呼吸后再抬眼,看见观众席四面,突然多了数十张白字红底横幅——小司茵你最棒!不争第一,争口气!加油!

横幅末尾印了一只比"V"手势的简笔狐狸。

司茵眼睛一亮,开始在观众席寻找时穆。

大概是冥冥之中自有引力。她毫不费力地找到亲友团位置。

她看见老油、尤哲浩、时穆并排站在第一排位置,三个男人脑袋上都戴了一只"狐狸耳朵"发箍,手里各自攥着两只加油旗帜。

身高腿长的时穆一身黑色禁欲系大衣,脑袋上却顶着狐狸耳朵发箍?!

巨……萌?

老虎和小油也在,两条狗嘴里也叼着加油旗帜。三个呈"哆来咪"高度的男人

举起手,开始卖力地挥加油旗。

赛场上"小司茵加油"的声音如雷贯耳,淹没了那阵带有鄙视的嘘声。

司茵顿时被勇气灌满,信心十足。AK明显感受到司茵的情绪变化,也强制稳定生理躁动。

裁判员对AK进行完审核,说:"开始吧。"

司茵点头,腰板挺直,带着AK走向赛场中心。

小姑娘穿迷彩套装,一双帅气的马丁靴。她的短发被扎成一个精神的鬏,精致的五官露出来,有点可爱,却又从骨子里透出王者霸气,一步一行,气势凌然。

她靓丽的外形成为赛场上一抹最清奇的存在。AK脖子仰高,宛如天鹅抬头,全程与司茵保持同步,并排而行。AK这个"天鹅头随行"表现得非常漂亮,完全展现了它完美的身板儿。

退场到一半的观众被AK这一记漂亮的"天鹅头随行"迷住,也被赛场上那个散发着英气的小姑娘迷住,又陆续回座,继续观赛。

大家居然都开始有点……期待?

AK"天鹅头随行"时浑身肌肉绷紧,寸寸紧实。它集中注意力,摒弃周围的声音干扰,一双狗眼里仿佛只有这个勇敢无畏的小女孩。

此刻的司茵冷眉肃目,步子跨得十分稳健,宛如提枪跨马,果断杀伐的沙场女将,气势凌人。

这样的司茵宛如变了一个人,这样的气场又让它想到一个人——司豪。

司豪带它参与战斗时,也是这样的严肃,也是这样利用自身散发的气场,全方位碾压它躁动的性格。AK的情绪被司茵感染,也彻底被赛场上的小姑娘征服,这一刻,将灵魂与生命都寄托于她。

司茵带着AK面向板墙,停在五步之外。她用眼神给予AK鼓励后,将手中哑铃抛向板墙另一面。

大荧幕上,小姑娘眼神刚毅果敢,大喝一声"跳",AK便以雷霆之速跃过板墙。它在腾空的瞬间,在半空以最完美的姿态展现身体。

赛场观众席响起同一道赞叹:"好狗!"

看起来乳臭未干的小萝莉,居然能用气场压制赛犬,实在出人意料。

第十一章 吃醋的老狐狸

AK按照司茵的指令，跃过板墙，咬紧哑铃又跃回。AK在面临外界极大干扰的同时，也完全战胜生理干扰，"攀墙衔取"被它完成得漂亮又利落，高度集中的服从力让观众叹服。

撇去AK自身生理素质不谈，它的表现已经超越场上大部分犬只。

老油挥舞着手中的加油旗帜，被AK的表现感动得痛哭流涕。

他过于激动，转身抱住时穆，头埋进男人的大胸里，说："时院长，你来得真及时，如果不是你赶过来，我们家小司茵这场比赛一定输得灰溜溜。"

比赛还在继续，即使司茵最终拿不了冠军，以她现在的高水准发挥，下来后也不会受到诋毁和谩骂。以她目前的表现，下来后她在训犬界的地位，会高一个阶层，也会得到训犬界前辈们的拥护。毕竟，她是个姑娘。

这行就是这样，你是姑娘，所以该被诋毁；你是姑娘，所以该被众星捧月。被谩骂或被夸赞，都在于你的实力。

时穆注意力还在赛场，他皱着眉单手圈住老油，拍拍他的头安抚说："继续看，没准儿小姑娘还能带给我们惊喜。"

尤哲浩侧头看向大伯和时院长，吓得脖子一缩；老虎和小油也侧抬头，去看老油和时院长，也吓得脖子一缩。

偏偏当局者迷，两人对自身的诡异毫无所觉。

老油情绪终于平复，松开时穆，仰着脑袋看他，问道："时院长，你怎么知道那群孙子会搞小动作？还准备了这……这些玩意儿？"

老头踮起脚，伸手在时穆的狐狸耳朵上戳了戳。

时穆皱着眉，解释说："早在一周前我们就已经向赛方报备AK发情，可是今天赛场场务秘书给我打电话，说是司茵这边出了点问题，他们怀疑司茵带发情母犬的目的不是参赛，而是为了扰乱其他犬只比赛。"

"还有这事儿？"老油瞪大眼睛，"一定是起东那群孙子搞的鬼！"

时穆继续说："嗯。我跟赛场场务秘书有点交情，对方看在我的面子上才同意让司茵继续参赛。因为AK发情，赛方为了不让它影响其他公犬，将他们安排在最后一个出场。司茵的心理素质远不如前辈，我担心起东的人会设法打击她的自信心，所以才去搞了这些东西，没想到……"

"没想到还真的派上用场！"老油在他结实的胸脯拍拍，"行啊时院长，我觉

得今儿最成功的，不是你做的这些横幅和旗帜，是咱们头上戴的狐狸耳朵发箍。小姑娘可不就喜欢这些？"

他话音刚落，现场忽然传来浪潮式的欢呼。因为AK精彩的表现，尤哲浩将老油抱起来，转圈圈，叫道："大伯！你刚才看见了吗？！刚才对靶手的逃跑截击！AK帅炸了！"

大荧幕上慢镜头回放，看得老油目瞪口呆。

AK飞扑咬噬利落勇猛，咬口深且紧，将强壮的靶手压在地上，兽欲之明显，但随着司茵指令一下，它立刻收嘴，恢复一贯冷静，靠回小姑娘身边。

它收放自如，状态切换的时间相当短暂。哪怕是个人，也不太可能将情绪收得如此迅速。

"好狗！"身后观赛的男人们纷纷起来，欢呼大叫，为司茵喝彩。

比赛没结束，分数还没下来，现场欢呼声已经如雷贯耳。到公布分数环节，欢呼声又上一个高潮。

站上领奖台的那一刹，司茵整个人是蒙的，裁判将奖杯递给她，她却手抖没能接稳，还好AK反应快，跳起来用嘴替她接住。

司茵以几乎完美的表现拿到第一名，起东拿到第二名。

这场比赛的残酷就在于，司茵比第二名仅仅只多了一分。仅仅是这一分，就让第二名与冠军奖杯以及几十万奖金失之交臂。

司茵带AK退场，去休息室路上被记者堵住。工作人员替她将AK牵回休息室，留下她接受采访。

记者A问她："听说你还是在校学生？拿到这几十万奖金后，你打算怎么花？"

司茵表示："几十万，不够花啊。"

记者B插嘴问："我们预计你的犬身价会飙到三百万左右，如果真的有人出高价买你的犬，你会卖吗？"

面对记者，司茵不怯场，笑着说："不会。因为它远不止你们预估的身价，但如果有人花一亿来买，我想我会考虑。"

时穆三人被保安拦在外面，他们绕去三楼，打算走员工通道去采访现场。他们抵达时，司茵已经离开。

老油望着一群准备散场的记者，感慨地说："来晚了，小司茵的采访只能回家

看电视喽。走吧,去休息室接小司茵,今晚时院长做东,我们吃顿好的庆祝!我这儿马上给姜董打电话,跟他分享这个好消息。"

时穆心情不错,勾勾嘴唇,笑言:"已经发过信息。"

尤哲浩牵着狗走前面,剩下两人跟在后面说话,走路堪比蜗牛。他三步一回头,一边等,一边催促,可这两人压根就没搭理他的意思。

他的耐心被磨光,索性先赶着狗回了休息室去见小司茵。

十几分钟前,司茵走进电梯后,有只三条腿泰迪忽然朝她跑过来。小不点儿拿一颗小脑袋直撞她的脚踝。她低头,以为花眼,惊讶道:"悠悠!"

"汪汪!"悠悠围着她欢快地打转。

真是悠悠!司茵弯腰去抱它,小不点却从她手下溜走。司茵追上去,跟着悠悠进了昏暗窄小的楼梯间。

小泰迪很快没影儿,楼道声控灯损坏,一片漆黑。司茵脊背发凉,开始怀疑刚才的悠悠是幻觉。

这里是首都,悠悠怎么可能来这里?司茵越想越不对劲儿,刚要转身,一只强壮有力的手从她耳后绕至面前,迅速捂住她的唇鼻,让她发不出任何声音。

她拼命蹬腿挣扎,又拿胳膊肘去撞击男人胸口,可她毕竟是个小姑娘,她的力道对于男人压根不值一提。

司茵鼻间萦绕着一股刺鼻的香,她的脑袋像醉酒一样被麻痹,意识涣散,晕过去。

男人脱下风衣给司茵穿上,宽大的兜帽叩在她头上,将小姑娘从头到脚遮盖严实。

他戴上口罩,带着司茵往外走,乍一看,像带着一个醉酒的小伙子。他带着司茵经过时穆和老油,依然不紧不慢,毫不心虚。

时穆停下,转身往电梯方向看,眉头紧锁。

老油见他停下,也顺着他目光看去:身材高大的男人正搂着一个醉酒的小伙儿进了电梯,其他并没有什么不同。

老头不解,开口问:"怎么了时院长?"

"司茵的香水味。"这款香水味道很特别,是他亲手调制。

老油耸了耸鼻子,道:"啊?没味道啊。"

小司茵这会儿在休息室，怎么可能从楼梯间出来？时穆紧蹙的眉头舒展开，说："可能嗅觉出错，走吧。"

尤哲浩将两条狗牵回休息室，又折回，对他们说："小司茵不在休息室，不知道去哪儿了。她不会……还在接受采访？"

时穆仿佛意识到什么，脊梁骨蹿起一阵冷汗，拔腿朝电梯冲过去。

电梯门被合上，已经下往负一层。时穆毫不犹豫地冲进楼梯间，走安全通道下负一楼。

老油不知什么状况，丈二和尚摸不着头脑。但从时院长慌张的表现看，是出大事儿了。他嘱咐尤哲浩："你赶紧回去看着狗，我去追时院长。"

时穆追下停车场，晚了一步，男人已经带着司茵消失得无影踪。

司茵醒来后一头撞在车上，疼得两眼冒金星。

等她彻底清醒，汽车已经驶上高架桥。她双手被绳索束缚，看了眼趴在身旁的悠悠，又盯着男人后脑勺问："你是谁？"

男人没有扭头，也没有回答。

司茵通过后视镜看见他侧脸的刀疤，瞳孔一缩，道："是你！"

"是我。"

她强压着恐惧，问他："你想怎么样？"

老刀没有回答，继续开车。司茵扭动身体，想解开绳索，可她刚有动作，就听见男人冷冷地警告："不怕我杀人灭口，就安分点儿。"

司茵不敢再动。

另一边，尤哲浩回到休息室，发现门半敞开。

他凭借一丝警觉推门而入，看见老虎、AK、小油三条猛犬倒在地上，纹丝不动。

里面有三个戴口罩的男人，正搜索衣柜和床下，满地狼藉。

尤哲浩从玄关衣柜里扯了一条浴巾，小心翼翼地走进去，绕住一人脖颈，往后拖拽，卡得对方毫无还手余地。另外两人见状，围攻而上，却被他前后两脚踢翻。

两人见尤哲浩不好收拾，拔出匕首。尤哲浩利用浴巾当武器，与两人周旋，毕

第十一章 吃醋的老狐狸

竟是特警的料,不费吹灰之力将三人撂翻。

三名歹徒昏迷,尤哲浩分别用脚去踢,见他们都毫无反应,才放心去窗边打电话。挂断电话后,他刚准备转身,臀部忽然一痛,一根注射器扎进他肉里。这药物威力巨大,只片刻,他已经头晕眼花,四肢发软。

歹徒装晕,又趁尤哲浩不备,借用药剂将其撂倒。

老油带安保人员赶过来时,歹徒已经逃跑,房间里一片狼藉。他们不敢耽搁,迅速将人狗送进医院。

尤哲浩在医院动了个小手术,再醒来已经是当天晚上。

他揉着胀痛的头,问:"小司茵呢?"

"被劫走了,时院长正和警方沟通。"老油皱眉,骂道,"起东这些人真不是东西。一群活腻歪的孙子,居然敢在首都闹事?"

体育场安保森严,一般人进不去,何况是休息区。

那些人到底是怎么进去的?尤哲浩想起三条狗,又问:"狗呢?"

"三条狗没事,还好发现得早,再晚一会儿毒素进入神经,真就残了。"提及此,老油心有余悸,"这些人太狠了。居然用这种手段杀狗!还好你身高体壮,加上救治及时,毒素没有对你造成多大伤害,医生说休息几天就没事了。唉,也不知道小司茵现在状况如何,如果被注射毒素的是她,那后果……简直不堪设想。"

尤哲浩揉了揉太阳穴,道:"大伯,我进去的时候,他们好像在找什么东西。"

"找东西?"老油疑惑:"难道他们的目标,除狗之外,还有什么?"

尤哲浩想不通透:"难道是找小司茵?"

老油摇头,觉得不太可能:"不太可能。小司茵已经在他们之前被劫走,除非他们不是一伙儿的?这显然也不太可能。"

尤哲浩道:"如果不是找小司茵,那他们到底在找什么东西?"

第十二章
四十分钟的吻

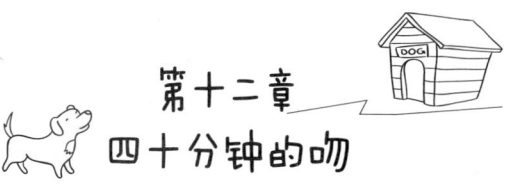

姜邵刚下飞机,就得到司茵出事的消息。他到的时候,时穆不在医院,也不在酒店。姜邵去看了三条狗,又去了尤哲浩病房问老油:"老时呢?"

"司茵出事后,就一直没看见他,我给他打电话也一直处于关机状态。"老油一脸担忧,"这傻孩子,不会做什么傻事儿吧?"

姜邵手搭在老油肩上,安慰性地一压,说:"放心,老时应该去找人帮忙了,他在这里朋友多。"

罗边将车开去郊区一处废弃工厂。他将车停在树下,拉开后车门,当着司茵的面从腰后抽出一把匕首。

司茵看着那把明晃晃的刀,往里一缩,惶恐不安,却极力保持冷静。

男人手伸进车内,抓住她的手腕,一用力,小姑娘像轻飘飘的包袱似的,被他拽到跟前。

他一刀切下去。

小姑娘紧咬唇齿,闭眼,不闹不叫,愣是哼也没哼一声。若是换了其他小姑娘,指不定已经哭成什么模样。

那刀切下来,冰凉的刀背贴着司茵的手腕摩擦。她清楚地听见男人一声冷笑。

司茵没有感觉到疼痛,手腕绳索被男人切断,她的双手放松,活动一下手腕,抬眼望着男人,疑惑:"你到底想干什么?"

"还你人情。"男人看她的眼神冰冷,说话也没有温度。但他一看见睡眼惺忪的悠悠,眼神顿时温柔,仿佛变了一个人。

他弯腰将悠悠抱起来,替小不点顺毛,道:"你们得罪了谁,自己心里没点数?"

男人的眼神反差,让司茵惊愕。

她下车后打量四周空旷的荒野,皱眉道:"你到底想怎么样?"

第十二章 四十分钟的吻

罗边掏出一只手机,递给她道:"给你爷爷打个电话,让他来见我。"

"我爷爷?"司茵一脸茫然,表示不明白,"先生,您是不是绑错人了?我一个孤儿,哪儿来的爷爷?"

男人眉头一紧道:"孤儿?老油是你什么人?"

"师父。"

他愣了一会儿,摇头笑出声,坚持让她给老油拨电话。

司茵按照他的吩咐,拨通老油电话,那边很快接通,她刚"喂"一声,手机被罗边夺过去。

"我是罗边。尤队长,好久不见。"男人做事利落,直截了当说,"小姑娘目前很安全,你们买好机票,明天晚上我们机场碰头。她拿了冠军,而且在自己身上押了重注,让那伙人至少损失千万。他们怀恨在心,便私下收买了几个亡命徒,想要了她的命。这些人做事不择手段,赛方安排的酒店里有他们的人,为了安全,我建议你们换一个更安全的酒店。"

"罗边,你别乱来,你已经走错一步,不要再走错路!"老油捧着手机,浑身止不住地颤,"小司茵只是我的徒弟,不是我的孙女,你要想跟我算账,冲我来。"

罗边道:"我跟你的账以后再算。先离开首都,你们人生地不熟,留在这里很危险。"

老油这才反应过来,这孩子是要帮他们。他不解道:"为什么要帮我们?"

"我欠小姑娘一个人情。"小泰迪在罗边怀里睡着,他利用耳朵与肩夹住手机,转身将悠悠递给司茵,让她先帮忙抱着。

司茵从男人手里接过悠悠,看着小家伙酣睡的模样,终于明白男人所说的"还人情"是什么意思。

这些日子男人一直和悠悠在一起。虽然不知道他们之间发生了什么,但悠悠过得很开心,男人身上的戾气也消散不少。她猜测,大概是这一人一狗,成了彼此的精神依托。

罗边挂断电话,去捡了一些干柴,生起一团篝火。

他在火堆前坐下,用匕首划开一只罐头,挑起一块火腿,放进火里烘烤,直到冒出油星,四边泛焦,才递到司茵跟前。

司茵小心接过,道了一声"谢谢"。

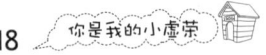

吃过东西,司茵抬眼去看罗边。男人的面庞被火光照亮,他皮肤很白,那条疤颜色深且扎眼。她问:"你跟老油之间,是有过什么过节?"

提及这个,罗边眸光一暗。

罗边没有父母,只有一个奶奶。十年前,他和奶奶共同养育一条罗威纳。这条罗威纳叫阿卡,体格大,外表凶悍,却是只很通人性的犬。被富商李宇瞧上,要花高价购买,奶奶拒绝,李宇便找人毒死了犬。

阿卡死后,奶奶伤心过度,心脏病突发,不久便也去世。那会儿罗边被保送首都大学,他在校内校外,老师同学眼中,都是无可挑剔的好孩子。

罗边去找李宇算账,对方承认毒狗的同时,并对他冷嘲热讽。他被激怒,大打出手,导致对方左眼失明,因此被判刑。

当年他愤愤不平,觉着世界不公,凭什么警察不抓那些真正的恶人,而抓他这个替天行道的好人?他不懂,也不甘。

当初抓他的是老油,也因此,他记恨了老油十年。

十年倏忽而过,他在牢里蹲了那么久,出狱后已经与社会严重脱节,前程也因此断送。他觉得自己一辈子都将这样,在老旧潮湿的出租房里勉强混过一生,人生一片灰暗,没有光明可言。

在他低谷抑郁时期,突然有个人找上门,想帮他复仇,还要给他钱。他当然答应下来,既能复仇,又能拿到一笔数目可观的钱,对现在的他来说这是一个很好的选择。与其继续现在这样阴暗看不见光明的生活,倒不如拿着钱,换个地方重新开始。

可悠悠到来之后,他忽然觉得日子有了奔头。为了让悠悠有一个舒适的居住环境,他将潮湿阴暗的出租房收拾得干净整洁。每天清晨起床第一件事,是拉开窗帘,让家里被阳光普照,一片亮堂,不再潮湿阴暗。

每天清晨和傍晚,准时带悠悠出门,沿着三江大桥散步。虽然依然清贫,但这样的日子过得饱满又知足,仿佛一条喜阴的蛆虫,突然被晒到了太阳下,蜕变成一只喜光的蝴蝶。

和悠悠相处越久,他越觉得生命宝贵。三条腿的狗尚且活得阳光自在,他又如何不能?

火堆越燃越旺,司茵半张脸被烘得滚烫。

"人生不是一步错,便步步错,不能破罐破摔。悠悠很乖,看得出来,它也很满

意你这个家人,你们是有缘的。"她抬眼去看罗边,"如果你不介意,可以来做我的靶手,有年薪,有比赛奖金提成。你也看见了,这次我拿了冠军,奖金可观,以后如果能继续拿奖金,我也会分成给你。"

"你愿意雇我?"罗边脸上闪过一丝惊愕,反问她。

司茵分析说:"依现在的情况来看,我需要一个身手不错的合作伙伴,显然你很合适,我很欢迎你加入我的团队。"

罗边很感激:"司小姐,谢谢你愿意给我这个机会。"

"相互感谢。"

罗边对她很服气。看似是个小姑娘,做事却大胆成熟。这场比赛,她居然敢全押自己赢,她不止拿到奖金,还额外赚了不少。

他问:"你怎么就有信心自己会赢?"

"靠赌运。"司茵笑得眉眼一弯,对他伸手,"我叫司茵,合作愉快,罗先生。"

罗边握住她的手,说:"合作愉快,叫我老刀。"

两人相握的手还没松开,后面草丛忽然蹿出一个人影,将罗边扑倒。

这个人一身迷彩装备,力气很大,腿脚并用,将罗边锁在地上让其无法动弹。

悠悠见状,不顾一切冲上去,咬住男人裤腿,用尽全力将其往后拖拽。然而杯水车薪,小不点儿完全螳臂当车。

草丛里陆续跳出几个男人。司茵甚至没反应过来,便被人大力拽起来,拉进怀里。

男人的胸膛足够结实,足够宽敞,也足够温暖,甚至比火堆烘烤还要炙热。她脸颊贴着男人的胸膛,能清楚听见他的心跳。

怦、怦、怦……

司茵不需要抬眼去看,闻着他身上的气息,已经知道他是谁。

除了老狐狸,还会有谁?

她愣在当场,仿佛变成了一块木头。怎……怎么回事儿?这是来自监护人的熊抱?她该怎么替他解释这个拥抱?

司茵满脑子疑惑,不知道这些人为什么会突然出现在这里,也不知道时穆为什么会找到她。她觉得……挺神奇,特别神奇。她甚至怀疑时穆往她身上安装了追踪器。

时穆松开她,搂着她的双肩,借着火光上下打量她,查看她浑身上下有无伤

口。他问:"有没有受伤?"

司茵木讷摇头,表示没有。

时穆见小姑娘表情呆滞木讷,又想起刚才歹徒握着司茵的手,温柔的眼神立刻变得凶横。他松开司茵,朝歹徒走过去,一脚踩在男人脸上。

悠悠被平时和颜悦色的时院长吓住。狗子一愣后,冲上去,咬住时穆的裤子。

他下脚有点狠,一旁的武警看不下去了,说:"老时……这种事儿不用麻烦你,我来,我来。"

司茵见状,知道时穆误会了,上前抱住他的胳膊,将他整个人往后拖。

她双颊涨得通红,小声说:"你……误会了,他不是坏人。"

时穆眼神阴狠,反问:"那我是?"

司茵轻咳一声,低头小声嘟囔道:"你可不就是?"

她松开时穆,擦过他的肩去将罗辺扶起来,扶着他的胳膊,仰头小声问:"你还好吧?"

罗辺点头,表示没大碍。

司茵转身,向时穆叙述事情经过:"前因后果就是这样。老刀因为悠悠,想还我一个人情,又担心我不相信他,才强行将我带走。我跟老油已经通过电话,尤哲浩替我受了伤,如果当时我在现场,出事的就会是我,所以,老刀算是我的救命恩人。"

"老时,我能保证你们在首都绝对安全,但出了首都,回到Z市你们要加倍小心。"将罗辺制服的武警提醒说。

"嗯。"时穆正色点头。

由于时院长欺负罗辺,悠悠还咬着他的裤脚,没松口。小家伙像一只发飙的小老虎,凶狠的表情蠢萌得惹人爱。

时穆甩了甩腿,小不点儿依然坚持不松口。

愤怒,这是来自泰迪的愤怒。

他担心动作幅度略大,伤害到悠悠,索性仍由它这样咬着自己裤脚。

时穆沉着脸色,对司茵招手,道:"司茵,过来。"

司茵扭回头看他,对男人严肃的眼神无法抗拒。她像只乖巧的小狼狗,摇着尾巴走过去,停在他跟前。

第十二章 四十分钟的吻

时穆脱掉外套，给她披上，低声向她道歉："抱歉，是我疏忽，我没想到这些人胆子这么大。"

武警接完一通电话，挂断后，侧头对时穆说："老时，三个嫌疑犯抓到了。他们说是因为觊觎司小姐身上的奖金，想实施抢劫，并没有承认是受人主使。另外，私通的内部人员也正接受调查，会给予一个合理的解释和处罚。"

时穆"嗯"了一声，仿佛他早料到会是这个结果，并不意外。他替司茵将衣服拉紧，仔细替她系上每一颗纽扣。

他替司茵系领口那只纽扣，冰凉的指背擦过她喉口的肌肤。司茵仰着小脑袋，配合他。

旁人看着连咂舌，这不是女朋友鬼才信了……

"老板。"罗边打断两人之间的小幸福。他胸口抑郁难平，捂着脸问，"我这算不算工伤？"

司茵侧身，扭回头看他。她刚扭过头，就被时穆强势给掰回去。她无奈，只能背对罗边说："算算算。"

她抬眼看时穆，委屈巴巴地说："工伤费你出。"

"你这么能耐，这点钱舍不得？"时穆替她系好最后一颗纽扣，又替她将凌乱的头发用手指刮整齐，"司茵，下次你做什么事，我希望你跟我商量。你在自己身上押重注，如果输了，你有想过什么后果？"

小姑娘无所畏惧道："大不了一败涂地，我这么年轻，前途无限，失败就从头再来，有什么的？"

罗边弯腰，去将时穆脚下的悠悠抱起来。怕它冻着，拿衣服裹严实。

司茵裹着男人的大衣，肩部松松垮垮，衣服直垂脚踝，像小孩偷穿大人衣服，有点滑稽。她身体素质不如男人，身材又单薄，被冻得缩脖子，原地两蹦，说："我们赶紧走吧，冻死了。"

几名武警打开手电，替他们照亮前路。司茵被时穆全程圈在安全范围内，被他带着穿过一片比人高的芦苇丛。

上柏油路时，司茵差点跌倒。时穆长臂一伸，用手扶住她的小窄肩，低声提醒道："小心。"稍一用力，将小姑娘往上一带。

借助男人的力量，司茵毫不费力地上了较高的土阶，再往前跨一步，稳稳踩在

了柏油路上。

上了车有空调,司茵裹着男人的大衣,浑身暖烘烘。

时穆不知从哪儿变出一包食物,问她:"吃东西了吗?"

她点头道:"吃了两片烤火腿。"

"他就给你吃这个?"时穆拆开小面包,递到她嘴边。

司茵努力地想将手从大衣里抽出来,奈何男人的大衣又沉又长,伸手老费劲了。她手还没取出来,面包已经贴着她的嘴,她顺势用嘴衔住。

时穆喂她吃了几只小面包,又拧开一只保温杯,往盖里倒了点温水,喂她喝说道:"初生牛犊不怕虎,你算是彻底把起东那伙人得罪了。"

一口温水吞下肚,肠胃一片温暖。她小声说:"退一步说,就算我没给自己押重注,我拿下冠军也得罪了他们。左右都是得罪,我又何必再去迁就他们?"

时穆听她说,沉默,又替她倒了杯水,递到她嘴边。

司茵用嘴唇含住杯盖,抿了一口,扭头望着他,道:"老狐狸,其实,如果是你,你也会这么做对不对?"

"在有足够把握的情况下,当然会。"时穆将杯盖收回,问她,"还喝吗?"

"不喝了。"她勾唇,笑容嬉皮,"其实我有80%的把握,也不是全靠运气。在这之前,我已经做足了功课,研究了几场暴龙的比赛,我认为AK不比它差,完全可以做到比它更好。但……要AK在比赛中克服生理因素,真的只能靠运气了。"

汽车驶进城,道路两旁的荒芜逐渐被高楼大厦替代。

时穆沉默地拧上杯盖。

他很佩服她的胆气,也自私地希望她胆小一点。如果她没那么大胆,也就不至于去押重注,树下起东这枚劲敌。

木秀于林,风必摧之。她已经承受了太多这个年龄不该承受的东西,时穆担心她以后的路。

首都的三月,天气干冷。他们抵到酒店已经接近凌晨。

AK不在,时穆不放心司茵一个人,开了一间家庭房,共三间卧室。最小的一间给罗边,最大最舒适的一间给了司茵。

罗边将悠悠抱回房,给他的小公主洗了个澡。吹湿毛时,小公主调皮,从房间里跑出来,去了时穆的房间,在时穆毫无察觉的情况下,钻进了他床底。

第十二章 四十分钟的吻

罗边推开门，半截身探进去，看见脱了衬衣裸着上身的时先生。

时穆扭回头，皱眉看他，神色冷漠不友好。

罗边对他也没什么好感，脸上被他踩过的地方还一片火辣。他也阴着脸，走进房间去找悠悠。

时穆以为他来挑衅，将手上衬衣狠狠往床上一摆，冲过来将人摁在墙上。罗边本就对他有怨气，经他一挑衅，爷们儿热血冲上头顶，一脚将他踹开。

时穆身手矫健，迅速往后一退，躲过。他受过军事化训练，可罗边的身手与他比起来，不相上下。

悠悠从床下钻出来，望着两个打起来的男人一阵"汪汪汪"。它见劝阻无效，跑去司茵房间求救。

司茵刚洗完澡，正拿毛巾擦湿发，看见悠悠进来。她被悠悠带去时穆房间，当场愣在门口。

时穆赤着上身与罗边搏斗，两人拳头每落对方身上，便发出"砰"的一声闷响。时穆那身腱子肉因为发力而紧绷，因为用劲而出汗。

他的汗水顺着胸肌往下流淌，在八块腹肌上停留，汗涔涔的质感很是诱人。

司茵看得出神，想拉张小板凳坐在门口，吃着爆米花看他们搏击表演。

两人停下，同时侧目看向司茵。

小姑娘用毛巾揉了揉湿发，眨眨眼道："继续啊，看我做什么？"

时穆松开罗边，利落地套上衬衣，吁了一口气，解释道："我们相互切磋。"

"唔。"司茵指着脚下小不点儿，问罗边，"你就这样照顾悠悠的？狗子毛发不吹干，很容易得皮肤病。"

罗边也深喘几口气，揉着瘀青的嘴角，单手将悠悠拎起来抱回房，将门重重甩上。

"砰"的一声巨响，表现出他的强烈不满。

没过一会儿，司茵收到微信。

老刀："工伤两次，请老板记账。"

这还没跟她签合同，就已经工伤两次，这样下去她不是亏钱吗？司茵抬眼，愤恨地盯着时穆。

男人朝她走过来，距离五步时，司茵将毛巾狠狠朝他身上一掷。时穆伸手抓

住,看她时眼神温柔,甚至宠溺,伸手去揉她湿发,问:"怎么了?"

"不开心。"小姑娘冲他瞪圆眼睛,语气里有撒娇意味,"我的新员工,今天已经问我要了两次工伤费!你赔!"

"好。我赔。"时穆将毛巾展开,裹住她的小脑袋,继续替她揉搓湿发。

男人身体逼近,挡住她头顶一片光源,她半个人笼在他的阴影里。

司茵的视线前方就是他结实的胸膛,这么近的距离,她甚至能看见他衬衣下的胸肌纹路。

司茵盯着他的胸肌,问:"今天我失踪的时候,你是什么感觉啊?"

"嗯?"没想到小姑娘会问这个。

时穆仔细回想白天的感觉,恐惧、不安,仿佛要失去比生命更重要的东西。他不敢想,如果她真的出事,他会如何。

那一瞬间他大概很后悔。

后悔曾经的克制,没能给她最好、最温柔的情谊;后悔曾经的拒绝,让他错过了一个可以倾尽全力照顾她的理由。她是还小,可现在的她,喜欢他,这不就够了吗?老油说得对,人有时候就得自私点,先过好当下,再去想未来。

他就自私一点,放开去赌。就像小姑娘赌自己能赢,他也赌上所有,放开内心那道闸,让所有感情倾泻、喷涌。

司茵戳戳他的胸,抬眼,对他说:"老狐狸,以后你别对我这么好,毕竟男未婚女未嫁。即使是司豪,也不会给我擦头发。"

时穆动作一顿,只听她打了个哈欠,又说:"谢谢你今天及时来找我,我很感激你,作为监护人,你很尽责,甚至比司豪还要尽责。还有,你在赛场上的那只……狐狸耳朵,我很喜欢,也感谢你为我加油。"

趁他还迷惑,司茵迅速钻进他怀里,用双手紧紧圈住他的腰。她拿脸颊在他胸膛蹭蹭,语气不紧不慢:"这个拥抱,是妹妹对哥哥的拥抱,谢谢你替司豪照顾我这么久。这次比赛我赚了不少钱,我的经济也足够独立,这些钱也足够我挥霍到毕业。嗯,以后我可以照顾自己,你不用再做我监护人。回Z市后,我会离开医院,带着老刀另择场地,建立属于自己的训犬基地。"

司茵松开他,正要将手抽回,手腕被男人紧紧握住。

男人手很大,又炙热,她纤细的手腕被男人攥得严严实实,宛如手铐般稳妥。

第十二章 四十分钟的吻

"带老刀另择场地?"

时穆下手重了一点,两只眼圈泛红,居然是愤怒的眼神。

司茵明显感觉到他身子轻颤。

她被时穆这眼神吓住,见过他温柔的、狡黠的,却从没见过他这样愤怒的眼神。

她甚至害怕男人一张口,就一口咬住她的脖颈。

"时穆,你……先松手,手腕要被你捏碎了。"司茵用另一只手去推掰他指头,却被男人顺势给摁住,又握紧。

男人手心里的都是汗,而她也紧张得满身汗。

她没来得及说话,男人忽然将她从门口拉进房间,一脚将门踢上。司茵双手被他摁在门上,尝试动弹,女孩的力气在他面前,简直微不足道。

时穆弯下腰,一张英俊的脸朝她凑过去,呼吸也变得粗重。司茵瞪大眼睛,一脸惊恐看他,望着男人越来越近的脸,紧张得脚趾绷直。

这样的情景似曾相识,她好像在……吸血鬼电影里见过?

这是要……咬脖子吸血了?司茵一身冷汗,想出声制止,却又被男人那双宛如猛兽的眼睛吓得不敢发声。

司茵屏住呼吸,瞪大眼睛看他。

男人这样,让她想起AK在灾区咬她的情景。她不敢有太大动作,甚至不敢有情绪波动,怕激怒对方,只能以静制动。

时穆的五官渐渐朝她逼近。她下意识侧过头,不敢再直视他。

室内响起一串电话铃声,立刻将时穆拉回现实。他的唇停在司茵耳旁,呼吸喷在门板上。

司茵耳旁是男人粗重的呼吸声,一下又一下,导致她心跳加速,情绪乱如杂草。

时穆心跳加速得也非常厉害,甚至口干舌燥,浑身沸腾的热血久久不能归于平静。

电话铃声停止,时穆的呼吸渐轻,最终松开她的手腕。他几乎贴着她的耳廓,压抑着嗓音说:"司茵,你就不能乖一点?"

男人的尾音略微向上扬,他的声音低沉好听,却又带着不容抗拒的严肃。

司茵有点蒙。

"不要另立门户,"他的语气里似有恳求的意味,"留下。"

原来他发飙是因为这个吗?司茵松一口气。

她也知道,一旦她提出自立门户,时穆一定会阻止,一方面是因为起东。在他眼里,她不够手腕可以自立门户。

时穆的担心,她是理解的。可是她现在真的很急切地想跳出被时穆当成小孩照顾的怪圈,她想尽可能地自食其力,和他旗鼓相当。

她随意找了个借口:"现在的训练场不够大,我想换个更大的地方。"

时穆反问她:"只是因为不够大吗?"

司茵揉着手腕,低着头小声说:"老狐狸,我真的已经长大了。"

"先完成学业,再考虑自立门户。"他分明是在做建议,可语气强势,让司茵误以为是命令。

司茵皱眉,推了他一把,道:"时穆,我已经是个成年人,你不要再把我当小孩好不好?"

"是,可你跟我之间,签有协议。"时穆气息归于平稳,特意提醒她,"监护人协议。"

司茵觉得他不讲道理,拧开门锁,转身回了房。

小姑娘离开后,时穆一拳打在墙上。

骨头震痛,肌肤裂疼。大概没有比口是心非更痛苦的事了,分明是舍不得她离开,不想让她与一个男人独处。可是话到嘴边,再出口就变了一个味儿。

第二天早上,酒店提供自助早餐。

司茵三人与姜邵、老油在自助餐厅碰了面。姜邵坐在司茵旁边,他凑过去说:"小司茵,你昨天真是吓哭我。你要真出了什么事,我和陆宝宝不要活了……"

"陆宝宝……"司茵抽着嘴角看他。

姜邵打量一眼坐在左手边的刀疤男,手一伸,将他搂住,说:"兄弟,谢谢你救了我们小司茵。大恩不言谢,以后哥们儿罩着你!"

罗边低头吃馒头,没搭理他。

时穆从头至尾都沉默。他替司茵剥了一颗鸡蛋,搁进她的餐盘。司茵却转头将这颗白鸡蛋给了罗边:"老刀,喏,吃鸡蛋,你辛苦了。"

老刀抬眼看女老板,又扫了眼一脸铁青的时穆,舌头顶了顶还瘀青的腮帮,冷笑一声。他拿起那只鸡蛋,塞进嘴里,吃着食物含混不清道:"鸡蛋不错。"

第十二章 四十分钟的吻

时穆又往司茵碗里剥了几只水煮白虾,又被她全部赏给罗边。

"谢谢老板。"罗边吃得津津有味,神态表现略夸张,白虾仿佛被他吃出鲍鱼的味道。

某人的爱心食物被不相干的人吃掉,餐桌上的火药味儿随处可闻。

姜邵坐在司茵和罗边中间,嫉妒地捧着脸叫嚷:"小司茵你偏心!我也要!"

老油也跟着凑热闹:"丫头,我也想吃虾。"

"好好好,都有份儿,"司茵将桌上一盘带壳的水煮虾放去时穆跟前,眉眼弯弯,"穆叔叔,麻烦了。"

时穆抬眼,冷冷扫过餐桌上的另外三个男人。

罗边用挑衅的目光与他对视。姜邵、老油低头喝粥,相互挑菜,假装看不见他。

姜邵说:"老油,这块牛排不错,你尝尝。"

老油说:"嗯,姜董,这个叫天妇罗吧?味道不错,你尝尝。"

时穆继续低头剥虾,又将剥好的虾仁全部搁进司茵餐盘,却被司茵无情地转赠给其他人。

老油吃着时院长牌手工虾,针对昨天的事,咂嘴感慨道:"还好这次大家都没事,只是虚惊一场。小司茵啊,你可要好好补偿尤哲浩啊,他可是替你挡了一支毒针。"

司茵点头道:"嗯,放心吧老油,回了Z市,每天中午我去他们学校,陪他吃饭。"

一旁剥虾的时院长眉头皱成"川"字形。老油瞅见他的神态变化,乐呵呵,甚至添油加醋,特意拔高嗓门道:"哎哟,咱们小司茵真是心疼人,这还没成小媳妇儿呢,就有小媳妇儿姿态了。不错不错,来,师父奖励你一只虾。"

司茵一脸乖巧:"谢谢师父!"

老油也往罗边碗里夹菜,微一叹气,说:"孩子,以后我们就是一家人了,有什么事需要帮忙,就提出来,我们能帮得上的,一定帮。"

罗边盯着他挑来的菜,清冷地"哦"了一声,连个好脸也没给老油。

时穆惊觉情敌众多。走掉一个姜邵,又来一个尤哲浩,现在倒好,又来一个罗边。

由于三条狗和尤哲浩身体还虚弱,一众人又在首都多逗留了一周。司茵也因此多请了一周假。

为了安全,他们大部分时间都留在酒店。

司茵每天留在房间看书做作业,晚上会与吴容视频,询问学习上的问题。睡觉前,陆南会给她打电话,跟她抱怨拍戏辛苦、粉丝太多,抱怨之余,还不忘撒一把狗粮。

司茵内心苦——求不要伤害单身狗……

时穆早晚会去酒店健身房,其余时间都留在客厅,开着电脑处理医院的工作。

罗辺早晚会带悠悠出去遛弯,也会去健身房。他和时穆在健身房狭路相逢,都恨不得撸袖子干一架。但碍于健身房人多眼杂,只能作罢。总之俩人相互看不顺眼。

晚上,司茵做好作业,出来倒水喝,看见罗辺趴在地上。

他的视线与悠悠平齐,轻声细语地哄:"小宝宝,怎么了?怎么不吃呢?今天的饭很香哦。"说着自己将嘴探进狗碗,假装要吃的样子。

司茵握着水杯,愣在门口,被这样的场景吓住。

罗辺平日总凶神恶煞,此刻却因为悠悠不吃饭,而急得双眼含泪,连他脸上最凶横的刀疤都仿佛变成了惹人怜的存在。

论男人如何哄,悠悠依然趴在地上,耷拉着耳朵,不为所动。

时穆冷眼看着趴在地上的男人,不以为然。

司茵问:"老刀,你干吗呢?"

罗辺一脸焦灼看着司茵道:"老板,悠悠一天没吃东西,怎么哄也不吃。"

司茵搁下水杯,将悠悠抱起来走向时穆,说:"老狐狸,你帮忙给悠悠看看。"

时穆伸手接过悠悠。罗辺看得心一紧,皱着眉冲他吼:"喂!你不能轻点儿?"

时穆冷冷瞪他一眼,没说话。

他垂下眼,开始替小不点检查。男人修长的手指轻轻按压小狗腹部,片刻后,漫不经心道:"消化不良而已,让服务员送点健胃消食片上来。"

罗辺片刻不敢耽搁,亲自下楼去取健胃消食片。

等他离开,司茵略带斥责说:"老狐狸,你对老刀有偏见。"

"没有。"时穆低头替小狗顺毛。

悠悠的下巴搭在男人手臂上,享受顺毛。

司茵愤然道:"你刚才没看见他多着急?嘴都伸到狗碗里去了,你却视而不见!"

第十二章 四十分钟的吻

时穆抬眼,淡淡道:"他并没有寻求我的帮助。"

司茵气结,懒得再与他争辩。这个傲娇的老男人。

周一他们返回Z市,上了飞机,司茵发现自己的座位完全与其他人隔绝,她目光所及之处,压根看不见其他熟人。头等舱一排两个座位,司茵的位置靠窗,时穆挨着她。

尤哲浩脖子上挂着耳机,抱着薯片瓜子走过来,立在时穆跟前问:"时院长,介意换个位置吗?"

时穆低头翻阅杂志,语气疏离:"介意。"

尤哲浩只能拿出撒手锏:"时院长,我大伯说有事儿和你谈,让你过去。"

"你让他过来。"时穆低眼看着杂志,端起酒杯,抿了一口红酒。

尤哲浩抱着零食拐回去,没一会儿老油过来。

老油在时穆肩头拍拍道:"时院长,你昨天说扩建训练基地那件事儿,我有个大胆想法,想和你细细商量,你跟我侄子换个位子,咱们坐一起,慢慢说。"

"就在这里说。"时穆握着高脚杯,轻晃红酒,抬眼看他,"你说,我听。"

"就在这里?"老油心里苦,"我站着多累啊……"

时穆继续垂眼翻杂志、品红酒,道:"那就等回医院再说也不迟。"

好一个坚守阵地不动摇。老油套路失败,黯然退场。

回到Z市后,老油开始按照时穆的要求,扩建训练场。虽然他也不知道,时院长为什么这么着急扩建。

司茵趁着周末,带着罗辺去郊区选场地做训练基地。他们选了整整半个月,也没挑到合适的,要么离市区太远,要么离市区太近。

罗辺也不知什么恋狗的臭毛病,他现在全身心依赖悠悠,出门一定得把狗子抱怀里。

考虑到罗辺的住处离市区太远,司茵打算出钱给他租一个环境稍好的单身公寓,也算是员工福利。

周末,她约了罗辺一起去看出租房。她万万没想到,这个铁血糙汉会推着一只婴儿车来赴约。

走近她才知道,原来婴儿车里躺着悠悠。

男人给悠悠穿上了粉色碎花小裙,小脑袋上给扎了几条小辫,系上了粉色的蝴蝶结发带,将小不点儿打扮得像个小公主。

司茵看着悠悠目瞪口呆,又抬眼,不可思议地望着罗边道:"你干的?"

"嗯。"罗边替悠悠整理一下蝴蝶结,问她,"怎么样老板?我们悠悠漂亮吗?"

"漂……漂亮……"

想起和罗边的初遇,再看当下,反差何止用"巨大"来形容?前后简直判若两人!司茵严重怀疑眼前这个糙老爷们儿被人换了灵魂。

有这么一个宠狗如命的员工,她也很绝望……

清明节那天学校放假,司茵带着AK和时穆,去给司豪扫墓。

时穆带了纸钱烛火,也特意让人做了"狗粮",一并烧给司豪。他希望这个兄弟在九泉之下也能训一条好狗,不再孤独。

AK盯着墓碑上司豪的照片,发了片刻呆。它用嘴叨了一点冥币,丢进火里燃烧。

它的狗嘴不如人手灵活,火苗好几次烧到它的狗毛。它疼得"嗷嗷"叫,连连后退,缓一会儿,又继续上前烧纸。

司茵心疼AK,想阻止它。但这家伙脾气比牛倔,一味坚持。它的眼睫毛被火给燎没了,嘴上也留下一块被烧伤的痕迹。

天渐渐阴沉,一阵雷声轰鸣后,开始飘小雨。时穆替司茵撑开一把黑伞,提议说:"下雨了,回去吧。"

司茵叫了一声AK,狗子却不为所动,继续对着墓碑发呆。它将嘴筒子凑上墓碑,盯着年轻男人的照片,思绪飘飞。

他仿佛看见男人抬起手掌,对它说:"来,AK, give me five!"

AK抬起一只狗爪,与男人击掌。

然而这一次,它抬起的肉垫没有拍上男人糙而宽厚的手掌,而是拍在了冰冷的墓碑上。

"呜——"AK歪着脑袋,对着墓碑委屈。

司茵对它的行为举止表示不解。她扯了扯时穆的衣袖,问:"它在做什么?"

时穆解释说:"它在跟司豪击掌。"

司茵鼻头忽地一酸,眼泪滚热。原来过去这么久,AK对司豪的感情,依然深

第十二章 四十分钟的吻

刻。她也难过,尤其是看着墓碑上,男人露齿的笑脸,更心酸。

时穆去拍她的肩,给予安慰。

绵绵细雨搞得氛围无比悲伤。他想伸手抱住小姑娘,但抬眼一看司豪,顿时心虚。

他望着墓碑,良久,叹出声:——司豪,我想替你照顾妹妹,一辈子。

回去路上,AK嘴筒子搭在车窗上,望着远去的墓园发呆。

趁着司茵清明放假,他想带小姑娘出去旅游。去哪儿都好,远离尤哲浩,远离罗边。

汽车驶进城区,时穆问她:"想去哪儿吃饭?"

司茵想了一下,说:"你送我去梦悦城,我约了尤哲浩吃饭,然后跟他的同学一起去唱歌喝酒。"

清明节假期对学生们来说特别难得,大家也没什么可忌讳,都想借这个机会好好放纵一下。

"吃饭?喝酒?跟尤哲浩?"时穆意识到事态严重,拧着眉头道,"吃饭唱歌可以,喝酒不行。"

"为什么?"司茵一脸好笑看他,"我是成年人,有权自己决断,即使你是监护人,也没有资格阻止我跟朋友喝酒。"

时穆目光微敛:"司茵——"

他的话被司茵一通电话铃声打断。给她打电话的人是尤哲浩,问她什么时候到。司茵表示马上就到,她挂断电话,扭过头对时穆说:"你要是不愿意送我去,就把车靠边停下,我自个儿打车。"

时穆心情阴郁。他虽然不情愿,却依旧将小姑娘安全送达梦悦城。

小姑娘上楼后,他将车停在路边等候。

AK从后座爬到前座,脑袋搁在他大腿上打盹。时穆在梦悦城外等了足有三个小时,终于等到司茵和尤哲浩下来。

两个人上了一辆出租车。

时穆拍醒AK,让它坐好。狗子睡眼惺忪,打了个哈欠坐去副驾驶。

时穆一路小心翼翼地跟着出租车,在KTV门口停下。他将车停靠在路边,做贼似的小心。

大约等了二十分钟,他才敢带AK下车。他借用AK的狗鼻,追踪到3203包间外。

时穆身体靠着墙,从兜里摸出打火机和烟。

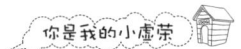

他刚咬住一支烟,裤脚被AK含住,被它扯了一下。他点烟的动作停下,蹲下身,将烟和打火机一并递给AK,道:"说了戒烟就戒烟,去吧。"

AK看见走廊里有人抽烟,本着不浪费原则,将时穆的烟和打火机叼过去送了人。

两名服务员从狗嘴里接过香烟和打火机,"哟,这盒外烟可不便宜。"

另一人叫道:"哇!D&M限量款打火机!"

AK在两人震惊的目光下,甩着尾巴回到时穆身边,安分趴下,尽量降低自己的存在感,以免吓到路人。

时穆要了一瓶后劲儿够大的洋酒,拎着酒瓶,站在外面喝。

包间不太隔音,他听见一群年轻人吆喝:"亲一个、亲一个、亲一个!"

他的心脏顿时拧成一团,开始胡思乱想。

没一会儿,包间里又传来司茵的声音。经过话筒过滤,小姑娘声音略微厚重。她大声吼:"尤哲浩,我司茵——喜欢你!喜欢你!喜欢你!"

确定是司茵,时穆愣住,整张头皮跟着一麻。

五雷轰顶,不过如此。

他心脏仿佛被冻成冰块,又被一把铁锤敲得粉碎。

真心话大冒险,司茵输了,她选择了大冒险。

那句"尤哲浩我喜欢你"不过是大冒险的惩罚。尤哲浩身边的朋友都知道他的喜好,所以大家认为跟他表白,是一种"大冒险"。毕竟,他特别讨厌女生跟他表白。

朋友们都很意外,司茵居然没挨揍。

一众打趣哄笑后,司茵起身说:"我去趟卫生间。"

大家继续玩骰子喝酒。

司茵拉开门,一脚差点踩到门口的狗头,还好收脚及时。她低眼去看AK,正要开口问它怎么在这儿,忽然一个人影挡在她跟前。

她吓得连连往后退,直到背抵着墙,才停止后退。

时穆朝她步步逼近,在她跟前立定。他和上次一样,用一双猛兽般的眼睛看她。可是这一次,男人却弯下腰来咬住了她的唇。

男人浓郁的气息将司茵所有感官都覆盖。她只觉天旋地转,耳道里炸开"噼里啪啦"的烟花。

第十二章 四十分钟的吻

包间里所有同学都惊呆,包括尤哲浩在内。同学们望着眼前劲爆的情景,开始摇动手中摇铃和铃鼓,用"哗啦啦"的声音制造起哄的氛围。

唏嘘声、口哨声连绵不绝,各种起哄。

时穆仔细去亲吻司茵,也不管有旁人在。他承认,这是他这辈子做过最疯狂的事。

男人炙热的手掌裹着她的面颊,手指紧叩她的头皮,导致她起了一身鸡皮疙瘩。她被这突如其来的疯狂吓得脸色惨白,如木偶一般愣在原地。

她的嘴是麻的,浑身肌肉是麻的,甚至连骨头也是麻木的,压根动不了。

她的脑子乱成一团糨糊。是喝醉了吗?分明没有喝多少,怎么就开始做梦了呢?

时穆闭着眼,摒弃了周围一切声音,专心地去吻小姑娘。他体内的狼血在燃烧,在沸腾。他最终,还是变成了一只背信弃义、自私自利的禽兽。

清明节还未过。他想,大概他死后,会下地狱吧?不重要,他想要当下快乐。

小姑娘真正长大那一天,会离他而去吗?不重要,他想要当下快乐。

她的唇湿软,又带着一丝丝甜腻的香,让他欲罢不能,被压制的感情终于如火山迸发。

这一刻,他想,即便是赌上这条老命,喜欢她,也是值得的吧。

可是为什么偏偏是在她喜欢上别人的时候,他才肯突破最后一道防线?

为什么呢?懊恼,自责,追悔不已。

他害怕这个吻结束后,小姑娘从此以后不再理他。

他也害怕这个吻结束后,小姑娘说:"老狐狸,我已经不再喜欢你了。"

他很难过,心痛如刀绞……

这个吻足足持续了四十分钟。

到最后,同学们都懒得起哄了,干脆捧着大脸安静地观看男女主接吻。录视频的录视频,发朋友圈的发朋友圈。

时穆终于松开司茵,她抬眼看他。

天……老狐狸的眼圈是红的?眼睛是湿的?哭……哭了?

她甚至没反应过来,老狐狸的头重重砸在她肩上。

第十三章
老狼狗

　　这场整整持续了四十分钟的吻，就算是个梦，未免也……太、太甜了吧？

　　她被男人的气息全方位覆盖。她想挣扎，可她的力量在男人跟前，完全微不足道。

　　这四十分钟，每一秒时穆都珍惜万分，舍不得放开，也不敢放开。他担心结束后，司茵会一个巴掌甩上来，也害怕从此以后，再也没有这样的机会。

　　整个过程于时穆来说，甜蜜而揪心，直至放开那一刻，心脏依然如被钝器击打，疼得他难以呼吸。

　　司茵觉得不可思议，这大概是个梦，一个醉酒后的梦。

　　时穆的额头搁在小姑娘肩上，鼻尖吸吮着小姑娘身上独有的甜香。

　　他的声音很低，随情绪轻颤："小司茵……"

　　司茵扭动了一下身体，浑身绷着。

　　她……想上厕所。她足足憋了四十分钟，这会儿是真的挺不下去了。

　　时穆将脸一侧，鼻尖、嘴唇，贴着她脖颈处，炙热的呼吸喷在她的肌肤上。

　　她的脖颈被男人挺拔的鼻尖顶着，为了舒适，她将脑袋往右偏。她的视线终于开阔，也终于看见包间里的其他人。

　　女同学们正举着手机录视频，尤哲浩下巴搁在抱枕上，打了个哈欠，兴致缺缺。

　　司茵用手指戳了戳时穆的胸口，小声说："老狐狸，你够了吗？"

　　男人用嘴抿了一下她的耳垂："没。"

　　这一记，致使她打了个战栗。她一把推开男人，捂着小腹奔向卫生间。

　　司茵再回来，没看见时穆，她问尤哲浩："老狐狸呢？"

　　尤哲浩指了指躺在沙发上已经熟睡的时穆，说："喏。刚才吐了我一身，然后睡着了，彻底喝醉了。"

第十三章 老狼狗

"喝醉了？"司茵拿起一罐冰镇过的啤酒，贴着自己滚烫的脸颊，降温。

她将混乱不堪的思绪整理好，然后才说："尤哲浩，帮我一个忙。"

"干吗？不会要背这个大块头回家吧？"

司茵抱着拳，一脸恳求："拜托啦。"

尤哲浩极不情愿地将男人扶出KTV。AK跟在他们身后，狗脸无奈，人类的世界真是难以理解。

尤哲浩将时穆扶上车，累得翻白眼道："真重，这只老禽兽借酒行凶吗？他怎么知道我们在这儿？变态跟踪狂啊。小司茵，你怎么会喜欢这种男人，变态。"

司茵笑着安慰他："好啦好啦，别生气。我喜欢的男人，哪儿有你喜欢的可爱呢？"

尤哲浩果然被她一句话哄开心："那当然。对了，今晚你玩儿大冒险说喜欢我这事儿，可不能被我家那位知道了，吃醋很可怕的。"

"好的好的。"司茵冲着他做了一个"OK"的手势。

两人的谈话被车内的老狐狸听了去，他心里一喜，敢情是……大冒险吗？

AK将脑袋搁在时穆腿上，看见老狐狸睁开了眼。AK歪着脑袋，一脸疑惑地看他。

没，没睡？

尤哲浩离开后，司茵站在车外给代驾司机打电话，对方来得很快。

就在司茵上车的那一瞬间，AK看见时穆瞬间闭上眼装睡。司茵用手推了推时穆，低声叫他："老狐狸？"

没反应，看来醉得不轻。

汽车驾驶上路，司茵侧过脸去看窗外景色，恍然出神。刚才在KTV，跟做梦似的，老狐狸好像变了一个人。他太疯狂了，以至于让她怀疑刚才那件事可能只是她的臆想。

司茵用手揉了揉嘴唇，好像被男人啃得有点……肿。她扭过头去看时穆，小眼神怨念颇深。

代驾司机问她："姑娘，你们出来喝酒还带狗啊？头一次见。"

"嗯。"她声音刚落，男人头一歪，落在她的肩上。司茵身体绷直，不敢再动，每个毛孔都不可抑制地张开，热血狂沸。

车内空间逼仄,空气流动不太通畅,呼吸仿佛变得困难。

男人的脑袋从她的肩部慢慢往下滑,最终落在了她的大腿上。由于时穆倒下,原本趴在两人中间的AK被男人的身体压住,怨念无限。

司茵低头看着时穆,男人五官英挺,睫毛浓密翘长,闭眼的模样很安分,像一只因为熟睡,将身体缩成一团的毛狐狸。她低下头,除了用嘴吹他的睫毛,又用手指去戳了戳他挺拔的鼻梁骨。

她好像看见男人嘴唇勾了一下?是……幻觉吗?

AK的狗头从男人身下露出来,难受得一脸冷漠。

时院长为了揩油,不择手段,过分,真是过分,作为一条狗,它都快看不下去了……

当天晚上,时穆吻司茵的视频被传到网上。

微博热门推送,标题吸人眼球——男子强吻女生四十分钟。

视频里,包间灯光很暗,看不清人脸,只能简单看清一个模糊的轮廓。身高腿长的男人弯腰去亲一个矮他很多的姑娘,两位主角身高差明显,可惜看不见脸。

下面网友拿四十分钟调侃。

"牛……四十分钟吗!兄弟够持久!稳!"

"接吻四十分钟?那个岂不得持续一天?哈哈哈哈哈"

有一条评论的关注点和其他人不同:"你们有没有看见那条狗……好可怜啊。"

网友们又仔细看视频。因为狗头很黑,光线又暗,手机屏幕亮度稍微低一点压根看不见角落有条狗存在。网友们把手机屏幕调到最亮,右下角果然有一只狗头入镜。

狗巴巴地仰着头,这场接吻持续了四十分钟,它仰头的动作就维持了四十分钟。

有网友将视频截图,用修图软件将画面亮度稍微调亮,加上文字"来自单身狗的凝视",做成了表情包。

网友们:虐狗适可而止啊。

翌日,司茵约了老油在医院见面。她到医院的时候,恰好赶上食堂饭点儿。

她和老油找了一张餐桌坐下。刚吃一口饭,听见旁桌的护士讨论今日八卦。

护士A:"看新闻了吗?男子强吻女生四十分钟虐狗那个。"

护士B:"居然吻了四十分钟,这男人够持久啊……"

护士A:"欸,别说,那男人的背影有点像时院长耶。"

第十三章 老狼狗

护士B捂嘴笑:"时院长要是能那么亲姑娘,医院的狗都得飞上天了吧?"

老油大致听了一耳朵,打开手机,看了新闻推送视频,皱着眉头说:"真是有伤风化,这要是我儿子,呵呵,非摁墙上揍不可。小司茵,你以后跟尤哲浩可千万别这样啊,亲嘴躲着亲,别被人给拍了去。"

司茵埋头扒饭,心疼自己一秒。

桌下的AK将狗头搁在老油腿上,眨巴着一双亮晶晶的狗眼睛看着他。

它想告诉老油,它就是视频里那条可怜的狗。

老油低眼打量AK,摸摸它的狗头感慨地说:"AK,你见过比你的脸还黑的狗吗?"他将手机递到AK面前,又说:"你瞅,这条狗的脸跟煤炭似的,哈哈哈哈哈哈……"

AK表示受伤,冲着他"嗷呜嗷呜",悲痛欲绝。

司茵有段时间没来医院,后面的训练场已经被老油扩建出另一番模样。

训练场地比原先大了两倍不止,不仅增加了专用的障碍设备,还特设了训犬跑道,让司茵眼前一亮。

老油邀她走上训练高台,指着这一片场地问她:"怎么样小司茵?扩建之后这个训练场够不够气派?"

没有扩建之前,训练场就已经足够气派,堪称宠物天堂,只怕Z市没有比它更气派的训练基地。扩建之后,这里的一切都想让司茵据为己有。

尤其是在她找了半个月的训练场地后,她更加垂涎眼前这片训练基地。

老油仿佛从她眼睛里看见了一片星光,用胳膊肘子撞了她一下,问:"怎么样小司茵?留下来,我把训练场一把手的位置让给你。"

司茵扭头问:"如果我想买这块训练场,你觉得老狐狸会卖吗?"

她话音刚落,一道稳沉的男音插入:"不卖。"

司茵闻声回头,看见穿着白大褂的老狐狸渐步走上阶梯。想起昨晚,司茵的脸忽地红透。

早上司茵离家时,他还没起床。这会儿看见他,司茵心情莫名紧张。

昨晚明明是他亲了她,可她却紧张得要命。

时穆上了台阶,扭过身俯视训练场,满意道:"不错。老油,你去把那群狗放出来,我要群训。"

"好嘞。"老油临走之前对司茵说，"小司茵，待会儿让你见识一下我们时院长的群训。他训的时候压根不让我看，你来得正好，有眼福了。"

司茵走的这半个月，时穆带着数十条烈性犬霸占了训练场。他群训时，不让任何人在场，包括老油。

等老油离开。时穆望着一片训练场，仿佛在思考什么。

司茵盯着时穆的后脑勺，视线落在他下垂的手上。

男人手指修长，微卷，贴着裤缝。她红着脸，抿紧嘴唇，大着胆子去勾男人的手指。

然而她的手指还没触碰上时穆的手，他已经将手抬起来，仿似不经意地摸了摸鼻尖。

司茵垂头丧气，像一只耷拉着耳朵的小狼犬。所以……他到底记不记得，昨晚到底做了什么？

时穆收回视线，扭过身问她："扩建之后的训练场，你觉得怎么样？"

司茵双手背在身后，低着头，去踢脚下的小石头，说："还好啊，挺不错的。"

她心不在焉，努力压制躁动的情绪。她小吸一口气，再抬头时，已经表现得足够冷静。她直截了当地问时穆："你昨晚。为什么会出现在KTV？"

时穆回答简短："喝酒。"

司茵又问："你还记得，你昨晚做了什么吗？"

时穆没有回答，只是沉默地看着她。

司茵抓住男人的双肩，踮起脚，主动去吻他。

她的唇贴着他的唇，他却没有一点反应，与昨晚判若两人。和她第一次亲他时一样，他没有任何回应。

司茵松开他，道："这就是你昨晚对我做的，不记得了吗？"

时穆沉默片刻，低声说："司茵，闭上眼。"

司茵微愣："嗯？"

她甚至没来得及问为什么，男人那只宽厚而炙热的手掌遮住她的眼，致使她眼前一片漆黑。

司茵闭上眼，听见一片犬吠。

时穆用单手捂住司茵的眼睛，用另一只手去下指令。片刻后，时穆将手挪开，对她说："睁开眼。"

第十三章 老狼狗

司茵再睁眼,看见台阶下不仅站着老油,还有姜邵和陆南。

她视线移向训练场,数十条烈性犬,嘴里叼着玫瑰花,在场上有秩序地奔跑。

五分钟后,那群看似凶神恶煞的狗子们,按照时穆的要求,将队伍列出一个心形。打头的烈犬是老虎,它与其他犬不同,嘴里咬着一束包装精致的玫瑰。

这群烈性犬里,有凶猛的黑背,有威猛的罗威纳,也有身姿矫健的马犬,每一只皆是黑帮老大脸,看着都不像善茬。

然而铁血烈犬,被迫温柔,向司茵展现了另外一番萌态。

司茵看着场下那群狗嘴里叼玫瑰花的狗子们,居然有一种被黑社会老大哥表白的既视感。

老虎将那束玫瑰花叼上台阶,递到时穆跟前。

时穆将玫瑰花递给司茵,声音低而温柔道:"小司茵,做我女朋友,好吗?"

司茵愣在当场,觉得这个表白……张扬得很突然。

姜邵在下面唯恐天下不乱:"小司茵,拒绝他!拒绝他!拒绝他!啊——"正起哄,后脑勺挨了陆南一巴掌。

老油和小油两脸蒙圈。时院长搞了这么久的训练,就是给狗子们训这个?

老油回头看了眼嘴叼玫瑰花、摆心形的烈犬们,表以同情:真虐狗啊!

"想让我做你女朋友可以啊,"司茵没有伸手去接玫瑰花,故作镇定,严肃脸,"去发朋友圈,承认自己是老禽兽。"

时穆道:"嗯?"

司茵道:"不发也行。等着做我男朋友的人还很多。"

"我发。"时穆掏出手机,迅速敲出一行字,发出去,然后问她,"可以了吗?"

司茵道:"那,做你女朋友,这个训练场,你肯卖给我吗?"

"不卖。"时穆笑道,"送给你。"

司茵抿着唇笑,侧了侧脸,手指戳戳脸颊,说:"亲这里。"

时穆弯下腰,在她脸颊落下一吻。

两人正腻歪,肖护士跑进训练场,看见这里的告白阵仗,也顾不上看八卦,气喘吁吁道:"时院长出事儿了!罗辺把秦副院长给打了!"

"什么情况?"老油问。

肖护士捂着胸口,喘着粗气继续说:"刚才罗边抱着满身血的悠悠冲进医院,秦副院长说难治,他就把秦副院长给打了!"

司茵心里一"咯噔",有种不妙的预感。以罗边对悠悠的爱护程度,他怎么可能让悠悠受伤?她脑子里闪过一丝念头,下意识地紧了眉头,指尖冰冷。

几乎是同一时刻,她的小手被时穆那只大手裹住,十指相扣。

他仿佛也和她想到了一处,弯下腰,几乎贴着她的耳朵,低声宽慰:"别往最糟糕处想,先去看看情况。"

男人手掌灸热且宽,富有一种安抚人心的力量。

等他们都去了医院,陆南疑惑:"罗边是谁?"

姜邵把司茵在首都遇到的事,简单跟她解释了一遍。陆南点头,"哦"一声道:"原来是司茵嘴里的老刀。听司茵说,这个亡命徒一样的男人很宝贝悠悠,如果悠悠真的出事,他会不会彻底崩溃?"

"难说。"姜邵也牵住她的手,"宝宝,我们也去看看?"

陆南点头:"好。"姜邵替她戴上墨镜口罩,搂住她的肩,朝自己怀里一带,往医院方向去。

医院手术室外,罗边还将秦副院长摁在墙上。

秦副院长的眼镜片碎了一只,嘴角瘀青。罗边红着眼睛,面目可憎,脸上的刀疤变得狰狞。

他的声音震耳欲聋:"你告诉我!能不能救!"

秦副院长没有因为挨打而改口,坚持道:"我只能说,尽力而为,悠悠现在的情况真的不乐观。"

罗边挥起一只拳,还没落下,被时穆抓住。

秦副院长看见时穆,松了口气,哭丧着脸:"院长救我。"

时穆将罗边拉开,沉着脸警告他:"殴打医生是吗?我们可以马上报警,追究你的责任,我们也有权不治你的犬。"

罗边看见时穆,表情越来越凶狠。司茵上前,挡在他和时穆中间,手抵在他胸口处,阻止他要打人的欲望,道:"老刀,你冷静点。"

时穆扭过身,问秦副院长:"悠悠现在怎么样?"

"除去外伤,肋骨断了几根,伤及内脏,情况不乐观。悠悠体格又小,很不好做

第十三章 老狼狗

手术。"秦副院长摘了眼镜,揉着瘀青的眼眶说。

时穆道:"进去看看。"

秦副院长点头道:"好。"

时穆看过悠悠的片子,进入手术室查看悠悠的状况。悠悠现在正输液体,生命垂危。再出来,他问罗辺:"悠悠到底是怎么出事的?"

罗辺眼圈发红,突然"扑通"一声在时穆面前跪下。他抛弃所有男人尊严,抓住时穆的白大褂,哀求道:"我求你,救救悠悠,只要能救活它,我下半辈子给你做牛做马。"

罗辺这个举动,让在场所有人震惊。

司茵去扶罗辺,说:"老刀,你先起来说话,时穆一定会尽全力。"

他甩开司茵的手,歇斯底里道:"我不要尽全力!我要悠悠活下去!"

男人泪流满面,他跪在时穆跟前,号啕大哭道:"时院长,我拿我的命换它的命,我求求你,求求你……"

时穆告诉他:"可以保命。"

罗辺闻言,两眼放光。

"但是,手术费用不低,你能承担?"时穆敛眉,继续说,"手术费用高昂,如果你能承担,我立刻替悠悠做手术。"

"多少钱?"

时穆预估了手术费用,确实不是一笔小数目。医院开门做生意,罗辺又是悠悠的主人,这笔费用理所应当由他承担。

罗辺没多少钱,而这手术费大概是他四五年的工资。他又跪着转身,在司茵面前,重重磕了两个头,说:"老板,求你,给我预支五年工资……"

司茵被他的举动吓坏,蒙了一瞬后,赶紧去扶他:"好。你先起来。"

她将罗辺扶起来,这个大老爷们儿哭得像个小媳妇儿。

司茵转头去看时穆,很担心。时穆转身要进手术室,她却握住男人一根手指,道:"老狐狸……一定要救回悠悠。"

男人伸手,在她头顶一揉,语气温柔:"放心。"

手术室灯亮,罗辺仍然跪在地上,最先发现他不对劲儿的是姜邵。

他们几人合力将罗辺扶起来,姜邵替男人撩起裤腿检查,震惊道:"好家伙,

这腿骨都错位成这样了？你是怎么来的医院？真是个可怕的男人……"

老油心疼这孩子："赶紧送医院吧。"

罗辺红着眼睛，脾气倔，声音沉重："我等悠悠。"

这人脾气倔，大家压根拿他没辙。众人在等待过程中，询问他到底发生了什么。

罗辺将事情经过叙述了一遍。

在首都，他出卖莫东，插手救了司茵。莫东对他施以报复，找人将他和悠悠堵在巷子里。他以一敌十，双拳难敌二十只拳头，被摁在地上。

这些人踩着他的脸，当着他的面，折磨悠悠。

将悠悠当成皮球，踢来踢去，用最残忍的方式折磨悠悠。罗辺被摁在地上，拼了命想要挣扎。可是即便他用尽全身的力，也不能动弹半分。

他歇斯底里地大叫，喊"救命"，喊"求求你们放过它"，喊"冲我来"……

可他的姿态越低，这些人笑得越猖狂，对悠悠下手就越狠。

他们嘲笑："哈哈哈！一条狗而已，至于让你变成这样？"

"这叫什么？这叫爱狗如命！哈哈哈哈，怎么样，小子？看见心爱的狗因你而死，心有没有很痛？"

一个男人蹲下身，拍着他的脸说："小子，你给我记住喽，这就是背叛老板的下场。我们动不了你，还动不了一条狗吗？呵……你随便报警，反正杀狗不犯法。"

这些人离开后，罗辺抱起地上抽搐的悠悠，疯了似的往医院方向跑。

穿过马路，被车撞倒。

司机下车想送他去医院，却看见他抱着一条狗，一瘸一拐地跑了。司机愣在当场，所以这种情况，他到底该不该追？

罗辺忍着腿部剧痛来到医院，又经一番折腾，腿伤恶化。

老油心疼这孩子，强迫着他上了救护车，陪他去了医院。

老油和罗辺离开后，姜邵再也忍不住，骂道："这群孙子，净整阴的，不敢搞人就搞狗，我想弄死他们！"

陆南拉了拉男人的衣袖，宽慰道："我们报警吧。"

"报警？杀狗偿命吗？他们会因此坐牢吗？并不会。"姜邵坐在椅子上，心情复杂，"这些暗地里搞怪的臭虫，良心是屎做的。"

陆南问："这些人跟你们结怨很深？"

第十三章 老狼狗

姜邵解释说:"这个莫东跟老时一直对着干。他的父亲是台湾有名的商人,俱乐部乐于收购各类名犬和训犬师,他想操控国内竞技犬赛这只大盘,以此牟取暴利。但有老时和我在,他们就拿不了冠军,你说他对我们的怨深不深?上一次的护卫犬赛,赛方对犬只年龄有要求,老虎不能参赛,他们以为冠军是稳的,却没想到杀出一个小司茵。小司茵不仅拿走了奖金,还赢了他们的钱,现在他跟我们的怨,只会更深不会更浅。"

陆南皱眉:"上一次他们差点要了司茵的命,那司茵以后岂不是……很危险?"

"相反。"姜邵语气一顿,继续说,"上一次在首都,他们搞的事已经引起警方高度重视。加上老时的家庭背景和在Z市的财力地位,我还真不信他敢继续拿小司茵怎么着。他又不傻,现在小司茵和老时是什么关系?他触及了老时的底线,让老时变成疯狗,你觉得他能好过?莫东这孙子估计也只敢在老时底线边缘干点恶心事儿,只怕以后小司茵参加比赛,对手会越来越棘手。"

司茵呼出一口气:"以后只要有我在的比赛,我就绝不会让他们拿第一。"

手术室灯灭。时穆走出手术室,摘掉口罩,朝司茵走过去。

他的神经高度集中数个小时,精疲力竭。司茵仰着脑袋问他:"悠悠怎么样?"

"手术很成功。"

司茵一颗心终于落下,赶紧掏出手机,给老油打电话,报平安。

她将电话举在耳旁,等接通。时穆却弯下腰,朝她凑过来,贴着她另只耳朵说话:"没奖励吗?"

司茵握着电话微一偏头,看着男人的侧脸,愣了一下。

然后……顺势在他耳朵上,亲了一小口,红着脸问:"可以了吗?"

电话接通,老油疑惑:"什么可以了吗?"

"没……我跟其他人说话。"司茵摸着滚烫的脸颊,呼出一口气,语速保持平稳,"悠悠没事了,手术很成功。"

老油将这个好消息转达给罗边。电话立刻被他夺过去,亲自跟司茵求证道:"悠悠真的没事了?"

司茵点头道:"嗯,需要休养,命保住了。"

时穆很累,弯着腰,将下巴搁在司茵头顶上,一双手臂下垂,合上了双眼。

司茵的头顶压力巨大,却又不忍推开男人,看得出来,他真的很累,索性由着他,继续听电话。

罗边在电话里几度哽咽道:"老板,帮我好好谢谢时院长,他的恩情我记下了。"

司茵"嗯"一声:"好。我会转告他。"

挂断电话,司茵将手机揣回兜里,时穆依然保持着这样的姿势。

路过的护士看见这幅情景,震惊了,时院长怎么跟狗撒娇似的,把脑袋搁在小司茵的头顶?

陆南用手戳了戳姜邵的胳膊肘,小声问:"时院长平时,就这性格?"

姜邵也目瞪口呆,摇头道:"我也是第一次发现,他有癞皮狗的属性……"

秦副院长和肖护士也从手术室出来,看见这一幕,雷劈似的。

秦副院长小心翼翼蹭到姜邵跟前,问:"姜董,时院长这是啥情况啊?拿小司茵当放脑袋的架子啊?"

"什么放脑袋的架子,你是母胎单身狗吧?"姜邵掩着嘴,小声跟他解释,"这是老男人跟小女友撒娇。"

"撒……撒娇?!咳——"秦副院长被口水呛住,觉得太阳打西边儿出来了。

肖护士围观这稀罕的场景,咂舌感慨道:"啧啧,真没想到,时院长居然也有撒娇的一面……今儿太阳不是真的从西边出来了吧?"

司茵用手指戳了戳时穆的胸口,小声提醒他:"好多人看着呢。"

他一抬眼皮,慵懒地扫视围观群众,语气清冷道:"看够了吗?"

被时院长这冷眼一扫,肖护士和秦副院长头皮一紧,赶紧扭头走人。

陆南也说:"我忽然想起来,晚上有个通告。"

"哦,那我送你过去。"姜邵也带着陆南离开。

狭长的走道里,只余下他们两人。窗外金色的阳光投射进来,将两人的影子拉得很长。

好一会儿,时穆才将脑袋从小姑娘头上挪开。

司茵送他回办公室休息。

休息室内,大脸猫趴在枕头上打盹,被司茵赶下床。

他扶着疲惫的时穆躺下,男人躺下时,却顺手将她也往下一拽。

司茵重心不稳,脸砸在他结实的胸脯上。

第十三章 老狼狗

她抬起头，盯着他的下巴，揉着鼻尖，皱眉道："你故意的。"

"对。"男人抱住她的腰，"往上面来一点。"

司茵感觉到了来自身高的屈辱。

她胳膊肘撑着男人的胸板，匍匐前进，直到脸处于男人面颊上方，停住。她的呼吸与男人的呼吸交缠，稍微一低头，就能轻易吻住男人的脸。

司茵就这么看他，用手将男人的嘴唇捏成一个"尖尖嘴"。

她眉眼弯弯，乐不可支。时穆沉着脸，不太痛快。小姑娘这是什么恶趣味。

司茵将他的嘴捏起来，变成各种奇形怪状，道："这是我很早之前就想干的事儿。没想到有一天，这个想法可以成真。"

时穆的嘴被她捏着，不能说话，只能沉默，由着她。

小姑娘丰满的胸紧贴着他的胸，且随着呼吸，不断起伏。

天气渐热，她穿的衣服越来越少，时穆从这个角度，完全能看见她的沟壑。

她这副小身板看着单薄，料却是足的。

他抱着小司茵翻了个身，将娇小的女孩压在身下，仔细打量着她，呼吸变得粗重。

司茵看着男人一双水晶晶的眼睛，指腹去触碰他的眼睫毛。可刚触上，男人的吻便落下来。

只亲了一下，司茵的手机响了。她将手机从兜里掏出来，在他眼前晃了晃，接通。

这通电话是尤哲浩的打来的。他问："小司茵，我大伯在宠物医院吗？"

"不在，怎么了？"司茵反问。

尤哲浩松一口气道："哦，我家那位的狗生病了，我们一起过来给狗检查，我这不是怕遇见大伯嘛。对了，你能让时院长帮我们看看狗吗？"

司茵摁开免提，用嘴型问时穆：可以吗？

男人神色阴沉，表情不太情愿。司茵说："可以啊，没问题，院长办公室，你们直接过来。"

挂断电话，时穆冷呵一声："挺能耐，学会替我做主了？"

司茵搂住他的脖子，噘嘴说："我这不是在行使女朋友的权利吗？怎么，在你这里不允许吗？"

"允许，但是——"

"但是什么?"

她话音刚落,男人的吻落在她的额头、脸颊、耳垂,乃至脖颈……这些吻密密匝匝,又猛烈,最后因为敲门声,被迫收住。

其实司茵没想到,时穆会是这样,会这么毫无保留地亲她。她以为,时穆会是那种,让女朋友主动的男朋友。

可她发现好像并不是那么回事儿,老狐狸好像特别主动,亲她时,也不会觉得不好意思,似乎也不会尴尬。

司茵还担心他在监护人和男朋友的身份之间难以扭转,现在看来,她是多虑了。

他还真的是有……禽兽潜质。

番外一
那只小烈犬

利齿铁尾佑疆土，纵百死，亦不屈。
露胆披诚，护你，也护国。

——AK

"AK？"

冬日阳光照在它躯体上，通体温暖。

它躺在乱石上，累得连睁眼的力气都没，可有个熟悉的声音在喊它，让它忍着极度困乏又睁开了眼。

男人皮肤黝黑，冲它笑的时候一口白牙露出来。

他宽厚温热的手搭在它头上，轻轻抚摸。感受到男人的温柔，它缓缓眯眼，下意识地将一双尖尖耳往后压褶，做出最乖巧的样子，像一只温顺的小海豹。

见它有气无力，男人索性将它抱起来往山下走，有一搭没一搭与它说话："AK，等出了这片林子，哥哥给你买最大的牛骨啃。"

AK伸出舌头，在男人手背上舔了舔，燥热轻痒的触感逗得司豪一个劲儿傻笑。

山上乱石成堆，一毛不拔，远看白茫茫一片，所以叫白毛山。

冬天的白毛山，风干冷，它从小体弱，又瘦，毛又短，冷得直打哆嗦。

司豪和AK的一场搜救演练刚结束。回去路上，才三个月大的AK体力耗尽，四只粉嫩的肉垫被磨破，这会儿被司豪抱在怀里，宛如缩进了母犬最温暖的怀抱。

它在司豪怀里拱啊拱，终于睡了过去。

它梦见下雨了，雨水里夹着冰雹，"啪啪"地打下来。

番外一 那只小烈犬

但它的毛发没被淋湿,身上也不疼,周身反而是一片热烘烘,舒服得就像严寒冬日窝在火炉边,烤得它毛发都干燥。

它是被队友粗犷的声音吵醒的。

"老司,你真是个疯子,那么冷的天你把衣服脱了给狗裹身体?大斌都说了,这条小马犬是扶不起的阿斗,你这么用心训练它,它还是废犬一条!"

"你看看你这身上,被冰雹砸得一片又一片的瘀青,不冷不疼吗?"

"老司,这条犬送走得了,再去挑选一条有欲望的犬,这条犬你压根训不动。"

"你怎么样啊老司?去医院看看?来,先喝点姜汤。"

司豪接过队友递来的姜汤,碗身滚烫,热气熏脸。

他重重咳了一阵,肺部几乎炸裂。咕咚几口喝掉热辣的姜汤,身体里才好受了些。

宿舍里有暖气,司豪身上只穿了件背心。AK一睁眼,就看见哥哥身上那些瘀青,它垂眼看身下,发现哥哥的外套正垫在自己身下。

外头雨夹冰雹,又是严冬,哥哥居然穿着背心抱着它回来?

狗子好像生来不会哭,但是这次,它的那颗心很疼,仿佛被一块坚硬的牛骨头碾碎了,搁在心里非常难受。

几个男人正说话,AK忽然抽出那只被磨破的爪子,轻轻搭在司豪肩背上,拍了拍。

司豪顺手将它毛茸茸的爪子握住,扭过头,皱眉调侃道:"小爪磨破了,还不老实?"

男人的手稳而有力,掌心的温度从它的爪腕传递至躯体周身,它的小心脏仿佛被温热的力量包裹。

有些话它虽然听不懂,但它懂得从人类的语气、表情以及肢体语言得知相近的意思。

刚才队友们在质疑它的能力,想让司豪放弃它。可它怎么舍得离开哥哥,又怎么舍得让哥哥有其他狗子?

一向强壮的司豪生了场大病,躺在宿舍好几天不能下床。

等他身体恢复,AK忽然性情大变。司豪发现AK训练的瓶颈期很快通过,训练

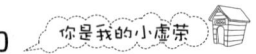

神速进步,并且相当稳定。

对于AK的进步,队友们都相当感慨,大抵AK这狗子是突然长大了,又或者是心疼老司那会儿替它挨了冰雹。

夏夜,宿舍楼里闷热,外头蝉鸣聒噪,夜空的月亮像圆盘那么大。

司豪坐在宿舍一楼外的花园台阶上,正和一个小姑娘通视频电话。AK听见司豪爽朗的笑声,趴在窗台上往外看,歪着脑袋看花园里的男人。

它耳朵尖尖微动后,从窗台爬出去,跳到男人怀里,去咬他的手机。

里面的女孩被逗得咯咯笑:"哥,这就是你养的狗?这是马犬吧?"

"对。"司豪将手机举高,抓住AK的后颈,将狗子摁在自己一双大腿上。

AK双前爪搭在男人大腿上,长长的嘴筒子也搁在男人双腿上,它眼皮上掀,龇牙望着视频里的女孩。它并不喜欢这个女孩,哥哥看她的眼神很温柔,让它一颗心闷闷的。

AK第一次见到女孩,是和哥哥出任务后。

任务收尾,一个女孩突然钻过消防拉起的警戒线,激动地扑进司豪怀里。

哥哥将她搂在怀里,搂得很紧很实。男人身材高而壮硕,高了女孩整整两个头,女孩又瘦又小的,在哥哥怀里又拱又蹭,像极了隔壁那只找哥哥撒娇的母金毛。

呵呵。真恶心!AK冲过去,用嘴含住女孩的裤子,将她往后拖、往后拖。

"嘶啦"一声,女孩的长裤被拽破。那是它平生第一次"攻击"人,也是它平生第一次被哥哥吼,第一次被哥哥惩罚。

它至今记得,哥哥指着它,红着眼训斥它的样子。也至今记得,被罚站一个小时,后双腿疼得几乎断裂的情景。

隔壁母金毛是条很厉害的搜救犬,它快十岁了,能听得懂人类语言。

队里的犬们总喜欢在夜深人静的时候,翻过窗户,去听它讲故事,听它讲队里八卦。

那天晚上,AK和其他搜救犬围着母金毛,像往常一样听它讲八卦。

母金毛看了眼趴在石头上的AK,欲言又止。

在其他犬的催促下,母金毛才开始讲:那个害得AK受罚的女孩,是司豪的妹妹,亲妹妹。怎么亲呢?就像母金毛和它生的崽子那样亲。而AK始终是条外狗,不

如妹妹亲,也怪不得司豪会那样惩罚它。

那天晚上月亮很圆,也很亮。等所有的狗子都回了屋,AK依然趴在石头上。

它的耳畔一直回荡:它是条外狗,它是条外狗,不如妹妹亲……

好难过,做狗这么久,它第一次这么难过。

母金毛说,队里能力出众的狗子,会被选拔送去首都。

虽然这很荣耀,但队里没有一条狗愿意去首都吃香喝辣。

它们或调皮,或劣性,但谁都不愿意离开主人。比起荣耀加身,它们更想陪在第一任主人身边。

只有AK,表现得愈发出众,屡立战功。它想离开司豪,它觉得司豪压根不是真的喜欢它。

没过多久,队里下了指令,要将AK送去首都。

离开的前一晚,司豪没有去看AK。它巴巴等到凌晨,也没看见男人。

AK趴在笼子里,一双耳朵无力地向后压褶,伤心极了。

它的铁笼隔壁住了一条老德牧,老德牧问它:"嘿,小母狗,你哭什么?"

AK抬起前爪,在眼眶上胡乱一抹,眼泪将爪上的绒毛都浸湿。它呜呜咽咽诉说着自己的委屈,仿佛被陈世美辜负的秦香莲。

老德牧皱着并不存在的眉,问它:"你听谁说,母金毛能听懂人类语言?"

AK眨眨眼:"大家都这么说。"

"扯犊子吧,"老德牧一阵咳嗽,对它招爪,"过来。"

AK朝老德牧的笼子挪了挪,鼻尖杵在铁笼上,印出方格痕。

老德牧说:"母金毛能听懂,但也未必能全听懂。司豪指责你、惩罚你,并不是因为你攻击了他妹妹,而是因为你攻击了一个手无缚鸡之力的老百姓。在队里有明文规定,一旦犬只攻击普通老百姓,一律处死,绝不姑息。"

AK心头一跳,它从来不知道还有这样的规定。

老德牧又补充说:"你现在没事,那是因为你攻击的对象是他的亲妹妹,他们没有追究,司豪主动提出扣一年工资,队里这才放过你。小母狗,你太年轻了,他为了你付出这么多,你却要因为这个离开他。"

AK瞪大眼睛,眼泪止不住地往外滚。

老德牧叹息一声:"他的亲人,你更应该好好守护,而不是嫉妒啊。"

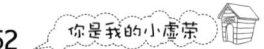

第二天,洪正国负责送走AK。

这条犬忽然性情大变,死活不肯从笼内出来,洪正国只好去将司豪叫过来。

AK看见司豪,立刻从笼内冲出去,从洪正国头顶飞过去,扑进司豪怀里。

它激动地往司豪怀里蹭,尾巴摇得像小旋风,它黏在司豪怀里,哪儿也不想去。

它抬起头,去舔男人的脸,发现男人的眼睛红肿着,像哭了一宿。它刚舔一会儿,男人眼泪又滚落,抱着它怎样都不肯再撒手了。

铮铮铁汉,为犬柔情。

洪正国叹口气,走过来说:"老司,你这条犬啊,真的是犬里的兵痞子,想开除它的军籍吧,偏它又屡立奇功。想送它有更好的前途吧,它居然不愿意,顽劣难驯。"

司豪虽然舍不得AK,但更舍不得它断送更好的前途。

司豪起身,端正站直,居高临下,神情威严道:"AK!坐!"

接收指令,AK立刻端正坐好。司豪转身要走,AK欲追。

男人没有回身,忍着眼泪下令:"定!不许追!"

它谁的指令都可以不听,但司豪的话,它一定要听。

它在原地定好,果然不再追,也像一块岿然不动的石碑,坐在原地,任由洪正国如何下令、如何牵引,它依然不离开。

这条犬虽然功勋卓跃,但这一根筋的性格实在不适合送去首都,只怕送过去,也无人能驾驭。洪正国向上级汇报后,又换了一条同样优秀的德牧前往首都。

AK留了下来,此后更加珍惜和司豪在一起的日子。

10月12日下午,13点16分。

贝川县发生7.8级地震,平五消防出动51人,Z市公安消防支队共出动103名消防官兵、14辆消防车、4条搜救犬。

AK和同队的三条搜救犬被送往贝川县。

AK在废墟训练过很多次震后搜救,但这却是它第一次参与真实的震后搜救。

贝川县已经成为一片废墟。它被司豪牵着踏过一片片房屋水泥板,嗅见浓烈的血腥,看见乱石之下有血淋淋的手臂。

震后灾区,满目疮痍,人间炼狱,不过如此。

历经三天的搜救,司豪和AK都筋疲力尽。

几条搜救犬的爪子均被磨破,腿骨发软,压根无力搜救。可灾区的搜救犬远远不够,还有很多生命埋在废墟,那些绝望的生命需要它们。

第四天,AK午餐休息时,听见母金毛在哭。

它问:"你为什么哭啊?"以为它没吃饱,它便将自己的狗盆顶过去,让它多吃点。

母金毛将脸埋在一双前爪里:"老德牧死了。"

"老德牧是谁?"有一只刚从灾区救回来的小土狗问,"它是被石头砸死的吗?"

母金毛晃了晃脑袋,两只芭蕉叶一样的大耳朵也跟着晃:"累死的,它太老了……"

小土狗眨着眼"唔"了一声:"是那个,救了两个小女孩的老犬吗?"

AK喉咙里像哽了一块石头,咽不下去,一双眼睛很快模糊了。

司豪摸摸它的脑袋,替它擦去两行眼泪,低声问它:"太累了吗?嗯,一定是太累了。好女孩,累也得起来,还有人等着我们救命。"

是啊,累也得起来,还有人等着他们救命。

它起身,忍着四只肉垫传来的剧痛,跟着司豪又朝危险的废墟走去。

它嗅到了一丝生命的味道,那一刻它激动地将尾巴转成小旋风,迅速朝生命源跑过去。

可是这次,司豪却没跟过来,男人站在四米之外,不敢动。

它不明所以,想要冲过去,却被男人严声制止:"别过来!"

它这才看见,男人脚下的水泥板正在一点点往下塌陷,再也受不得一点重力。他杵在原地,向队友报告了方位。

队友们过来时,原本可以先救他,他却说:"先救人民!"

队友们顺利将困在废墟里的女孩救了出来。可司豪脚下的那块水泥板却愈发摇摇欲坠,AK焦灼地在原地打圈,狂吠。

"轰"的一声,司豪脚下突然坍塌,他整个人往下坠,AK也同时扑了过去。

AK掉在一块水泥板上,摔得好像五脏六腑都碎掉。它"咔咔"一阵咳嗽,喉咙似被泥灰卡住。

飞扬的尘土散尽,它嗅到了一股斥鼻的血腥味。

司豪被压在了水泥板下,血从嘴里汩汩外涌,像水一样渗进泥土里。皮肤黝黑的男人,此刻皮肤被灰裹得像纸片那样白。

塌陷坑外,围了一群消防兵。

它听见洪正国撕心裂肺地吼:"老司!"

它不明白洪正国喊那么大声做什么,哥哥出事了吗?

它抬起满是血的爪,去触碰司豪的脸,在他肌肤上摁下去一个爪印,好半晌也没能弹回来。

AK忘记是怎么被带回队里的,醒来后它已经在医务室,受了很严重的伤。

母金毛过来舔它,说:"哦,我可怜的孩子……"

它嫌弃地扭过脸,"哼"一声,它才不是孩子!

它受伤了,身上很疼,骨头仿佛都碎掉。

它想念哥哥的怀抱,想念哥哥那只稳而有力,又充满安全感的手。他的手仿佛有神奇的力量,一掠过它的头,它的心便万般宁静,所有病痛都会消失。

可是,它受了这么重的伤,为什么不见哥哥呢?

它欲挣扎下床,被护士摁住。

它拿一双可怜巴巴的眼神望着护士姐姐,拿毛爪子温柔地在她手背上搭了搭。

护士姐姐仿佛懂了它的意思,抱它下床。

AK一瘸一拐,往司豪的宿舍走。护士、母金毛跟在它后面,怕它做傻事。

去宿舍的路仿佛变得很漫长,一路上,它看见很多队友,他们神色哀伤,看见它,纷纷驻足。

洪正国也半路停下,跟着它去了司豪生前的宿舍。

它拿头撞开门,里面却空无一人。

它很慌,回过头去看洪正国,急得在原地打圈圈。

洪正国蹲下身,摸它的脑袋:"老司走了,去了很远的地方,不会再回来了。"

它听不懂洪正国在说什么,忍着眼泪回头,去看跟过来的母金毛。

母金毛哽咽一声,告诉它:"孩子,他走了,去了很远的地方。"

它歪着脑袋问:"什么地方呢?"

母金毛:"老德牧去的地方。"

夜里，AK趴在宿舍楼后的那块石头上，望着一片空旷的场地，心也空，身也空。

它哭了很久，已经没了劲儿。它已经三天不吃不喝，消瘦得几乎能看见它皮肉下的肋骨。

母金毛编了个故事哄它："孩子，你知道吗？人死了还有灵魂，他的灵魂还在。"

"灵魂？"AK眨眨眼，声音沙哑，"灵魂可以抚摸我的头，陪我说话吗？"

"当然可以啊。"母金毛声音温柔。

它又问："灵魂在什么地方呢？"

母金毛："在他生命终结的那片废墟上。所以孩子，你要好好活着，养好了身体以后才有气力回到那片废墟，找到他的灵魂。"

葬礼上，AK再一次见到了司豪的妹妹。

小姑娘和上次浑然不同了，身上缺少了少女的活力，宛如一具行尸走肉。别的烈士家属都在哭，只有她，面无表情杵在那里。

它被洪正国带到司豪的灵柩前，它在灵柩前给司豪敬礼。

随后，它在所有人毫无防备的情况下，按计划出逃。它来时看见外头有条河，它跳进河内，就能成功逃走。

所有人都在后面追它，包括那个小姑娘。

它听见洪正国在身后吼："AK!回来！回来！"

它才不要回去，它要去找到哥哥的灵魂，接哥哥的灵魂回家。

它花了一个星期，偷乘交通，翻山越岭，到了贝川县，回到了那片废墟。那个让司豪送命的坑已经被填平，它努力想将石块抛开，直到双爪磨破，也没能成功刨出那个坑。

它趴在废墟上巴巴地等，等司豪归来，可越等越绝望。

第七个夜晚，它的思维已经不清楚了。

它抬眼去看天空那轮圆盘一样的月亮，一缕清辉落在废墟上，万千尘埃飘浮，仿佛有灵乐奏起。

星星点点的光芒后，变成了半透明的司豪。

母金毛果然没骗它，它果然等到了司豪的灵魂。

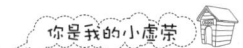

那个半透明的男人冲它招手：来，来啊，AK……

可它已经没力气过去了，它闻到了自己大腿肉腐烂的味道，也似乎看见了自己的骨头。

可就在这个时候，一群幽灵从地下钻出来，去拉扯司豪的半透明的躯体。

司豪痛苦地挣扎，他的表情扭曲：AK，我好痛苦，哥哥好痛苦……

它终于弓起背，龇起犬牙，喉咙里发出最凶狠的兽鸣。

AK看见废墟之下有个黑衣巫婆在操控这些恶灵，它想起了母金毛的故事，下意识觉得咬死黑衣巫婆，便能拯救司豪。

它用尽全力扑过去，咬住巫婆的手臂。

有人大喊了一声"司茵"，这声音很熟悉，像洪正国。

它的牙齿陷入巫婆的皮肉里，仿佛直抵她的骨头。巫婆一双眼睛锐利，仿佛不知疼，哼也不哼一声。

巫婆拿手遮住它的双眼，它便什么也看不见了。

等巫婆将手撤开，黑夜变成艳阳天，而巫婆变成了……那个小姑娘？

它惶恐地松开司茵，见小姑娘手臂血流如注，焦灼地拿舌头去舔。直到洪正国将它抱开。

那天晚上，司茵抱着它说了很多话，眼泪"啪嗒啪嗒"落在它的狗毛上。

她嘴里碎碎念着哥哥，跟它讲哥哥小时候。可是它听不懂啊，只知道小姑娘很难过，眼泪多得将它毛发都打湿。

AK终于心软，拿爪子去拍她的手背，给予安慰。

它忽然想起老德牧的话。

他的亲人，它要好好守护。

有一天，它一定能等到司豪回来。他还能再摸它的狗头，还能再夸它"Good girl"！

 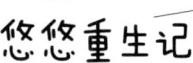 

番外二
悠悠重生记

  罗边总在它耳边念叨，是它将他从阴暗地狱拉回了阳光普照的人间。

  男人总说对不起它，因为他，它断了两条腿。可它从来都没怨过男人，它失去了两条腿，后半生却得到了他细致入微的爱。

  遇到他后，悠悠每天都过得很开心，在罗边身边，它活得像一个真正的公主。

  它记不清了，记不清在他身边待了多少年。

  大概五年、六年？

  男人三十岁，还未婚，他暗恋过一个护士姐姐，却因为不敢表白，这段暗恋无疾而终。他一直单身，也尝试相过亲。

  有相亲女孩问他："结婚后，可以把这条泰迪送走吗？我不喜欢泰迪。"

  悠悠至今仍清楚记得罗边当时的愤怒。

  他抱着它起身，居高临下对女孩说："我更乐意将你送走。"

  从那以后，罗边再也没相过亲。

  罗边三十岁，而它作为一条犬，已步入老年，老得连牙齿也掉光。

  它再也吃不动东西，是男人一点点将食物嚼碎，然后再喂给它吃。

  它这辈子对不起这个男人，如果不是它，罗边这么好的条件，一定早就有了老婆，有了孩子。

  悠悠病逝那天，罗边在美国交流学习，未归国。

  它只感觉身边一片白茫茫，好像看到了前世，也似乎看到了今生。

  它像一缕风一样，飘到了云层，然后眼前强光一闪，它又稳稳地落入人间。

  悠悠再睁眼，看见的是一片天花板。

  屋子里一片粉色基调，被子是粉色，垂落的窗帘是粉色。屋内有书桌、电脑、书架。电脑开着绘画软件，屏幕上是未完成的漫画创作。

  悠悠坐起身，抬起爪子，愣住。

这不是狗爪,而是一双……人手!

它本能地跳下床,四爪落地,感觉到了一阵诡异。

这时候,室友推门进来,看见她像狗一样趴在床前,一愣后说:"妈呀,秦悠悠你画狗画疯啦?你画狗找不到灵感,也不至于像狗一样趴在床边吧?"

悠悠一愣,本能地"汪汪"两声。

舍友:"你真的疯了?给我说人话!"

悠悠又本能地开口问:"你是谁?"

舍友:"你真的疯了?!"

悠悠变成了秦悠悠,变成了一个叫"悠悠的球"的漫画家。

它变成这个女孩后,莫名地能说几国语言,也莫名地能绘画。当然,它在保留人类技能的同时,依然能听懂动物语言。

原体因为创作压力,长期抑郁,服药自杀。而现在,悠悠阴差阳错,来到了这具身体,替原主活下去。

她凭借原体的记忆,得知原主正在创作一部关于狗的漫画。

但原主尝试画了几章,都不如意,微博骂声一片。

网友1:"球大你江郎才尽了吗?画出来的狗狗漫画怎么像屎一样难看!"

网友2:"屎都比这个好看好吗?!画工不错,但是画出来的狗也太不生动了吧?你养过狗吗?你了解狗吗?"

网友3:"恶心恶心恶心!养狗的人表示狗狗不会是这样的!秦悠悠你让我太失望了!脱粉!"

诸如此类的恶评,在互联网滔滔不绝。

悠悠很诧异自己居然能看懂人类文字。她点开了漫画,果然如网友所说,这具身体的主人压根不了解狗子。

她提起画笔,画了一幅生前和宠物医院狗子们的相处片段。

她画了老虎、AK、特工、来宝,还有小油。小油已经去世两年了,而老虎、AK、特工也已经变成了老狗。现在中国第一的竞技犬是来宝,它现在的风头,不亚于当年的老虎。

特工是后来司茵领养的德牧,一条优秀的德牧。来宝是AK和老虎的儿子。

她在微博发了一章和这几条狗子相处的温馨片段,引起粉丝一阵好评。

粉丝们纷纷表示:"笑死了""马犬太可爱了吧!""黑背也好萌啊!""这几条狗好像有原型啊?作者你经过人家司茵和时院长同意了吗?"……

悠悠觉得画画是件很神奇的事,她又提笔画了一个小油和老油分别的片段。

这个篇章,虐哭网友。

网友1:"我的天啊,小油和老油太虐了吧!哭到我肺疼!嘤嘤嘤,小油老了,再也迈不动三条腿……"

网友2:"小油走了,老油一定哭瞎。话说,大大!你和老油认识吗?为什么感觉,你很了解他们?"

网友3:"大大为了画这两幅画,一定下了不少苦功吧?是不是去采访过这几位主人公了?"

悠悠一条评论也没回复。

她放下画笔,开始在网上搜索关于罗边的消息。几年前,罗边成了各大竞技犬赛的金牌邀约靶手,赚了不少钱。但他也有理想,他想做一名宠物医生。

在时院长的帮助下,他成功考上了美国S大学。罗边以前上学时便是学霸,再回到学校,他依然是学霸。他现在已经成功拿到了学位,并归国,在时院长的医院就职,现在已经混到了副院长的职位。

罗边现在很出名,是微博有名的宠物医生,粉丝几百万,算是个网红。

她进罗边微博,翻到了男人记录的他们之间的生活片段。

她离世那天,罗边发了一篇长微博悼念她。

她想找到罗边,重新回到他的身边。可是……估计他怎么也不会相信,她变成了人吧?

没过几天,悠悠接到出版社编辑的来电,打算跟她签绘本合约,主题是"犬"。

悠悠答应下来,她打算画出自己和罗边的故事,绘本取名为《悠悠和老刀》,里面画的是她和罗边的日常。

绘本开始在微博连载,第一篇章:坐牢出狱的冷血杀手遇到泰迪,被一只小泰迪治愈,从此改邪归正。

第一篇章一经发表,网友们纷纷表示:"我的天啊!这对CP太萌了!悠悠是人就好啦!可以和老刀在一起!"

"期待后续！大大加油！吃了这口人犬CP，期待我冷血杀手老刀化身为温柔铲屎官！"

那天，悠悠鬼使神差地回了医院，她一路跟踪罗辺到了停车场。

可是她跟踪技术太差，将男人给跟丢。

她丧气地垂下头，懊恼的样子像只小萌兔。身后突然传来男人冷冰冰的声音："你跟踪我？"

她一回头，看见罗辺，一双漂亮的眼睛灿若星光。

作为人类站在他跟前，她发现，他依然很魁梧高大。他的怀抱依然那样结实，浑身散发着雄性荷尔蒙。

悠悠本能地扑进他怀里，搂住他的脖子，在他脸颊上舔了舔。

他被罗辺一把推开，男人极其愤怒地看她道："小姐，自重！"

悠悠笑得像个小孩，冲他叫了两声"汪汪"。

可她现在毕竟是人，男人压根听不出她的声音。

悠悠有口难言，最后只能眼睁睁地看着男人离开。

悠悠为了尽快让罗辺看见绘本《悠悠与老刀》，没日没夜地赶稿，仅仅用一个半月时间，完成了薄薄的绘本。

但出版社制作周期很长，她便自己印刷了一个版本，拜托老虎送到罗辺跟前。

罗辺拿到绘本后，以为是司茵送给他的纪念礼物。悠悠的去世一直是他心头一根刺，它压根不敢翻开绘本，只是将它塞进了抽屉，从此尘封。

此后，宠物医院的宠物们，倾巢出动，撮合悠悠和罗辺。

但频繁的偶遇，反而让罗辺对悠悠反感。有一次，罗辺讲座，老虎帮忙偷到了内场工作人员的工作证，成功让悠悠进入内场，见到罗辺。

这次罗辺大发雷霆，当着全校师生面，骂悠悠恬不知耻。

悠悠委屈地大哭，她哭得嗓子嘶哑："老刀，我是悠悠啊。"

罗辺怒道："秦悠悠，麻烦你自重，不要再跟踪我，回归你正常的生活，OK？"

全校师生哗然，原来叫秦悠悠的学姐，是个变态跟踪狂。

从那以后，罗辺再也没见过那个女孩，只是在梦里，经常会梦见女孩委屈地在大厅里哭，颤着声音对他说："老刀，我是悠悠啊。"

不知怎么,每次梦到这个片段,他的心都会莫名抽疼。

一年很快到头,那天下了小雪,是悠悠忌日。

罗边带着白玫瑰去见悠悠,从墓园回来,经过Z市最大的书店。

书店外的荧幕上,是知名漫画家"悠悠的球"的签售宣传。而签售的绘本叫《悠悠和老刀》,书本封面是一个刀疤男人抱着一只泰迪。

罗边脸上的刀疤去了很多年了,如今除了医院内部的人外,没有人知道他脸上曾有一道疤。

出于好奇,他走了进去。

书店里,队伍排得很长,他随手买了一本绘本,在队伍里看了起来。绘本被翻阅得很快,里面画的全是他和悠悠日常相处的片段,也有不为人知的片段。

绘本将他压在心底的回忆一层层揭开,原来那里依然满目疮痍。罗边心里掀起惊涛骇浪,甚至有一种可怕的猜测在脑中轰然炸开。

他排了三个小时的队,终于到作者跟前。

作者微笑地抬起头,他看见女孩的笑容僵在脸上。女孩冷着脸,扭头对编辑说:"这个人的绘本,我不签。"

她不签,他不走,如石碑一样杵在原地。

时隔几个月,罗边终于明白,这个女孩当初那句"老刀,我是悠悠啊"是什么意思。

原来,她真的是悠悠。

是他曾宠在怀里,捧在手心的悠悠。

罗边站在原地,后面排队的读者骂声一片。

他盯着姑娘的脸,良久露出笑容,对她伸出手:"悠悠,老刀来晚了。"

悠悠皱着鼻子看他。

男人脸上的笑容更明媚:"悠悠,这一次,我会更爱你。"